Anna Kavan

짙은 갈색 머리카락을 찬란한 금빛으로 염색한다. 홀로 전 세계를
여행하다 ████████████████ ██████으로 귀국해 부상당한
군████████████████████████ 편집 업무를 맡기도 한다.
19████████████████████ 격을 받지만
정████████████████████ 루트비히 빈스방거에게
직접 ████████████ 쓰 활동을 포기하지 않고 꾸준히 이어 간다.
『정신 병동에서(Asylum Piece)』(1940)를 필두로 『나는 라자루스
(I Am Lazarus)』(1945), 『말의 이야기(The Horse's Tale)』(1949),
『당신은 누구?(Who Are You?)』(1963) 등 실험적이고 전위적인
작품들을 발표하면서 비평계와 동시대 작가들의 주목을 받지만
대중적으로는 큰 빛을 보지 못했다. 당대에 캐번은 주나 반스,
버지니아 울프, 실비아 플라스 그리고 프란츠 카프카에 비견되었으며
작가 아나이스 닌, J.G. 밸러드 등 수많은 작가들의 열렬한 지지를 받았다.
1968년 캐번은 켄싱턴의 자택에서 심장 부전으로 사망하지만 그가
별세하기 한 해 전에 발표한 유작 『아이스(Ice)』(1967)는 비로소 세계적
신드롬을 일으키며 엄청난 성공을 거둔다. 사후 캐번은 앤절라 카터,
폴 오스터, 무라카미 하루키 등이 선보인 슬립스트림 문학의 선구자이자
꿈과 약물 중독, 환각, 실존적 불안과 소외를 구현하는 '야행성 언어
(nocturnal language)'의 창시자로서 독보적 위상을 차지하며
매우 중요히 평가받고 있다.

아이스

아이스

Ice
Anna Kavan

박소현 옮김

민음사

차례

서문

　애나 캐번의 『아이스』는 '슬립스트림(slipstream)'이라 일컫는 문학 형식으로 쓰인 작품이다. 이러한 유형의 소설 중 가장 중요하게 손꼽히는 이 작품은 캐번이 남긴 마지막 소설이다. (『아이스』는 캐번이 사망하기 일 년 전인 1967년에 출판되었다. 나중에 그가 남긴 유고들 사이에서 다른 소설 두 편의 원고가 더 발견되었지만 말이다.) 이 작품은 진지하고, 자극적이며 독자의 놀라움을 자아내고, 잠식과 침략의 이미지들을 집요하고 강박적으로 보여 준다는 점에서 인상적이다. 이야기는 전적으로 우연한 사건의 연속인데, 실질적인 줄거리가 없다는 점에서도 독특하고 이례적이다.

슬립스트림 문학에 대한 발상과 실험은 1980년대 말 미국에서 시작되었다. 그것은 원래 우주여행, 외계인 침공, 시간 여행 등 익숙하면서도 진부한 대중적 서브컬처 클리셰에서 벗어나 있는, 특정한 종류의 대담한 공상 과학 소설들을 분리해서 식별해 내기 위한 시도였다. 슬립스트림 문학이라 부를 만한 공상 과학 소설을 쓴 작가로는 J. G. 밸러드(J. G. Ballard), 존 슬라덱(John Sladek), 토머스 M. 디쉬(Thomas M. Disch), 일부 작품에 한하여 필립 K. 딕(Philip K. Dick) 등이 있다. 또한 공상 과학 소설 장르를 벗어나 있지만 거시적인 범위에서 슬립스트림 문학이라 할 수 있는 작품을 쓴 작가들도 있다. 바로 앤절라 카터(Angela Carter), 폴 오스터(Paul Auster), 무라카미 하루키(Murakami Haruki), 호르헤 루이스 보르헤스(Jorge Luis Borges)와 윌리엄 S. 버로스(William S. Burroughs)가 그렇다. 물론, 이 중에서 주목할 만한 또 다른 작가는 애나 캐번이다.

슬립스트림이 이제 막 싹틀 무렵, 문제점이 있었다.

사실상 관습적인 맥락에서 잘 팔리기 어려워 보이는 시도였기 때문이다. 따라서 이와 같은 문학적 형식을 지지하는 미국인들은 판매를 위해 틈새시장을 공략하는 새로운 범주를 의도적으로 만들어 내고자 노력했다. 하지만 책이 팔리는 방식은 쉽사리 변하지 않았기에 성취 역시 별로 없었다.

그러나 판매상들의 이름 붙이기 작업 뒤에는 실제 창작자들의 자각과 인식이 뒤따랐고, 슬립스트림이라는 발상은 결국 문학에 뿌리를 내려서 캐번과 같이 복잡하고 기이한 매력을 지닌 작가들을 우리에게 이끌어 줄 만큼 가치 있는 형식이 되었다.

슬립스트림을 이해하는 가장 좋은 방법은, 그 개념을 그 어떤 범주에도 속하지 않는 독특한 정신 상태 혹은 특정한 접근법으로 생각해 보는 것이다. 본질적으로 정의되지는 않지만, 슬립스트림은 독자들에게 마치 왜곡된 거울을 들여다보는 듯한, 또는 낯선 관점에서 익숙한 광경이나 사물을 마주한 듯한 '타자성'을 유발한다. 이는 현실이 우리가 생각하는 것만큼 명확하지 않을 수도 있음을 의미한다. 또한 문학 외에도 음악, 영화, 그래픽 노블, 설치 미술 등 다른 예술 장르에서도 슬립스트림의 요소를 찾을 수 있다. 슬립스트림은 종종 과학이나 과학의 효과를 다루기도 하지만, 기계적이고 정확한 방식으로는 구현되지 않는다. 이 점은 사물의 작동 방식을 완전히 이해하지 못한 채 점점 더 과학에 의존하는 현실 세계 사람들의 감정을 반영하는 듯하다.(예컨대 휴대 전화의 작동 방식을 정확하게 설명할 수 있는 사람이 얼마나 되겠는가? 그러나 휴대 전화는 우리가 일상을 영위하는 방식을 변화시키고 있다.)

애나 캐번의 『아이스』는 슬립스트림의 대표적인 예시지만, 이처럼 사실상 정의할 수 없는 성격의 문학적 주제를 파악하는 데 도움이 될 만한 다른 사례들도 있다.

가령 슬립스트림은 문학에서 장르를 가리지 않고 나타난다. 이런 식으로 보면 일부 공상 과학 소설은 확실히 슬립스트림이라 간주할 수 있다.(물론 전부 다 그렇다는 말은 아니다.) 마술적 사실주의(magic realism)로 분류되는 여러 소설들도 그렇다. 가브리엘 가르시아 마르케스(Gabriel García Márquez)의 『백년의 고독(One Hundred Years Of Solitude)』은 슬립스트림이다. 일부 텔레비전 드라마도 이런 자격 조건에 부합한다. 데니스 포터(Dennis Potter)의 「노래하는 탐정(The Singing Detective)」, 그리고 BBC에서 방영한 「라이프 온 마스(Life on Mars)」는 평범한 한 형사가 시간을 거슬러 올라가서 삼십 년 전의 경찰 수사에 참여하는 이야기를 다루는 데 이 또한 대중적인 슬립스트림 텍스트의 예시다. 영화 중에서는, 크리스토퍼 놀란(Christopher Nolan)의 「메멘토(Memento)」, 후안 카를로스 프레스나딜로(Juan Carlos Fresnadillo)의 「인택토(Intacto)」,* 스파이크 존즈(Spike Jonze)의 「존 말코비치 되기(Being John Malkovich)」 등이 슬립스트림 영화에 포함된다.

이 같은 작품들은 줄거리나 내용을 설명하려는 시도 없이, 환상을 비추는 거울에서 거울로 옮겨 다니며 왜곡된 렌즈를 통해 평범한 세계의 뒤틀린 이미지를 보여 준다. 예를 들어 「존 말코비치 되기」의 주인공은 성공하지 못한 남자 인형술사인데, 그는 자신의 섬세하고 빠른 손놀림을 활용할 수 있는 서류를 정리하는 자리에 취직한

---

* 원문에서는 「임팩토(Impacto)」라고 쓰였으나 영화명을 착각한 저자의 오류로 보인다.

다. 어느 날 주인공은 사무실에서 일하던 중 서류 캐비닛 뒤에 숨겨진 구멍을 발견하고, 그 구멍 안으로 들어가서 탐색한 끝에 그것이 실존 배우 존 말코비치의 마음속으로 통하는 일종의 포털임을 알게 된다. 이에 관해 유사 과학적 설명조차 하나 없지만(만약 그랬다면 이 작품은 단순히 공상 과학 장르로 취급되었을 것이다.) 오히려 낯설고 기묘한 상황이 아무렇지 않게 제시되기 때문에 관객은 영화 속 인물들처럼, 초반의 호기심을 넘어서는 의문점을 내려 두고 그저 눈앞에서 벌어지는 모든 것을 액면 그대로 받아들이게 된다.

『아이스』의 기묘함은 첫 단락부터 뚜렷이 나타난다.

악천후 속에서 밤늦게 운전하고 있는 누군가가 주유소에 들른다. 작가의 성별 때문에 우리는 화자 역시 여성이라고 짐작할 수도 있겠지만, 그가 남성이라는 사실은 곧 명백해진다. 그 남자는 주유원과 이야기를 나눈다. 그들의 대화 내용은 불길한 사태들에 관한 것이다. 날씨는 이상하리만치 엄청나게 춥고, 도로는 얼어붙었으며, 운전자가 향하는 마을은 외딴곳이라 접근하기 어렵다. 많은 것이 모호하다. 우리는 운전자에 대해 거의 아무것도 알지 못한다. 장면의 배경은 어느 나라인지, 혹은 지금이 한 해 중 어느 시기인지조차 모른다. '이달에 이렇게 추운 건 처음이에요.' 애당초 날씨에 관한 대화로 보기에는 부자연스러울 만큼 모호한 대사지만, '이달'이라는 부분의 이상함, 심지어 어색함은 독자로 하여금 더 큰 불확실성을 야기한다. 그들이 말하고 있는 달은 몇 월이라는 말인가? 눈이 아직은 이르게 느껴지는 겨울인가, 혹은 겨울의 막바지인가? 혹은 이런 일이 전혀 일어나지 않을 법한 여름인가? 우리는 결코 알아내지 못한다.

사실 이 소설의 포문을 여는 첫 단락은 마지막까지 이어지는 특유의 분위기를 설정한다. 주요 등장인물은 화자, 젊은 여자 그리고 아마도 그의 남편으로 보이는 남자, 이렇게 세 사람이다. 그들 중 누구도 이름을 부여받지 못한다. 여자의 남편은 일종의 관리자인 듯하고(그는 종종 '교도소장'이라 불리는데, 간혹 다른 사람에게는 화가나 호색가이기도 하다.), 화자는 군인 느낌을 풍기는 인물인데 아마도 국가 정보부 요원 같다.

급속하게 얼어붙는 세계의 풍경들을 가로지르며, 이 '파드트루아'*는 사방으로 확장되며 전개된다. 화자는 그

13

저 내키는 대로, 혹은 위험을 무릅쓰고 움직이는 듯 보인다. 그는 자기 앞에 제시된 이동 수단을 거침없이 받아들이며 나아가고, 그저 자신의 본능과 어떤 명령을 따른다. 남자가 어디서 나타나든 여자와 그의 남편 역시 그곳에 있다. 가끔 남자는 여자를 힐끗 쳐다보기도 하는데, 그 여자는 남자를 피한다. 다른 때에는 남자가 여자에게 말을 걸어 보기도 하고, 심지어 여자를 자기 차에 태워서 함께 도피를 시도해 보기도 한다. 남편은 이따금 못마땅하게 순응하고, 때로는 공격적인 태도를 취한다.

이 이름 없는 인물들을 묘사하는 작가의 독특한 방식 때문에, 그리고 작가가 물리적, 정서적 불확실성에 집중하고 있음이 무척 명백하기 때문에 독자는 종종 영문도 모른 채 작품 속에 남겨진다. 캐번의 문장들은 아름답게 발명되었고 가끔 초현실적이며, 때로는 울퉁불퉁한 근력으로 넘쳐 난다.

꿈과 기억 장면(혹은 과거의 회상인가?)은 아무런 경고나 설명조차 없이, 심지어 다른 사건과 연결된 맥락마

---

* pas de trois. 세 사람이 함께 추는 춤.

저 제시하지 않은 채 수시로 줄거리 속에 끼어든다.

　분명히 『아이스』는 대중 소설의 관습이나 공식을 채택한 현실적 전개 방식을 따르는 소설이 아니다. 일반적 관점으로 이 작품에 접근하면 줄거리의 내부 개연성이 현저히 떨어지기 때문에 조잡하게 느껴지거나 급기야 아무렇게나 쓰인 소설처럼 여겨지리라. 더불어 작품의 배경 역시 비현실적이다. 캐번이 묘사한 새로운 빙하기의 도래는 현대 사람들의 지구 온난화에 대한 두려움과는 아무런 상관이 없다. 지구 온난화가 불러올 기후 변화에 대해 작가가 잘 알고 있었을지도 모르지만 말이다. 기후 변화가 세계 공통의 화두에 오른 지는 비교적 최근의 일이지만, 이 현상은 최소한 20세기 초부터 과학적으로 관찰되어 왔기 때문이다. 또한 이 소설은 지구 온난화와는 정반대 쪽에 있는 두려움과도 전혀 현실적 연관성을 갖지 않는다. 지구에 다시 빙하기가 도래하리라는 이론은 캐번이 글을 쓰는 십 년 동안 잠시 유행하긴 했지만, 그것은 캐번이 묘사하는 얼음으로 덮인 산들이나 폭설로 꽉 막힌 험난한 계곡들과는 완전히 무관하다.

　캐번이 쓴 얼어붙어 가는 세계는 곧 침략이다. 얼음

이 당신을 향해 다가오고, 당신을 포위하고, 당신을 침략하고, 당신을 그 속에 사로잡는다. 적도의 열대 지방으로 비행기를 타고 달아나도 안도감은 일시적일 뿐, 얼음이 결국 당신을 따라잡는다.

슬립스트림은 과학(그리고 그 효과)을 무의식의 영역으로, 은유, 감정, 상징으로 바꾼다. 슬립스트림 문학은 과학 그 자체에 대한 현실적인 이해라기보다 과학(그리고 과학적 효과)에 대한 반응이다. 그러나 전적으로 우화나 풍자를 담고 있지는 않다.

예컨대 애나 캐번이 수년간 헤로인에 중독되어 있었다는 사실을 근거로 삼아, 등장인물들을 에워싸는 하얀 얼음을 곧 문학적 장치로, 실상 작가가 매일같이 정맥에 스스로 주입하던 순백색의 결정체 가루를 상징적으로 재현한 것이라고 해석하기란 꽤 유혹적인 방법일지도 모른다. 아마 그런 생각이 자연스레 우리 머릿속에 떠오를 수도 있고, 어쩌면 캐번 자신이 글을 쓰면서 실제로 그렇게 생각했을 수도 있다. 하지만 이 이야기가 우화로서 작동하려면 독자들이 단번에 알아챌 수 있는 정합성을 지녀야만 한다. 그런데 『아이스』의 상징들은 불가해하고 신비로우며 매혹적이다. 이 소설은 그 시작과 마찬가지로 실제적이거나 결론지어진 그 무엇도 남기지 않은 채 끝나 버린다. 능동적으로 상황을 이끌어 왔던 남자는 언제나 수동적이었던 젊은 여자와 재회하지만, 그들의 운명은 여전히 아무것도 해결되지 않은 상태다. 그저 그들을 둘러싸고 거리를 좁혀 오는 얼음의 침략만이 계속 이어질 뿐이다.

'애나 캐번'은 헬렌 퍼거슨(Helen Ferguson)의 필명이다. 저자는 결혼을 통해 퍼거슨이라는 성을 얻게 되었고, 이 이름*으로 1929년과 1937년 사이에 초기 소설 몇 편을 쓰고 출판했다. 2차 세계 대전을 겪는 동안에도 집필을 이어 갔으나 대부분 단편 소설이었고, 이 중 상당수는 당시 저자의 불행하고 불안정한 심리 상태를 명백히 투영하고 있다. 두 번째 결혼이 실패한 이후, 그리고 전쟁에 참전한 아들이 살해당했을 때, 저자는 자살을 시도했다. 이후 두 번에 걸쳐 오랜 시간 정신 병원에 수용되어 있었는데, 그가 쓴 가장 충격적이고 불안감을 안겨 주

---

* 본명은 헬렌 에밀리 우즈(Helen Emily Woods)다.

는 이야기들은 1940년에 출간된 작품집 『정신 병동에서 (Asylum Piece)』에 수록되어 있다. 그는 고통스러운 척추 질환을 앓았고, 통증을 완화하고자 헤로인을 복용하기 시작했다.

한편 캐번은 활동적인 삶을 살기도 했다. 전 세계를 여행했고, 각각 다른 시기에 뉴질랜드, 호주, 미얀마, 스위스, 프랑스 그리고 미국을 돌아다녔던 그는 결국 런던으로 돌아와서 죽음을 맞이할 때까지 그곳에 머물렀다. 또한 명성 높은 실내 장식가였고, 불도그를 길러 분양했으며, 탁월한 화가였다. 삶의 마지막 순간이 가까워질 무렵에는 소규모 부동산 개발업자로 활약하며, 런던에서 집을 매입하고 내부를 개조해 되파는 일을 했다. 캐번은 자동차와 자동차 경주에 깊이 매료되었는데, 아닌 게 아니라 작품 속에서 그가 창조해 낸 인물들은 종종 멋지고 강력한 차를 타고 돌아다닌다.(『아이스』에서도 그렇다.)

애나 캐번은 생전에 작가로서 별로 주목받지 못했으며 죽은 뒤에야 문학 비평가들에게 조금씩 알려지기 시작했다. 이처럼 놀랍고 강렬하며 극단적인 여운을 남기

는 소설을 새로운 세대의 독자들에게 소개할 수 있어서
매우 기쁘다.

크리스토퍼 프리스트

1

나는 길을 잃었다. 이미 황혼이었다. 몇 시간째 운전 중이었고 휘발유도 거의 다 떨어진 상태였다. 어둠 속에서 이 외로운 언덕길에 발이 묶일지도 모른다는 걱정에 끔찍하게 사로잡혀 있던 순간, 마침 내 눈에 들어온 표지판은 무척 반가웠다. 나는 차를 갖다 댔다. 정비공에게 말을 붙여 보려고 창문을 내리자 바깥 공기가 너무도 차가워서 외투의 옷깃을 세워야 했다. 남자 정비공은 연료 탱크를 채우며 날씨에 대해 언급했다.

"이달에 이렇게 추운 건 처음이에요. 일기 예보에서

는 심각한 결빙 상태가 이어질 거라던데요."

태어나 살아오면서 나는 대부분의 시간을 해외에 나가 있거나 군 복무를 하거나, 외지를 탐사하는 데 바쳤다. 방금도 열대 지방에서 돌아왔기에 모든 것이 얼어붙는 날씨가 실감 나지 않았지만, 그 남자의 말이 불길하고 심상치 않게 들렸으므로 놀랐다. 얼른 다시 출발하고 싶은 마음에, 나는 그에게 현재 내가 향하고 있는 마을로 가는 길을 물었다.

"어둠 속에서는 절대 찾을 수 없을 겁니다. 사람의 발길이 닿지 않는 외딴곳이라서요. 그리고 이 언덕길은 얼어붙고 나면 굉장히 위험하죠."

지금 같은 상황에서 계속 운전해 간다는 건 멍청한 짓이라고 암시하는 듯했으므로 나는 더 짜증이 났다. 그래서 이 동네의 지리에 관해 뭐라고 설명하는 그의 말을 끊으며 남자에게 돈을 건넸고, 그가 마지막으로 경고하듯 고함치는 소리를 무시한 채 차를 몰고 떠났다.

"빙판길 조심해요!"

어느덧 날이 꽤 어두워졌고, 나는 최악의 상황에서 절망적으로 길을 잃고 말았다. 그 정비공 친구의 말을 들었어야 했음을 알았지만, 동시에 그와 아예 말을 섞지 않았더라면 더 좋았으리라는 생각도 들었다. 이유는 알 수 없으나 그 남자의 발언이 나를 불안하게 했다. 그 말들은 이 여행에 대한 나쁜 징조가 되어 버린 것 같았다. 나는 애초에 이 탐험을 시작한 일을 후회하기 시작했다.

나는 줄곧 이 여행에 회의적이었다. 바로 전날 이곳에 도착했으니, 나는 지금처럼 외딴 교외에 사는 친구들을 방문하는 대신 시내에 나가서 여러 가지 시급한 일부터 먼저 처리해야 했다. 떠나 있는 동안 줄곧 내 생각을 잠식하고 있던 여자를 당장 만나야겠다는 이 다급한 충동을 나 자신조차 이해하지 못했다. 비록 내가 그 여자 때문에 돌아온 건 아니지만 말이다. 나는 이 지역에 어떤 불가사의한 비상사태가 임박했다는 소문의 진상을 조사하기 위해 돌아왔다. 그러나 이곳에 도착하자마자 나는 그여자의 존재에 강박적으로 집착하기 시작했다. 내가 떠올릴 수 있는 생각들이란 오직 그 여자에 관한 것뿐이었고, 즉시 그 여자를 만나야 한다고 느꼈다. 그 밖의 다른 것은 중요하지 않았다. 물론 나는 이런 생각이 완전히 비이성적임을 알았다. 지금 내가 느끼는 거북하고 언짢은 기분 역시 마찬가지였다. 내 조국에서 내가 피해를 볼 리 없다고 여기면서도 계속 운전하다 보니 어느덧 불안은 점점 깊어져 갔다.

내게 현실은 언제나 알 수 없는 것이었다. 이런 때에는 그 점이 특히나 더 불안을 돋운다. 가령 나는 예전에 그 여자와 그의 남편을 방문한 적이 있었다. 그들 집 주변의 평화롭고 여유로워 보이던 시골 풍경을 생생하게 기억한다. 하지만 이 기억은 재빨리 흐려지고 현실감을 잃어 가면서 점점 더 의구심을 자아내고 불분명해졌다. 이 길을 지나가는 동안 그 어떤 인기척도, 아무런 불빛도 찾아볼 수 없었다. 마치 이 지역이 처음인 양 느껴졌다. 새까맣게 펼쳐진 하늘은 끝없이 솟아오르는 듯한 잡초 울타리보다 더욱 짙은 검은빛이었다. 가끔 차의 전조등에 길가 건물들이 비쳤는데, 그것들 역시 시커멓고 아무도 거주하지 않음이 분명한, 거의 폐가에 가까운 모습이었다. 내가 떠나 있는 동안, 이 지역 전체가 폐허가 된 것 같았다.

이러한 혼란과 난장판 속에서 과연 내가 그 여자를 찾을 수나 있을지 걱정이 밀려들었다. 대체 무슨 재앙이 들이닥쳐서 마을을 파멸시키고 농장들을 망가뜨렸을까?

이런 폐허 속에서는 그 어떤 삶도 무사히 유지될 리 없었다. 내가 보기에, 이전의 정상 상태로 복원하려는 시도는 어디서도 보이지 않았다. 밭을 다시 갈아엎어서 땅을 재건하려는 작업의 흔적도, 심지어 들판에는 짐승조차 없었다. 도로는 보수 공사가 절실한 상태였고, 도랑은 방치된 덤불 아래 자라난 잡초들로 가득 차서 꽉 막혀 있다시피 했다. 이 지역 전체가 방치된 채 버려진 듯 보였다.

돌연 작고 하얀 자갈 한 움큼이 자동차 앞 유리로 날아들기에 나는 놀라서 펄쩍 뛰었다. 북쪽의 겨울을 경험한 지 워낙 오래되다 보니 우박이 내리는 현상마저 낯설게 느껴졌다. 우박은 곧 진눈깨비로 바뀌었고, 시야가 좁아져서 운전하기는 더욱 힘겨웠다. 지독하게 추웠고, 나는 눈앞의 현실과 점점 더 격해지는 불안감 사이의 관련성을 알아차리게 되었다. 정비소 남자는 이 시기에 이렇게 추웠던 적이 없다고 말했는데, 나 역시 이처럼 눈과 얼음이 휘날리기에는 아직 너무 이른 계절이라고 느꼈다. 갑자기 불안이 극심해졌으므로 나는 차를 돌려 마을로 돌아가고 싶었다. 하지만 너무 좁은 도로 탓에 차의 방향을 되돌릴 수 없었으므로, 나는 생기라곤 없는 죽음 같은 어둠 속에서 언덕길을 오르내리며 끝없이 이어지는 구불구불한 길을 연신 따라갈 수밖에 없었다. 도로의 표면 상태는 더 나빠졌다. 앞으로 나아갈수록 지면은 더 가파르고 미끄러워졌다. 자칫 차체가 미끄러지지 않도록, 나는 길 여기저기에 얼어붙은 빙판을 피하려고 애쓰면서 바깥을 주시했다. 익숙하지 않은 추위로 인해 머리가 아팠다. 이따금 전조등 불빛이 길가에 인접한 폐허 위를 날아가듯 비출 때마다, 헛것처럼 순식간에 지나가는 어떤 형체가 매번 나를 덜컥 놀라게 했다. 그러나 내가 정말 뭔가를 봤는지 확신하기도 전에 감쪽같이 사라져 버렸다.

이 세상 것으로는 보이지 않을 만큼 새하얀 무엇인가가 덤불 울타리 위로 피어나기 시작했다. 나는 울타리 중간이 어슴푸레하게 비어 있는 곳을 지나쳤고, 그 틈새를 흘끗 들여다보았다. 한순간이었지만 내가 내쏘는 불빛은 마치 탐조등처럼 고정된 채 그 여자의 나신을 밝혔다. 아이처럼 가냘프고, 생기 없이 쌓인 눈의 희뿌연 색과 대비되는 환한 상앗빛 몸. 그 여자의 머리카락은 넓게 펼쳐진 유리처럼 밝게 빛났다. 그 여자는 내 쪽을 바라보지 않고 있었다. 꼼짝도 하지 않은 채, 그 여자는 자신을 향해 천천히 다가오는 장벽에 시선을 고정하고 있었다. 투명한 유리처럼 단단하고, 반짝이는 얼음으로 이루어진 그 장벽의 중심에 그 여자가 있었다. 그 여자의 머리 위로 멀리 떨어져 있는, 고드름이 꽁꽁 얼어 있는 벼랑으로부터 눈부신 섬광들이 뿜어져 나왔다. 그 아래쪽에서는 얼음의 가장 바깥쪽 테두리가 이미 그 여자에게 닿으면서 그녀를 결박하기 시작했고, 차가운 서리가 그 여자의 발과 발목 위로 타고 올라가면서 콘크리트처럼 단단하고 거대한 얼음 속에 그녀를 가두었다. 나는 얼음이 더 위쪽으로, 그녀의 무릎과 허벅지를 뒤덮는 광경을 지켜보았다. 그 여자는 입을 벌렸는데, 마치 흰 얼굴에 난 검은 구멍처럼 보였다. 나는 고통으로 가득 찬 그녀의 가는 신음을 들었다. 나는 그 여자를 동정하지 않았다. 오히려 그녀가 고통스러워하는 모습을 지켜보며 이루 말할 수 없는 기쁨을 얻었다. 잔혹할 만큼 냉담한 스스로에게 거북함을 느꼈지만, 내가 그런 감정을 느끼고 있음을 부인할 수는 없었다. 수많은 요인 탓에 그런 감정이 싹텄을 테지만 그렇다고 정당화할 수 있는 상황은 아니었다.

　나는 한때 그 여자에게 깊이 반했던 적이 있었고, 무

려 그녀와 결혼할 작정이었다. 아이러니하게도 그때 나의 목표는 이 세상의 잔혹함으로부터 그녀를 보호하는 것이었다. 그 여자의 지나친 소심함과 연약함이 이 세상의 냉담함을 자꾸 부추기는 듯 비쳤기 때문이다. 그녀는 매사에 과도하게 민감했고, 예민하게 긴장되어 있었으며, 사람들과 삶을 무척 두려워했다. 여자의 성격은 가학적인 그녀 어머니 때문에 망가진 셈이었는데, 어머니는 자기 딸을 영구적으로 두려움에 복종하도록 계속 강요하곤 했다. 내가 가장 먼저 해야 할 일은 그 여자의 신뢰를 얻는 것이었다. 그래서 나는 항상 그녀를 부드러운 태도로 대하면서 내 감정을 섣불리 풀어놓지 않도록 주의했다. 당시 그 여자는 너무나 깡말라서, 우리가 함께 춤을 출 때 내가 그녀를 조금이라도 세게 끌어안으면 혹시 부서질까 봐 무서울 정도였다. 그녀의 튀어나온 뼈들은 약하디약해서 금방이라도 쉬이 부러질 듯 보였는데, 불거진 손목뼈가 특히나 내게 매력적으로 다가왔다. 그 여자의 머리카락은 숨이 막힐 만큼 아름다웠다. 알비노*의 특징인 은백

---

* Albino. 선천성 색소 결핍증에 걸린 사람 또는 동물을 가리킨다. 유전자 변이로 인해 피부와 털이 하얗게 보인다.

색 머리카락이, 달빛을 머금은 베네치아 유리처럼 달빛에 비쳐 반짝반짝 빛났다. 나는 그녀를 유리 인형처럼 대했다. 그 여자가 실재하는 사람처럼 보이지 않을 때도 많았다. 점점 그녀는 나에 대한 두려움을 접고, 더러 아이같은 애정을 드러내 보이기도 했지만, 여전히 수줍어하고 속내를 잘 알 수 없기는 마찬가지였다. 나는 내가 믿을 수 있는 사람임을 그 여자에게 충분히 증명했다고 생각했기에, 얌전히 기다리는 데에 만족했다. 그녀는 거의 나를 받아 줄 것 같았다. 미성숙함 때문에 그녀 감정의 진정성을 가늠해 보기란 어려웠지만 말이다. 그 여자의 애정이 전적으로 가식이었던 건 아니었겠으나, 어쨌든 그녀는 갑자기 나를 버리고 지금 다른 남자에게로 갔다. 다 지난 일이다. 그러나 그 충격적인 경험이 내게 남긴 상흔은 여전히 불면증과 두통으로 발현하고 있다. 내게 처방된 약물은 끔찍한 악몽을 불러일으켰는데, 꿈속에서 여자는 언제나 도움받지 못한 피해자인 채 그 연약한 몸이 부서지거나 멍이 들곤 했다. 잠들어 있을 때만 이런 꿈을 꾸는 것도 아니었다. 더욱 개탄스러운 부작용은, 점차 내가 그런 꿈들을 은근히 즐기게 되었다는 점이다.

시야가 좀 더 나아졌다. 밤의 어둠은 여전하지만 적어도 눈은 멈췄다. 가파른 언덕 꼭대기 근처에 남아 있는 한 요새의 잔해를 볼 수 있었다. 탑 외에는 거의 남아 있지 않았고, 처참히 파괴된 건물에 뻥뻥 나 있는 텅 빈 창문 구멍들이 전부 검은 입을 음침하게 벌리고 있는 듯 보였다. 어렴풋이 그 장소가 익숙하게 느껴졌다. 내가 반쯤 기억하는 무엇인가가 왜곡되어 나타난 것 같았다. 나는 그 요새를 전에도 본 적이 있다고 생각하며 일부 장소를 알아보는 양 느꼈지만 확신할 순 없었다. 나는 여름일 때에만 이곳에 와 봤고, 그 계절에는 모든 풍경이 꽤 달라 보이기 때문이다.

내가 그 남자의 초대를 받아들였던 당시, 나는 그 초대의 이면에 다른 속셈이 있으리라고 생각했다. 그는 화가였는데, 예술을 진지한 직업으로 삼기보다 그저 취미로 즐기는 애호가에 가까웠다. 겉으로는 아무 일도 하지 않는 양 보이는데도 항상 돈이 넘쳐 나는 부류의 사람들 말이다. 아마도 그 남자에겐 사적인 용처에서 나오는 수입이 있었을 것이다. 하지만 나는 무던해 보이는 인상과 달리 그에겐 뭔가 다른 꿍꿍이가 있으리라고 짐작했다.

그래서 그가 나를 따뜻하게 맞아 주는 데 깜짝 놀랐다. 그 남자는 이보다 더 친절할 수 없는 태도로 깍듯하고 상냥하게 나를 대했다. 그럼에도 나는 내심 경계의 끈을 늦추지 않았다.

그 여자는 남자의 곁에 서서 거의 아무 말도 없이, 긴 속눈썹 사이로 비치는 커다란 눈으로 나를 곁눈질하고 있었다. 그 여자가 거기 서 있을 뿐인데도 나는 강렬하게 매혹되었다. 비록 무엇 때문인지는 나도 잘 몰랐지만 말이다. 나는 두 사람과 대화를 나누는 일이 어렵게 느껴졌다. 너도밤나무 숲 한가운데 있던 그 집은 수많은 키 큰 나무로 빽빽하게 둘러싸이다 못해, 실제로 우리가 우듬지에 올라와 있는 양 보일 정도였다. 창밖마다 울창한 녹색 잎사귀가 파도치듯 일렁였다. 나는 인드리*로 알려진, 덩치가 크고 노래하는 여우원숭이를 떠올렸다. 외딴 열대 섬의 나무숲에서 사는 그 짐승들은 거의 멸종한 상태였다. 전설에 다가선 그 생물의 기묘한 노랫소리와 그들의 온화하고 애정 어린 태도가 내게 큰 인상을 남겼기에,

* Indri. 마다가스카르섬에 서식하는 여우원숭이의 일종.

나는 인드리들에 관해 말하기 시작했고 나도 모르게 그 주제에 푹 빠진 채 이야기를 이어 갔다. 남자는 관심이 있는 듯 보였다. 그 여자는 아무 말도 하지 않았고, 점심 식사가 어떻게 되어 가는지 살피고자 곧 우리를 떠났다. 그녀가 사라지니 우리 두 남자의 대화는 단번에 더 편안해졌다.

한여름이었고, 날씨가 매우 더웠다. 바로 집 밖에서 바스락거리는 나뭇잎들이 기분 좋게 시원한 소리를 냈다. 남자의 친절한 태도는 연신 이어졌다. 내가 그를 잘못 판단한 것 같았다. 나는 내가 의심을 품었음에 부끄러움을 느꼈다. 남자는 내게 방문해 줘서 기쁘다고 말하며, 계속 그 여자에 대해 이야기했다.

"아내는 지독하게 낯가림이 심하고 긴장을 많이 합니다. 바깥세상에서 온 사람과 만나는 게 그 사람에게도 좋아요. 여기서는 너무 외롭거든요."

나는 남자가 나에 대해 얼마나 알고 있는지, 그 여자가 남자에게 나에 대해 어떤 말을 했는지 궁금하게 여기지 않을 수 없었다. 방어적인 태도를 고수하는 게 오히려 바보 같고 부조리하게 보였다. 그렇지만 남자의 다정한 말에 나는 다소 주저할 수밖에 없었다.

　나는 하루 이틀 정도 그들과 함께 지냈다. 그 여자는 일부러 나를 피하기라도 하는 양 내 눈에 잘 띄지 않았다. 남자가 동석하지 않는 한, 따로 혼자 있는 여자의 모습을 본 적이 없었다. 화창하고 더운 날씨가 지속되었다. 그 여자는 얇은 원단으로 지은 매우 단순한 형태의 짧은 드레스를 입었다. 어깨와 팔을 드러내고 스타킹은 아예 신지 않은 채, 아이들이나 신을 법한 샌들 차림새였다. 햇빛을 받자 그녀의 머리가 눈부시게 빛났다. 나는 그 모습을 잊을 수 없으리라는 사실을 알았다. 또한 뭔가 달라졌다는 점도 알아챘다. 예전보다 훨씬 자신감이 생긴 모습이었다. 그 여자는 더 자주 미소를 지었고, 한번은 정원에서 노랫소리도 들려왔다. 남자가 그녀의 이름을 부르자 그 여자는 가뿐히 달려왔다. 그렇게 행복해하는 모습을 본 것은 처음이었다. 그 여자는 내게 말을 걸 때에만 여전히 약간 긴장한 태도를 보였다. 내 방문이 끝나 갈 무렵 남자는 내게 여기 있는 동안 그 여자와 단둘이 이야기를 나눠 본 적이 있는지 물었다. 나는 아니라고 대답했다. 그는 이렇게 말했다.

"떠나시기 전에 꼭 아내와 대화를 나눠 보세요. 그 사람은 과거에 있었던 일을 걱정한답니다. 자신이 당신을 불행하게 할까 봐 두려워하고 있어요."

그 말은 곧, 남자도 그녀와 나 사이의 일을 알고 있다는 뜻이었다. 그 여자는 남편에게 모든 것을 말했음이 분명했다. 물론 별일이 있지도 않았지만 말이다. 그러나 나는 지난 일을 그 남자에게 털어놓고 싶지 않았기에 말끝을 흐렸다. 눈치 빠른 남자는 화제를 돌렸지만 결국 다시 그 이야기로 돌아왔다.

"저는 당신이 아내의 마음을 안심시켜 주셨으면 좋겠습니다. 그 사람과 사적으로 얘기 나눌 기회를 만들어 드리죠."

바로 다음 날 떠날 예정이었으므로 나는 남자가 어떻게 그런 자리를 마련하려는지 몰랐다. 나는 오후 느지막이 떠날 참이었다.

그날 아침은 거기서 머무는 동안 가장 더웠다. 으르렁대는 천둥의 자취가 공기 중에 섞여 있었다. 아침 식사 시간에도 찌는 열기로 숨이 막힐 정도였다. 그들은 놀랍게도 내게 외출을 제안했다. 이 지역의 명승지 하나를 보지 않은 채 떠날 수 없다는 이유에서였다. 유명한 절경을 즐길 수 있는 언덕이 있다고 했다. 나도 이름을 들어 본 적 있는 곳이었다. 과연 내가 출발 시각을 맞출 수 있을지 의아해하자, 그들은 차로 다녀오면 얼마 안 되는 거리라고 대꾸했다. 짐을 챙길 시간도 충분하리라고 했다. 나는 그들의 의지가 확고함을 파악하고, 끝내 그 제안에 동의했다.

　　우리는 어느 오래된 요새 근처의 폐허에 소풍 매트를 깔고 점심을 먹었다. 외세의 침략을 두려워하던 먼 옛날부터 존재해 온 요새라고 했다. 차가 진입할 수 있는 길은 돌연 깊은 숲속 한가운데서 끝나 버렸다. 우리는 차를 두고 계속 걸어갔다. 꾸준히 더해지는 더위 속에서 나는 서둘러 가기를 아예 포기하고 뒤쪽으로 처졌다. 숲 끝자락에 서 있는 마지막 나무를 봤을 때 나는 그만 그늘 아래 털썩 주저앉고 말았다. 그러자 남자가 돌아와서 나를 일으켜 세웠다.

　　"따라와요! 끝까지 올라가 보면 올라오길 잘했다고 생각하실 겁니다."

　　그의 열정이 가파른 비탈길을 오르는 내내 나를 재

촉했다. 마침내 정상에 도달해서 풍경을 내려다본 뒤 나는 틀에 박힌 경탄밖에 내뱉을 수 없었다. 어딘가 미적지근한 내 반응에 남자는 여전히 만족하지 못한 채 이번엔 요새 꼭대기에서 풍경을 감상해야 한다고 주장했다. 그는 다소 묘한 상태였고, 잔뜩 흥분해서 거의 열병에 달뜬 것 같았다. 먼지 낀 어둠 속에서 나는 남자의 뒤를 따라 탑 내벽의 계단을 올라갔다. 그의 육중한 몸이 바깥의 빛을 다 가렸기 때문에 나는 아무것도 볼 수 없었고, 비어 있는 계단을 하나라도 잘못 밟았더라면 즉시 추락해서 목이 부러졌을 터였다. 탑 꼭대기에는 난간조차 없었다. 우리는 거대한 돌무더기 위에 서 있었다. 버팀목이 되어줄 만한 게 아무것도 없어서 한 발짝만 잘못 디뎌도 땅바닥으로 떨어질 지경이었다. 그동안 남자는 팔을 힘차게 휘두르며, 저 멀리 보이는 다른 장소들을 가리켰다.

"이 탑은 수 세기 동안 중대한 요충지였습니다. 여기서 넓게 펼쳐진 구릉 지대 전체를 볼 수 있지요. 저기 보이는 게 바다고요. 저건 대성당의 첨탑입니다. 저 너머 보이는 푸른빛 선이 강어귀지요."

나는 먼 경치보다는 발밑의 상황에 더 관심이 있었

다. 비상 사태에 대처할 수 있도록 준비된 돌무더기, 여러 겹으로 휘감긴 철사들, 콘크리트 블록들과 그 밖의 다른 자재들 따위 말이다. 옛날 이 요새를 지키던 자들이 어떤 위기에 대비하고 있었는지 알아낼 수 있기를 기대하며, 나는 가장자리로 다가가서 내 발치에 자리한 무방비 상태의 낭떠러지를 바라보았다.

"조심하세요!"

남자가 웃음을 터뜨리며 경고했다.

"여기서는 쉽게 미끄러지거나 몸의 중심을 잃을 수 있습니다. 저는 항상 살인하기에 완벽한 장소라고 생각한답니다."

그의 웃음소리가 굉장히 특이하게 들렸으므로 나는 남자 쪽을 돌아보았다. 그는 내게 다가와서 이렇게 말했다.

"만약 제가 당신을 살짝 밀치기만 해도…… 이렇게 말입니다."

때마침 뒤로 한 발짝 물러났지만 나는 발을 헛디딘 바람에 비틀거렸고, 위태롭게 조금씩 부서져 내리는 아래쪽 절벽으로 휘청대며 떠밀려 갔다. 뜨거운 하늘의 역광을 받아서 검게 보이는 남자의 웃는 얼굴이 내 위로 덮쳐 왔다.

"여기서 추락하면 사고가 될 거예요. 그렇지 않습니까? 증인도 없고, 어떤 일이 일어났는지는 오직 제 진술뿐일 테죠. 이것 보세요, 당신은 제대로 서 계시지도 못하는군요. 높은 곳에 올라오니 아무래도 고도의 영향을 받으시나 봅니다."

우리가 다시 지면으로 내려왔을 때 나는 땀을 줄줄 흘리고 있었다. 내 옷은 먼지투성이였다.

그 여자는 그곳의 늙은 호두나무 그늘이 드리운 잔디밭 위에 음식을 차려 놓고 있었다. 평소와 다름없이 그녀는 말수가 적었다. 나는 이제 곧 여기를 떠난다는 사실이 전혀 유감스럽지 않았다. 숨 막히는 긴장감 때문에 피로해졌고, 그 여자와 이처럼 가까이 있음이 지나치게 불편했다. 식사하는 동안 나는 계속 여자를 쳐다봤다. 은빛으로 불타는 것 같은 머리카락, 창백하다 못해 거의 투명한 피부, 도드라지게 튀어나온 연약한 손목뼈. 여자의 남편은 방금 전의 유쾌한 흥분감을 모두 잃은 채 어딘지 음울하고 시무룩해졌다. 그 남자는 스케치북을 꺼내 들고 이리저리 방황하듯 돌아다녔다. 나는 그의 급격한 감정 기복을 이해하지 못했다. 저 멀리 짙은 먹구름이 모습을 드러냈다. 나는 공기의 습도가 강해졌음을 느꼈고 머지않아 폭풍이 닥치리라는 사실을 알았다. 내 재킷은 잔디 위 내 곁에 놓여 있었다. 나는 재킷을 잘 개켜서 두툼한 쿠션처럼 만든 뒤, 그 위에 내 머리를 얹고 나무둥치에 기댄 채 쉬었다. 그 여자는 내 바로 아래, 잔디가 무성한 둑 위에서 팔과 다리를 쭉 뻗은 자세로 누워 있었다. 깍지 낀 두 손을 이마에 갖다 대고 눈부신 햇살로부터 얼굴을 가렸다. 머리 위로 올린 두 팔은 살짝 거칠어 보였고 면도한 겨드랑이는 다소 거뭇거뭇했는데, 그곳에 맺힌 미세한 땀방울이 흰 서리처럼 반짝 빛났다. 그녀는 그렇게 말없이 가만히 있을 뿐이었다. 여자가 걸친 얇은 드레스 사이로 어린애처럼 밋밋한 몸의 윤곽이 그대로 드러나 보였다. 나는 그녀가 안에 아무것도 입지 않았음을 알 수 있었다.

그 여자는 비탈을 따라 조금 더 내려가서 내 앞쪽에 웅크렸다. 그녀의 살결은 눈보다 살짝 흐릿한 흰빛이었다. 그런데 사방에서 거대한 얼음 절벽이 점점 우리 쪽으로 다가오고 있었다. 그 빛은 차갑고 평평한, 그림자마저 없는 얼음 같은 형광이었다. 태양도, 그림자도, 생명도 없이, 죽음과도 같은 추위만이 몰아칠 뿐이었다. 우리는 차차 조여 오는 얼음 벽의 중심에 있었다. 그 여자를 구해야 했다. 나는 이렇게 외쳤다.

"이리 올라와, 빨리!"

그녀는 고개를 돌렸지만 움직이진 않았다. 평평한 빛 속에서 그녀의 머리카락은 변색한 은처럼 거칠게 반짝였다. 나는 그 여자에게 다가가서 말했다.

"겁먹지 마. 내가 당신을 구해 줄게. 탑 꼭대기로 올라가야 해."

그녀는 내 말뜻을 이해하지 못하는 듯 보였다. 아마도 다가오는 얼음의 굉음 때문에 내 목소리를 제대로 듣지 못했으리라. 나는 그 여자를 껴안아서 비탈길 위로 끌어 올렸다. 그녀는 거의 무게가 느껴지지 않을 만큼 가벼웠기에 힘들지는 않았다. 요새 밖으로 나가자마자 나는 발길을 멈췄다. 한쪽 팔에 여자를 안은 채 주변을 돌아보았다. 더 높이 올라간들 소용없는 짓임을 단번에 알았다. 탑은 무너질 운명이었다. 탑은 붕괴하며 수백만 톤의 얼음 아래에서 즉시 가루가 될 것이다. 추위가 폐부를 거세게 긁

40

어 댔다. 얼음이 정말 가까이까지 다가온 것이다. 극심하게 떨고 있는 여자의 어깨는 이미 얼음 같았다. 나는 그녀를 더 힘껏 끌어안았고, 두 팔로 그녀의 몸을 꼭 품었다.

남은 시간이 별로 없었지만, 적어도 우리는 함께 마지막 순간을 맞을 수 있었다. 숲은 이미 얼음으로 뒤덮여 있었고, 끝에 선 나무들은 수많은 조각으로 갈라져 있었다. 그녀의 은발이 내 입가에 닿았고, 그녀는 내게 몸을 기댔다. 다음 순간, 나는 그 여자를 잃었다. 텅 빈 손을 아무리 내저어 봐도 그녀의 행방을 찾을 수가 없었다. 얼음의 폭력으로 갈기갈기 찢긴 나무등치가 수백 미터 하늘 높이까지 말려 올라가서 춤을 추었다. 바로 섬광이 번쩍였고, 모든 것이 위태롭게 흔들렸다. 반쯤 짐을 싸다 만 내 여행 가방이 침대 위에 펼쳐져 있었다. 내 방 창문은 여전히 활짝 열린 채였고, 커튼은 방 안으로 흘러 들어와 있었다. 숲의 우듬지가 물결치듯 우왕좌왕하는 바깥 하늘은 이미 어두웠다. 비가 내린 흔적은 없었지만 천둥소리가 여전히 메아리쳤고, 바깥을 보니 번개가 다시 섬광을 일으키며 번쩍였다. 아침보다 기온이 몇 도나 떨어졌다. 나는 서둘러 재킷을 입고 창문을 닫았다.

어쨌든 내가 길을 제대로 찾아오긴 한 모양이었다. 손질하지 않아서 무성하게 자라난 덤불이 마치 터널을 지나오듯 머리 위를 아슬아슬하게 스쳤다. 줄곧 달려온 끝에, 어두운 너도밤나무 숲으로 이어진 길은 집 앞에서 멈췄다. 아무런 불빛도 보이지 않았다. 그곳은 내가 지나쳐 온 다른 장소들처럼 사람 없이 버려진 곳 같았다. 나는 몇 번이나 경적을 울리고 기다렸다. 늦은 시각이니 그들은 아마도 자고 있을 것이다. 만약 그 여자가 거기에 있다면 나는 그녀를 봐야만 했다. 그게 이 여행의 전부였다. 조금 더 기다리니, 마침내 남자가 나와서 나를 집 안으로 들여보내 줬다. 이번에는 나를 만나는 게 별로 반갑지 않은 기색이었다. 내가 그의 밤잠을 깨웠다면 이해할 만한 일이었다. 남자는 잠옷 위에 걸치는 실내용 가운 차림이었다.

집 안의 전기는 끊겨 있었다. 남자가 횃불을 번쩍이며 안쪽으로 앞서갔다. 거실의 난롯불에서 약간의 온기가 피어나긴 했지만 나는 외투를 계속 입고 있었다. 나는 등잔불 속에서 해외에 다녀오는 동안 남자가 얼마나 달라졌는지를 보고 놀랐다. 그는 더 육중해졌고, 더 엄숙해졌고, 더 거칠어졌다. 친절하고 사근사근하던 표정은 간 곳없이 사라졌다. 다시 보니 남자는 실내용 가운이 아니라 군용 제복의 긴 외투 같은 옷을 입고 있었다. 그래서 그의 인상이 더욱 낯설어 보였다. 나의 오래된 의심이 되살아났다. 위급한 상황이 닥치기도 전에, 벌써 위급한 상황을 겪고 있는 듯 돈을 흥청망청 써 버렸던 사람이 여기 있었다. 남자의 얼굴은 전혀 상냥해 보이지 않았다. 나는 이렇게 늦은 시각에 방문했음을 사과했고, 중간에 길을 잃었다고 설명했다. 남자는 술에 취한 상태였다. 술병과 술잔 들이 작은 탁자 위에 늘어놓아져 있었다.

"자, 그럼 당신이 무사히 도착했음에 건배."

남자의 태도나 목소리에서는 따뜻한 진심이 전혀 느껴지지 않았다. 전에 없던 냉소적인 어조가 새롭게 곁들여졌을 뿐이었다. 그는 내게 술을 한 잔 따라 주고 자리에 앉았다. 긴 오버코트 자락이 무릎까지 내려왔다. 나는 불룩 튀어나온 주머니, 혹은 엉덩이 쪽이 툭 불거져 나왔는지 살펴보았으나 두꺼운 외투에 가려져서 아무것도 확인할 수 없었다. 우리는 함께 앉아서 술을 마셨다. 나는 그 여자가 나타나기를 기다리며 내 여행을 화제로 삼아 대화를 시작했다. 그러나 여자의 흔적은 없었다. 집 어디에서도 소리가 들리지 않았다. 남자는 그 여자에 대해 일절 언급하지 않았고, 나는 악의에 찬 그의 표정을 보고 남자가 일부러 말을 아끼고 있음을 알았다. 아름답고 매력적이었던 이 거실은 이제 방치된 채 지저분하게 변해 있었다. 천장에서 마른 회반죽이 떨어졌고, 벽에는 무슨 폭발의 흔적이라도 남은 듯 깊은 균열이 여러 군데 나 있었다. 비가 새는 곳마다 검은 곰팡이가 점점이 피어났고, 더불어 집 바깥 역시 황폐해진 모습이었다. 인내심이 바닥날 무렵, 결국 나는 그 여자가 어떻게 지내는지 물었다.

"아내는 죽어 가고 있어요."

내가 탄식하자 남자는 심술궂은 미소를 지었다.

"우리 모두 그렇잖습니까."

나를 떠보기 위한 그 나름의 장난이었던 것이다. 나는 남자가 우리의 만남을 의도적으로 막으려 함을 알아챘다.

나는 그 여자를 봐야만 했다. 내게는 그게 가장 중요한 일이었다. 나는 이렇게 말했다.

"저는 곧 가 보겠습니다. 편히 쉬셔야죠. 하지만 먼

저 요기할 거리를 좀 주실 수 있을까요? 한낮부터 아무것도 먹지 못해서요."

남자는 거실 밖으로 나가더니 거칠고 위압적인 목소리로 여자에게 고함을 치며 음식을 가져오라고 일렀다. 바깥을 온통 황폐하게 만든 파괴라는 질병에는 전염성이 있었다. 그것이 두 사람의 관계와 실내 풍경에 이르기까지 모든 것을 감염시킨 듯했다. 그 여자가 빵과 버터, 햄 한 접시를 담은 쟁반을 가지고 들어왔다. 나는 그녀의 외모 또한 달라졌는지 자세히 살펴보았다. 그 여자는 단지 그 어느 때보다 더 깡말랐고, 살갗이 거의 투명하게 비칠 만큼 연약해 보일 따름이었다. 여자는 완전히 침묵을 지켰다. 내가 그녀를 처음 알았을 때 그랬듯이 잔뜩 겁에 질리고 내성적인 사람처럼 보였다. 묻고 싶은 게 많았고 단둘이 이야기하고 싶었지만 기회는 주어지지 않았다. 남자는 술을 마시면서 우리를 계속 지켜보았다. 알코올이 그를 호전적으로 만들었다. 내가 더는 술을 마시지 못하겠다고 거절하자, 남자는 화를 내며 내게 싸움을 걸려고 했다. 나는 이만 떠나야 함을 알았지만, 끔찍한 두통 때문에 좀체 몸을 가눌 수 없었다. 나는 연신 내 눈과 이마를 손으로 꾹꾹 눌렀고, 마침 여자가 내 상태를 분명히 눈치챘다. 잠시 자리를 비우더니 손바닥에 뭔가를 들고 돌아와서 이렇게 소곤거렸기 때문이다.

"머리가 아프신가 본데, 아스피린 한 알 드세요."

그러자 남자가 소리쳤다.

"당신 저 남자한테 뭘 속닥거리는 거야?"

그 여자가 나를 생각해 준 데에 감동한 나머지, 나는 단순한 감사 이상의 뭔가를 표하고 싶었다. 하지만 남편이 워낙 사나운 표정으로 나를 노려보았기에 자리에서 떠날 수밖에 없었다.

남자는 배웅하러 나오지 않았다. 나는 벽과 가구들 사이에 내려앉은 어둠을 뚫고 앞을 더듬어 가며 현관으로 향했고, 바깥문을 열자마자 잔뜩 쌓인 눈의 창백한 빛과 마주쳤다. 추위가 너무 지독했으므로 서둘러 차에 올라타고 문을 꽉 닫은 뒤 히터를 켰다. 계기판에서 고개를 들어 보니, 여자가 조그만 목소리로 무엇인가를 얘기하고 있는 게 들렸다. 내가 알아들은 단어는 오직 '약속'과 '잊지 말라'는 말뿐이었다. 나는 전조등을 켰고, 그 여자가 앙상한 팔로 자기 가슴 앞에 팔짱을 낀 채 현관에 서 있는 모습을 보았다. 그녀 얼굴에는 희생자의 표정이 떠올라 있었다. 물론 그것은 심리적인 반영이었고 그 여자가 어린 시절에 받은 학대의 상흔이기도 했다. 눈가와 입가 부분, 극단적으로 섬세하고 고운 흰 피부 위에 가장 희미하게 드러난 멍 자국이 미미한 암시처럼 보였다. 내게는 그 모습이 어떤 면에서 미친 듯이 매력적으로 다가왔다. 나는 차가 움직이기 직전에 간신히 그 흔적을 발견한 참이었다. 얼어붙을 만큼 추운 날씨에 엔진이 제대로 작동하리라고 기대하지도 않으면서, 나는 반사적으로 차의 시동을 걸었다. 동시에 나는 순간적 착시처럼 하나의 이미지를 보았다. 집 안의 어둠이 검은 팔과 손처럼 길게 늘어나고 뻗어 나와서 그 여자를 어찌나 난폭하게 붙잡던지 충격받은 하얀 얼굴은 산산이 조각나고, 그 여자는 짙은 어둠 속으로 굴러떨어졌다.

나는 그들의 상황이 나빠졌다는 사실을 떨쳐 낼 수 없었다. 그 여자가 행복했을 때, 나는 그녀에게서 스스로를 떼어 낸 채 그들 관계의 외부자로 존재할 수 있었지만, 이제는 그 여자에게 다시 연루되어 나와 그녀 사이에 새로운 관계가 생겨난 듯 느껴졌다.

2

나는 그 여자가 갑자기 집을 나갔다는 소식을 들었
다. 아무도 행방을 몰랐다. 남편은 그녀가 외국으로 갔을
지도 모른다고 생각했지만, 그저 추측일 뿐이었다. 나는
무척 불안해졌고 끝없이 질문을 던졌지만, 구체적인 사
실은 끝내 드러나지 않았다.

"나도 당신이 아는 만큼밖에 모릅니다. 아내는 그저
사라져 버렸어요. 스스로 원한다면 충분히 떠날 자격이
야 있죠. 그녀는 자유인이고, 백인이고, 스물한 살의 성인
이니까요."

남자는 일부러 익살맞게 말했는데, 나는 그가 정말 진실을 말하고 있는지 의심스러웠다. 경찰은 범죄 사건이 일어난 것 같지는 않다고 결론을 내렸다. 그 여자가 어떤 피해를 입었다는 정황도 없고, 자발적 가출이 아니라고 단정할 수도 없다는 말이었다. 그 여자는 자기 마음이 무엇을 원하는지 알아차릴 만큼 나이 든 성인이며 사람들의 실종은 노상 있는 일이었다. 어느 날 돌연 가출한 뒤다시는 모습을 드러내지 않는 사람들이 수백 명에 달했고, 그들 중 상당수는 불행한 결혼 생활을 하던 여자들이었다. 그 여자의 결혼 생활 역시 파탄 났다고 알려져 있었다. 이제 거기서 벗어난 그녀의 상태는 나아질 것이며, 그저 평화롭게 잊히기를 바라고 있음이 거의 확실했다. 그러므로 더 이상의 수사는 부적절하며 더 많은 문제를 불러올 터였다.

이것은 그들 처지에서만 편리한 관점이었다. 실질적인 행동을 취하지 않을 근거가 되어 주었으니까. 하지만 나는 이런 결정을 받아들이지 않았다. 그 여자는 어린 시절부터 권위자에게 복종하도록 세뇌됐으며, 구조적 억압 때문에 그녀의 독립성은 파괴된 지 오래였다. 나는 그 여자가 자신만의 결단으로 그처럼 과감한 선택을 했으리라는 얘기를 믿지 않았다. 분명히 외부 압력이 있었으리라는 의심이 들었다. 그 여자를 잘 아는 사람과 이야기를 나누고 싶었지만, 그녀에겐 가까운 친구가 하나도 없는 듯했다.

그녀 남편이 뭔가 수상쩍은 이유로 시내에 들렀기에 나는 내 클럽에 가서 점심을 함께 먹자고 했다. 우리는 두 시간 동안 대화를 나눴지만 결국 나는 그들 사이의 속사정을 전혀 알아내지 못했다. 남자는 이 사건을 끈질기게 그저 가벼운 일로 치부하며, 그 여자가 떠나서 자신은 기쁘다고 말했다.

"아내의 신경질적 태도 때문에 저는 거의 미칠 지경이었습니다. 제가 할 수 있는 조치는 다 취했어요. 그 사람은 정신과 의사의 면담도 거부했죠. 마침내 말 한마디 없이 집을 나가 버린 거예요. 아무런 설명도, 사전 경고도 없었습니다."

남자는 마치 자신이 피해자인 양 이야기했다.

"아내가 이기적으로 자신이 원하는 길을 택했으니, 저 또한 그 사람을 걱정하지 않습니다. 다시 돌아오지 않을 테죠. 그것만은 확실해요."

남자가 집을 비운 사이에 나는 그들 집으로 차를 몰고 가서 그 여자의 방에 있던 물건들을 뒤져 볼 기회를 살폈다. 그러나 실마리가 될 만한 증거는 아무것도 발견하지 못했다. 그저 어디서나 흔히 볼 수 있는 너절한 잡동사니뿐이었다. 새 모양의 자기 공예품, 줄이 끊어진 가짜 진주 목걸이, 낡은 초콜릿 상자에 담긴 스냅 사진들. 그중엔 여자의 얼굴과 빛나는 머리카락이 어느 호수의 수면 위에 완벽하게 비친 사진 한 장이 있었는데, 나는 그 사진을 내 지갑 속에 넣었다.

어떻게든 나는 그 여자를 찾아야만 했다. 그 사실만이 남았다. 나는 이곳에 처음 도착했을 때 곧장 여자가 사는 교외 쪽으로 스스로를 내몰았던 것과 똑같은 강박적 충동을 느꼈다. 그 무조건적 욕구를 합리적으로 설명해 줄 만한 말도, 차근차근 생각해 볼 여지도 없었다. 그것은 반드시 충족시켜야만 하는 일종의 갈망이었다.

나는 내 모든 일을 다 내던져 버렸다. 지금부터 내 목표는 오직 그 여자를 찾는 것뿐이었다. 다른 건 중요하지 않았다. 아직 정보를 더 캐낼 수 있는 가능성은 남아 있었다. 미용사들, 교통편의 예약을 기록하고 보관하는 직원들, 우리가 보통 스쳐 지나가고 마는 그런 부수적 인물들 말이다. 나는 그들이 자주 들르는 장소들을 찾아갔고, 말을 붙일 기회가 올 때까지 바 구석에 흔히 갖춰져 있는 게임기 주변에서 얼쩡거렸다. 돈은 도움이 되었고, 직감도 마찬가지였다. 그 어떤 희박한 단서라도 나는 기꺼이 추적해 나갔다. 엄습하는 위기 상황 때문에 나는 그 여자를 더 빨리 찾아야 한다고 압박을 느꼈다. 여자를 내 머릿속에서 지워 낼 수가 없었다. 내가 기억하는 그 여자의 모습 중 일부는 내가 실제로 본 적이 없는, 나의 상상의 산물일 수도 있으리라. 내가 그들 부부를 처음 방문했을 때 나는 거실에 있었다. 내가 가장 좋아하는 주제인 인드리들에 관해 이야기했던 것으로 기억한다. 남자는 내 말에 귀를 기울였다. 여자는 계속 이리저리 서성이며 꽃들을 화병에 담아 정리했다. 나는 충동적으로 그들 부부 역시 한 쌍의 여우원숭이와 닮았다고 말했다. 양쪽 다 매우 붙임성 있고 매력적인 생물이며, 이처럼 나무로 우거진 숲속에서 둘이 행복하게 함께 살고 있으니 말이다. 남자는 웃음을 터뜨렸다. 하지만 그 여자는 뭔가 끔찍하고 무서운 것을 목격한 듯 창백해지더니 정원을 향해 나 있는 프랑스식 유리문을 열고 뛰쳐나갔다. 여자 뒤쪽으로 은빛 머리카락이 흩날렸고, 뛰어가는 맨다리가 푸르게 빛났다. 은둔과 침묵 속에 숨겨진 비밀스럽고 그늘진 정원은 한여름의 더위를 피할 수 있는 시원하고 기분 좋은 안식처였다. 그러다 갑자기, 부자연스럽고 무시무시한 추위가 덮쳐 왔다. 사방을 둘러싼 무성한 잎사귀 더미가 감옥의 벽이 되었다. 도저히 통과해 나갈 수 없이 단단한 원형으로 조여 오는 녹색 얼음벽이 그 여자를 향해 사정없이 밀려들었다. 그 벽이 닫히기 직전에, 나는 겁에 질린 그 여자의 눈빛이 선뜩 빛나는 것을 보았다.

어느 겨울날 여자는 화실에서 남자를 위해 나체로 포즈를 취하고 있었다. 두 팔을 머리 위로 들어 올린 자세가 우아해 보였다. 오랫동안 그러고 있기가 부담스러웠을 텐데, 어쩌면 그렇게 꼼짝도 않고 가만히 있을 수 있는지 나는 경이로웠다. 그 여자의 손목과 발목을 묶어 둔 끈을 보기 전까지는 말이다. 방 안은 추웠다. 창유리에는 두꺼운 서리가 얼었고 창틀 바깥에는 눈이 소복이 쌓여 가고 있었다. 남자는 긴 제복 외투 차림이었다. 여자는 몸을 떨었다.

"저 좀 쉬어도 될까요?"

여자의 목소리가 애처롭게 떨렸다. 남자는 얼굴을 찡그리며 팔레트를 내려놓기 전에 손목시계를 힐끗 보았다.

"좋아, 지금은 이 정도면 되겠지. 옷을 입도록 해."

남자는 그 여자를 속박하고 있던 끈을 풀어 주었다. 끈은 여자의 하얀 살갗에 깊이 파고들어 붉고 성난 흔적을 남겼다. 여자의 동작은 추위 때문에 느리고 서툴렀다. 단추와 서스펜더 따위를 채우는 동안에도 어색하게 휘청거렸다. 그 모습에 남자는 짜증이 난 듯 보였다. 잔뜩 화가 난 얼굴로 여자에게서 냉랭하게 돌아섰다. 그 여자는 계속 안절부절못하며 남자 쪽을 바라봤다. 입은 초조하게 흔들렸고, 두 손의 떨림도 멈추지 않았다.

또 한번은 그 부부가 추운 방에 함께 있을 때였다. 남자는 평소처럼 긴 외투를 입었다. 얼음이 단단히 얼 만큼 몹시 추운 밤이었다. 남자는 손에 책을 들고 있었고, 여자는 아무것도 하지 않고 가만히 있었다. 빨갛고 파란 체크무늬 안감의 두꺼운 로덴 코트로 몸을 감싸고 있었는데,

춥고 비참해 보였다. 무거운 침묵이 내려앉은 방 안에선 터져 나갈 듯한 긴장감이 감돌았다. 두 사람 모두 서로와 대화를 나눈 지 제법 오래되었음을 느낄 수 있었다. 창밖에는 강철 같은 서릿발에 부서져 내리는 나뭇가지 소리가 마치 손뼉을 치는 듯이 들려왔다. 남자가 책을 바닥에 두고 일어나서 음반을 틀자 여자는 즉시 항의했다.

"아, 안 돼! 그 끔찍한 노래는 틀지 마세요, 제발!"

남자는 그녀의 목소리를 무시한 채 하던 일을 계속했다. 턴테이블이 돌아가기 시작했다. 그것은 내가 여우원숭이들의 노랫소리를 녹음해서 그들에게 전해 준 음반이었다. 그 비범한 정글의 음악은 내게 사랑스럽고, 신비롭고, 마법 같았다. 그러나 여자에게는 그 노래를 듣는 것이 일종의 고문인 듯했다. 여자는 두 손으로 귀를 틀어막고, 노래가 고음에 이를 때마다 얼굴을 움찔거리며 찌푸렸다. 점점 더 심하게 괴로워하며 고통으로 치달았다. 노래가 끝나자마자 남자는 한순간의 휴식도 없이 다시 재생을 시작했고, 여자는 마치 남자가 자신을 때리기라도 한 양 소리쳤다.

"싫어! 나는 다시 다 듣지 않을 거야!"

그녀는 전축에 자기 몸을 던져서 재생을 멈췄다. 갑자기 끊겨 나간 소리들이 기이한 통곡 같은 여운을 남기며 사라졌다. 남자는 분노한 채 그 여자를 마주 보았다.

"도대체 무슨 짓을 하는 거야? 당신 미쳤어?"

"내가 그 끔찍한 음반을 못 견딘다는 거 당신도 알잖아요."

그 여자는 거의 제정신이 아닌 것 같았다.

"내가 그걸 너무 싫어하니까 당신은 계속 그걸 트는 거잖아요……."

여자의 눈에서 차마 억누르지 못한 눈물이 흘러내렸고, 그녀는 손으로 아무렇게나 눈물을 훔쳐 냈다.

남자는 여자를 노려보며 말했다.

"당신이 입을 열지 않기로 선택했다는 이유 때문에 왜 나까지 몇 시간 동안이나 침묵을 지키며 앉아 있어야 하지?"

남자의 성난 목소리에는 격한 적개심이 가득했다.

"진짜 요즘 당신 뭐가 문제야? 왜 평범한 사람처럼 행동하지 못하는 거야?"

여자는 대답 없이 두 손에 얼굴을 묻었다. 손가락 사

이로 눈물이 똑똑 떨어졌다. 남자는 역겹다는 표정으로 그녀를 쳐다보았다.

"당신과 단둘이 여기에 있느니 차라리 독방에 혼자 갇히는 편이 낫겠어. 하지만 경고하건대, 난 이런 상태를 오래 참지 못할 거야. 이제 겪을 만큼 겪었어. 당신의 이런 행동이라면 이제 정말 지긋지긋해. 정신을 차리든가, 아니면……"

남자는 위협적으로 여자를 쏘아보고는 문을 쾅 닫으며 밖으로 나가 버렸다. 침묵이 뒤따랐고, 그동안 그녀는 길을 잃은 아이처럼 두 뺨을 눈물로 적신 채 멍하니 서 있었다. 이윽고 목적 없이 방 안을 돌아다니기 시작했고, 창가에 멈춰 서서 커튼을 한쪽으로 밀치더니 깜짝 놀라 비명을 내질렀다.

어둠 대신에 그 여자가 마주한 것은 하늘 전체를 뒤덮은 거대한 불꽃이었다. 믿을 수 없이 경이롭고 꿈에서나 볼 수 있을 법한 빙하의 풍경이었다. 사방에 우뚝 솟은 단단한 얼음 산맥들이 만들어 낸 순수한 발광체, 그 같은 활시위에서 쏘아 올린 수만 개의 화살촉, 무지갯빛의 차가운 광휘가 온 하늘을 눈부시게 수놓으며 빛나고 있었다. 더 가까이에서는, 집을 둘러싼 나무들이 얼음으로 뒤덮인 채 기이한 프리즘 같은 보석 파편들을 후드득 떨어뜨리고 있었다. 그렇게 반짝이며 생생하게 변화하는 빛의 폭포수를 저마다 머리 위로 반사하고 있었다. 익숙하게 보아 온 밤하늘 대신, 북극광이 강렬한 추위와 색채로 이글거리며 진동하는 새 지붕을 만들어 냈다. 그 아래의 지구는 그 안에 사는 모든 것들과 함께 이 폐쇄적이고 번쩍이는 얼음 절벽들 속에 갇히게 된 셈이었다. 세계는 아무도 탈출할 수 없는 극지의 감옥이 되었고, 모든 생명체는 저기 눈 쌓인 나무들처럼 단단히 붙박인 채 갇혀 버렸다. 그들의 휘황찬란한 갑옷 속엔 이미 생명이라고는 남아 있지 않았다.

절망에 빠진 여자는 사방을 둘러보았다. 빠져나갈 틈 없이 거대한 얼음벽이 그녀를 둘러싸고 있었다. 그 벽은 눈을 멀게 할 만큼 밝은 발광체가 폭발하여 녹아내린 액체로 이루어져 있었기에, 끈적한 물이 흐르듯 거듭 세차게 움직이며 형태를 바꾸어 나갔다. 얼음의 급류가 진격해 오며, 바다만큼 엄청난 양의 눈덩이들이 종말에 이른 세상 곳곳으로 홍수처럼 밀어닥쳤다. 어디를 돌아보든 그녀 눈에는 하나같이 두려운 포위망, 치솟아 오르는 얼음의 전투, 차갑게 불타오르는 엄청난 파도들이 둥근 돔 형태로 일어나서 자신을 덮쳐 오는 광경일 뿐이었다. 얼음에서 뿜어져 나오는 죽음 같은 추위로 얼어붙고, 수정 같은 얼음에 반사된 빛으로 눈이 부신 상태에서 여자는 스스로가 극지의 환상 속 일부가 되고 있음을 느꼈다. 몸을 이루는 뼈와 살이 얼음과 눈송이의 결정으로 변해 가고 있었다. 그것이 자신의 운명이라는 듯, 여자는 얼음의 세계를 받아들였다. 찬란한 광채를 발하며 죽어 버린 그 세계. 여자는 위대한 빙하의 승리와 자기가 살던 세상의 종말 앞에 기꺼이 무릎을 꿇었다.

나는 신속하게 그 여자를 찾아야만 했다. 상황은 심상치 않았고, 분위기는 긴장되어 있었다. 비상사태가 임박해 있었다. 외재하는 권력의 은밀한 침략이 이루어지리라는 소문이 나돌았지만, 실제로 무슨 일이 일어났는지는 아무도 몰랐다. 정부는 실상을 공개하지 않으려 할 터다. 나는 최근에 핵무기의 폭발 가능성을 암시하는 방사능 오염 수치가 가파르게 증가하고 있다는 정보를 기밀로 전달받았지만, 첩보의 출처가 미상이었으므로 정확한 인과 관계를 예측할 수는 없었다. 어쨌든 그 결과로 극지방에 변화가 일어났을 테고, 태양열의 굴절은 엄청난 기후 변화를 야기할 수 있었다. 점차 녹아 가는 남극의 만년설이 남태평양과 대서양으로 흘러 들어온다면, 거기서 생겨난 거대한 얼음덩어리가 태양 광선을 다시 우주 밖으로 반사시킬지도 모른다. 그렇게 지금까지 우리가 누려 온 태양의 온기를 박탈당함으로써 지구의 온도는 낮아질 것이었다. 시내에서는 모든 것이 혼란과 모순으로 들끓었다. 해외의 뉴스는 검열되었지만, 여행에는 특별한 제약이 없었다. 서로 상충하는 규제들이 새로이 범람하면서 혼란은 더욱 가중되었고, 통제를 위한 규칙들이 자의적으로 부과되거나 해제되기도 했다. 현재의 상황을 명확하게 판단할 수 있는 유일한 방법은 세계에서 벌어지는 사건들을 전체적으로 조망하는 것뿐이었다. 하지만 이것은 모든 외신을 금지하기로 결정한 정치인들 탓에 가로막혔다. 그 정치인들은 이미 제정신을 잃었으며 다가오는 위험에 어떻게 대처해야 할지 전혀 모르는 듯했다. 자기들이 어떤 계획을 꾸려 보기 전까지, 아무도 현재 상황의 정확한 본질을 파악하지 못하도록 대중이 무지한 채로 남아 있기만을 바라고 있었다.

다른 나라에서 무슨 일이 일어나고 있는지 알았더라면, 당연히 사람들은 더 많은 관심과 더 큰 노력을 기울였을 것이다. 물론 국내에서 벌어지는 연료 부족, 전력 공급 중단, 운송 시스템의 와해, 그리고 빠르게 암시장으로 전환되어 가는 물자 문제로 내내 씨름할 필요가 없었다면 말이다. 이상 기온으로 인한 한파는 물러갈 기미조차 보이지 않았다. 내 방은 그럭저럭 따뜻한 편이었지만 호텔 같은 숙박 시설에서도 난방은 최소화되었고, 실외 업무들이 불규칙적이고 제한적으로 변경되면서 내 조사 임무에 훼방을 놓는 걸림돌이 되었다. 강물이 몇 주간이나 얼어붙어서 부두가 완전히 마비된 것 또한 심각한 문제였다. 모든 생필품이 부족해졌다. 권력자들은 대중에게 환영받지 못하는 조치에 의존한 채 버티려고 애썼지만 적어도 연료와 식량 같은 필수 자원의 배급만큼은 더 이상 미룰 수 없었다.

사람들은 상황이 허락되는 한 너나없이 모두, 더 나은 환경을 찾아 떠나고 있었다. 해상이든 항공이든 전 좌석이 매진되어 출국 통로마저 막혀 버렸다. 모든 배와 비행기마다 대기자 명단이 길게 줄을 이었다. 그 여자가 이미 외국으로 나갔다는 증거는 없었다. 아무래도 그녀가 어떻게든 이 나라에서 탈출할 만한 수단을 마련했을 가능성은 거의 없어 보였지만, 불명확한 내 의식의 흐름 속에서 그 여자가 어떤 선박에 승선했을지도 모른다는 생각이 계속 떠올랐다.

항구는 멀리 떨어져 있었고, 거기에 도착하기 전까지 길고 복잡한 여정을 겪어야만 했다. 하룻밤을 꼬박 새우며 여행했음에도 나는 예정보다 늦게 그곳에 도착했다. 배가 출항하기 전까지 한 시간밖에 남지 않은 시각이었다. 승객들은 이미 탑승해 있었다. 갑판은 승객과 그들을 배웅하는 친구들로 가득했다. 나는 일단 선장과 이야기를 나누어야 했다. 그런데 알고 보니 그 남자는 미친 듯이 수다스러운 사람이었다. 선장은 당국의 권력자들이 규정 이상의 무분별한 승선을 허가했음을 두고 끊임없이 불평을 늘어놓았고, 그동안 내 인내심은 점점 바닥을 드러냈다. 과다 승선은 선박에도 위험했고 선장 자신과 그가 속한 회사, 승객들, 보험 관계자들에게까지 불공정한 일이었다. 어쨌든 그건 그가 알아서 처리해야 할 문제였다. 나는 승선을 허락받자마자 배 전체를 샅샅이 뒤졌지만 그녀의 흔적을 발견하지는 못했다.

마침내 나는 절망 속에서 그 여자를 찾는 일을 포기하고 갑판으로 나갔다. 나는 너무 피로하고 온몸의 힘이 쭉 빠진 나머지, 거기서 떠도는 수많은 인파를 도저히 헤치고 나아갈 수 없었다. 결국 난간 옆에 서서 나는 이 모든 일을 다 때려치우고 싶은 갑작스러운 충동에 휩싸였다. 애초에 그 여자가 이 배에 탔으리라고 유추할 만한 타당한 단서 따위 있지도 않았다. 그런 모호한 추측에 근거해서 그녀를 계속 추적해 나가기란 전혀 합리적이지도 않고, 그저 미친 짓처럼 보였다. 특히나 이 추적의 목적에 대한 스스로의 태도가 너무나 불분명했다. 그 여자가 나의 잃어버린 한 부분이라도 되는 양 여기는 나의 절박한 욕구를 찬찬히 고려해 보았을 때, 이것은 설명할 수 없는 일탈이라기보다 오히려 사랑만도 못한 감정처럼 느껴졌다. 이 욕망은 내 몸과 마음을 모두 내주어야 할 목적이 아니라, 오히려 없애 버려야 할 성격상의 결함이었다.

바로 그 순간 몸집이 커다랗고 등이 새까만 깃털로 뒤덮인 갈매기 한 마리가 뾰족한 날개 끝으로 거의 뺨을 쓰다듬듯 내 곁을 스쳐 날아갔다. 마치 일부러 내 주의를 끌려고, 저 갑판 끝으로 내 시선을 옮기려고 했던 듯 말이다. 한순간 나는 거기 서 있는 그녀를 보았다. 분명 아무도 없었던 그 자리에서, 그녀는 내가 아닌 다른 곳을 바라보고 있었다. 내가 조금 전까지 생각하고 있던 모든 걱정은 흥분의 물결과 함께 내 머릿속에서 말끔히 쓸려 나갔다. 그 여자를 향한 나의 오랜 갈망이 되돌아왔던 것이다. 나는 얼굴을 보지 않고도 그 여자임을 알았다. 세상의 어떤 여자도 그처럼 눈부시게 빛나는 머리카락을 지니고 있지도, 두꺼운 회색 코트에 감싸인 연약한 뼈대가 투명하게 비치듯 깡마르지도 않았다. 나는 그저 그녀에게 가까이 다가가야 했다. 그게 내가 생각할 수 있는 전부였다. 아무런 힘도 들이지 않고 단번에 목적지로 날아갈 수 있는 갈매기의 날갯짓을 부러워하며, 나는 나와 그 여자 사이를 갈라놓은 군중 속으로 곧장 뛰어들었고 온 힘을 다해 사람들을 헤치며 앞으로 나아갔다. 시간이 거의 없었다. 배는 금방이라도 출항할 터였다. 승객을 배웅하던 사람들이 이미 배에서 내리고 있었고, 그 거대한 군중은 내가 뚫고 가야 할 강력한 역류를 이루었다. 오로지 너무 늦기 전에 갑판 끝에 도달해야 한다는 생각만이 머릿속에 가득했다. 밀려오는 불안 속에서, 나는 사람들을 거세게 밀쳤음이 틀림없다. 적대적인 욕설이 들려왔고, 주먹을 흔들어 보이는 사람도 있었다. 나를 가로막는 사람들에게 나의 긴박한 상황을 설명해 보려고 했지만, 그들은 들으려 하지 않았다. 거친 인상의 젊은 남자 셋이 서로 팔짱을 낀 채 공격적인 태도로 내 앞길을 막았다. 그들의 표정은 위협적이었다. 나는 남의 기분을 상하게 하려고 그런 게 아니었다. 사실 스스로 어떤 행동을 하고 있는지조차 거의 알아차리지 못했다. 오직 그 여자만을 생각하고 있었기 때문이다. 갑자기 확성기를 통해 안내 방송이 우렁차게 울렸다.

"모든 배웅객은 하선해 주십시오! 정확히 이 분 뒤에 통로가 폐쇄됩니다."

출항을 알리는 사이렌이 귀가 찢어질 정도로 크게 울렸다. 그 즉시 엄청난 인파가 뒤따랐다. 통로로 밀려드는 사람들의 홍수를 거슬러 올라가기란 거의 불가능했다. 나는 군중 사이에 휘말린 채 그들이 향하는 방향으로 함께 끌려갔고, 배에서 억지로 끌어 내려져 부둣가에 남게 되었다.

나는 물가에 서서 내 머리 위쪽 높은 곳에 있는 그 여자의 모습을 곧 발견했다. 조금 전보다 더 멀리 떨어져 있었다. 배는 이미 해안에서 멀어져 갔고 매 순간 속도를 더했다. 내가 뛰어넘을 수 없는 바다가 나와 배 사이를 갈라놓았다. 나는 자포자기한 상태로 그 여자의 주의를 끌고자 고함을 치고 팔을 흔들었지만 아무런 가망도 없었다. 바닷물만큼이나 무수한 사람들이 내 주위에서 배를 향해 팔을 흔들었고, 수많은 목소리가 저마다 알아들을 수 없는 작별의 말을 외치고 있었다. 나는 그 여자가 방금 곁에 다가온 누군가에게 말을 하려고 몸을 돌리는 모습을 보았다. 또 그 누군가가 여자에게 모자를 씌워서 머리카락을 감추는 광경도 봤다. 즉각적인 의심이 나를 사로잡았고, 여자를 지켜보는 내내 그 의심은 점점 커졌다. 어쩌면 그 여자는 내가 찾던 사람이 아닌지도 몰랐다. 그 여자라고 하기엔 너무 태연하고 침착해 보였으니까. 하지만 나는 확신할 수 없었다.

배는 이제 항구 어귀 쪽으로 둥글게 선회했고, 낫을 휘두른 자국처럼 굴곡진 물결들이 수면 위에 남았다. 나는 그 광경을 줄곧 멍하니 바라보고 있었다. 강한 추위 탓에 탑승객들이 모두 갑판에서 내려갔으므로, 이제 더는 누군가를 알아볼 희망조차 남아 있지 않았음에도 말이다. 나는 그 여자를 발견하기 직전까지 내가 무슨 생각을 하고 있었는지 어렴풋이 기억해 냈지만, 마치 꿈에서 일어난 사건을 떠올리듯 흐릿할 뿐이었다. 그 여자를 찾아야 한다는 절박함이 다시 한 번 나를 지배했다. 나는 내 존재의 본질적인 부분을 잃어버리기라도 한 것처럼, 그 강박적인 욕구에 완전히 매몰되었다. 그 갈망을 제외한 이 세상의 다른 모든 것들은 하나도 실제적이지 않은 듯 보였다.

나를 둘러싼 사람들은 모두 추위에 발을 구르며 하나둘씩 자리를 떠났다. 나는 그 많은 군중이 자취를 감췄다는 사실마저 거의 눈치채지 못했다. 물가를 떠날 마음이 들지 않아서, 수평선으로 향하며 점점 작아지는 선박의 모습을 계속 응시했다. 나는 완전히 바보였다. 갑판에서 발견한 여자의 정체를 확실히 밝히지 못한 채 배를 떠나보내다니, 스스로에게 미친 듯이 화가 났다. 이제 나는 그 사람이 내가 찾던 그녀인지 아닌지 영영 확인할 수 없게 되었다. 그리고 만약 정말로 그 여자였다면, 어떻게 그녀를 다시 찾을 수 있겠는가? 애끓는 신음이 물 위로 퍼져 나갔다. 배는 항구 바깥의 공해로 향하고 있었다. 배는 벌써 연안의 너울을 맞닥뜨리며 수평선을 따라 치솟는 회색 물기둥 뒤로 사라졌다 나타나기를 반복했다. 급기야 터무니없이 작아져서 꼭 아이들이 가지고 노는 장난감 배 같았다. 깜빡하는 사이에 놓친 배의 모습은 두 번다시 내 시야에 들어오지 않았다. 돌이킬 수 없이 잃어버리고 만 것이다.

다른 사람들은 다 떠나고 나 홀로 그곳에 남아 있음을 깨달았을 때, 경찰 둘이 나란히 행진하듯 다가와서 이렇게 쓰인 표지판을 가리켰다.

'해안가 산책은 엄격히 금지한다. 국방부.'

"당신 왜 여기서 쓸데없이 서성이고 있나? 글 못 읽어?"

굳이 언급할 필요도 없이, 그들은 내가 경고문을 보지 못했다는 말을 믿지 않았다. 엄청나게 키가 크고 헬멧을 쓴 그들은 내 양옆으로 바싹 다가섰는데, 어찌나 가까운지 그들의 총이 내게 닿을 정도였다. 그들은 신분증을 요구했다. 상부의 명령일 뿐, 내게 악감정을 가지고 있는 건 아니었다. 그런데 그들은 내가 의심을 살 만한 행동을 했으므로, 이름과 주소를 밝혀야 한다고 주장했다. 또다시 나는 어리석게 행동했다. 이번에는 스스로의 정체를 노출하고 만 것이다. 이제 그들에게 내 이름이 알려졌으니 기록에도 남게 될 터였다. 나는 어디서나 경찰에게 알려진 몸이 되었으니, 내 움직임은 감시의 대상이 되리라. 그리고 그 점은 그녀를 찾는 데 심각한 장애가 될 것이었다.

두 남자가 나를 끌고 대문을 지날 때, 나는 문득 심상치 않은 직감에 위쪽을 올려다봤다. 커다랗고 등이 새까만 갈매기들이 벽 위에 나란히 앉아 있었는데, 모두 거센 바람을 마주한 채 바다 쪽을 가리키고 있었다. 마치 나에게 어떤 메시지를 주려고 박제되어 일부러 그곳에 올려지기라도 한 듯, 그것들은 꼼짝도 않았다. 그 순간 나는 비자가 만료되거나 취소되기 전에 당장 이 나라를 벗어나기로 결심했다. 그 여자를 수색할 만한 장소가 딱히 있는 건 아니었다. 그러나 이미 내가 의심받고 있는 여기서 작전을 시도하기란 분명 무모할 터였다.

나는 경찰의 신고 기록이 더 알려지기 전에 즉시 떠

나야만 했다. 일반적인 방법으로는 불가능하리라. 나는 범상하지 않은 모종의 수단을 써서, 승객 몇 명을 태우고 북쪽으로 떠나는 화물선에 가까스로 탑승하게 되었고, 항해의 종착지까지 모든 뱃삯을 치렀다. 화물선 사무장은 요금을 더 지불하면 기꺼이 자신의 선실을 비워 주겠노라고 했다. 다음 날, 화물선이 정박하는 첫 항구에 거의 다다랐을 때 나는 바깥 풍경을 보기 위해 갑판으로 나갔다. 수많은 사람들이 갑판 아래쪽에 모여서 하선을 기다리는 모습을 보자, 지난번에 억지로 들어야만 했던 선장의 불평이 떠올랐다. 본래 허가된 승객의 정원은 고작 열두 명이었다. 과연 얼마나 더 많은 사람들이 이 배에 탔는지 문득 궁금해졌다.

날씨는 몹시 추웠다. 아직 녹지 않은 얼음 조각들이 초록빛 물에 둥둥 떠내려갔다. 모든 것들이 안개 낀 듯 흐릿하고 불분명해 보였다. 항구는 꽤 가까운 데 있었지만, 부둣가 끝자락의 건물들은 실체도 형태도 없는 신기루처럼 보였다. 모자가 달린 두꺼운 회색 코트 차림의 여자가 다른 승객들과 조금 떨어진 곳의 난간에 기대서 있었다. 가끔 코트의 접힌 부분이 거센 바람에 나부끼자 누빈 체크무늬 안감이 드러났다. 눈에 익은 코트였다. 하지만 나는 추위가 시작된 이래 여자들이 그런 코트를 거의 유니폼처럼 입고 있음을, 어디서나 똑같은 옷을 찾아볼 수 있음을 완벽하게 알고 있었다.

안개가 걷히며 흩어지기 시작했다. 곧 햇빛이 들 것이었다. 눈 쌓인 산들을 배경으로, 작은 만 여러 개와 삐죽삐죽한 바위로 이루어진 울퉁불퉁한 해안선이 나타났다. 작은 섬이 유독 많았는데, 일부는 수면 위로 솟아서 구름과 하나가 되었다. 아니, 구름과 안개가 내려와서 바다에 정박한 모양새였다. 그 아래에는 새하얀 설경이 펼쳐져 있고, 그 위로는 안개가 부옇게 섞인 하얀 빛이 천막처럼 늘어뜨려져 있었다. 마치 한 폭의 동양화를 보는 것 같았다. 풍경 속의 그 무엇도 단단히 고정되지 않은 채 계속 흘러가는 듯했다. 이 마을에는 본래의 형태를 가늠할 수 없을 만큼 무질서하게 무너져 내린 폐허가 여러 군데 있었다. 끊임없는 조수에 의해 천천히 파괴된 모래성 같은 마을이었다. 과거에 마을을 지켜 주었을 거대한 장벽은 온통 부서졌으며, 벽의 양쪽 끝은 부질없게도 물속으로 차츰 가라앉고 있었다. 한때 중요한 요충지였으나 이

곳을 수호하던 요새는 이미 수 세기 동안 폐허로 남아 있었다. 역사적으로 여전히 관심을 끄는 곳이기는 했다.

갑자기 주변이 고요해졌다. 엔진이 멈춘 것이다. 배는 가속을 받아서 계속 앞으로 움직였다. 배 옆면에 부딪치는 물이 희미하게 찰랑대는 소리와, 머리 위를 떠도는 바닷새들의 구슬픈 울음소리가 들렸다. 북쪽 지역에서나 들을 수 있는 그 음울한 소리. 그 밖에는 모든 것이 깊은 침묵에 빠져 있었다. 육지에서 흔히 들리는 혼잡한 교통수단의 소음, 혹은 종소리나 사람의 목소리조차 전혀 들리지 않았다. 침울한 산맥 아래, 폐허밖에 남지 않은 마을이 말없이 우리를 기다리고 있었다. 나는 길고 폭이 좁은 고대의 선박들, 오래된 무덤마다 오롯이 보존되어 있을 방대한 전리품들, 날개 달린 투구와 짐승의 뿔로 만든 술잔, 금과 은으로 제작한 거대하고 무거운 장식품들, 화석이 되어 버린 뼈 무더기를 상상했다. 그곳은 과거에 속한 장소, 죽은 자들의 터전처럼 보였다.

다리 쪽에서 외치는 소리가 들렸다. 부둣가의 남자들 한 무리가 뚱한 표정으로 앉은 자리에서 일어났다. 그들은 무장한 제복 차림이었다. 검은색 누빔 재킷, 허리를 꽉 조인 벨트, 무릎까지 올라오는 장화와 털모자를 썼다. 그들이 움직일 때마다 벨트에 찬 칼이 빛을 받아서 반짝거렸다. 그들의 태도는 거칠고, 심지어 위협적이었다. 누군가 그들이 교도소장의 부하라고 말하는 소리를 들었는데, 사실 아무 의미도 없는 말이었다. 나는 교도소장이라는 작자에 대해 들어 본 적이 없었다. 사병(私兵)은 법으로 금지되어 있었기에 그들이 이처럼 버젓이 돌아다니고 있다는 데에 나는 놀랐다. 배에서 밧줄을 내리자, 그 남자들이 밧줄을 붙잡아서 배를 부두에 단단히 정박시켰다. 통로가 굉음을 내며 열렸다. 짐 가방을 들고 여권과 서류를 주섬주섬 꺼내던 승객들 사이에서 작은 동요가 일어났다. 승객들은 막 설치된 초소를 향해 천천히 뒤섞이며 나아가기 시작했다.

회색 코트를 입은 여자만이 상륙에 무심한 채 제자리를 지켰다. 다른 사람들은 점점 앞으로 나아가는데도 오직 그녀만이 고립된 상태로 혼자 남아 있는 모습에 나는 흥미가 일었고, 그 여자에게서 시선을 떼지 못한 채 계속 쳐다보았다. 가장 인상 깊은 점은 그녀의 완벽한 정적이었다. 저항과 체념, 양쪽 모두를 암시하는 그런 수동적인 태도는 젊은 여자의 일반적인 모습으로는 보이지 않았다. 그 여자는 마치 난간에 꽁꽁 묶여 있는 양 한 치의 움직임도 없었다. 저렇게 품이 큰 코트를 입었으니 그 아래에 구속물을 얼마나 쉽게 감출 수 있겠는가, 하고 나는 생각했다.

눈부시게 반짝거리는 금발, 거의 은백색에 가까운 머리카락 한 가닥이 그녀의 모자 속에서 삐져나와 바람에 흩날렸다. 나는 갑작스레 흥분을 느꼈지만, 여느 북부인처럼 그녀 역시 극도로 밝은색의 머리카락을 가졌노라고 스스로에게 상기시켰다. 그런데도 그 여자를 향한 나의 관심은 더욱 강렬해졌고, 얼굴을 확인해 보고 싶다는 욕망이 매우 간절했다. 그러려면 그 여자가 먼저 나를 올려다봐야 할 터였다.

앞으로 나아가던 승객들의 움직임이 멈추었다. 제복을 입은 남자들이 우르르 승선하더니 돌연 군중 사이에 교도소장을 위한 공간을 마련하도록 강압적으로 고함치며 명령한 것이다. 사람들이 비좁게 밀리며 자리를 내준 곳에 키 큰 남자 하나가 나타났다. 밝은 노란색의 머리카락에, 북부인 특유의 매처럼 단단하고 거친 인상을 지

닌 잘생긴 남자였다. 그의 키는 주변에 서 있는 남자들보
다 한 뼘은 더 컸다. 그러나 그 남자의 오만불손한 태도
나, 다른 사람들의 감정을 완전히 짓밟아 버리는 행태는
불쾌감을 자아냈다. 나의 못마땅한 기색을 눈치챈 듯, 그
는 잠시 고개를 위로 들었다. 남자의 눈동자는 눈부시게
빛나는 파란 얼음 조각 같았다. 나는 그 남자가 회색 코트
를 입은 여자를 쳐다보고 있음을 알았다. 남자에게 신고
하지 않은 단 한 사람이 바로 그 여자였다. 다른 모든 이
들이 이 광경을 빤히 지켜보고 있었다.

"왜 거기 멍하니 서 있는 거지? 잠이라도 들었나?"

남자가 이렇게 외쳤을 때, 여자는 몹시 놀란 듯 몸을
휙 돌렸다.

"서둘러! 차가 기다리고 있어."

남자는 그 여자에게 가까이 다가가서 손을 갖다 댔
다. 남자는 미소 짓고 있었지만, 나는 남자의 목소리와 태
도에서 위협의 기미가 감돌고 있음을 감지했다. 그 여자
는 남자와 함께 가고 싶지 않은 듯 한 걸음 뒤로 물러섰
다. 그러자 남자는 덥석 여자에게 팔짱을 꼈다. 겉으로는
다정해 보였지만 사실상 그 여자를 억지로 끌어 내리고

있었다. 빽빽이 몰린 사람들의 강렬한 시선을 받으며 남자는 그 여자를 잡아끌다시피 함께 걸어 나갔다. 그 여자가 여전히 고개를 들지 않았기에 표정을 살피지는 못했으나, 나는 남자의 강철 같은 손아귀가 여자의 가는 손목을 단단히 그러쥐고 있는 장면을 상상해 볼 수 있었다. 그들은 누구보다 먼저 배를 떠났고, 곧바로 커다란 검은색차에 몸을 싣더니 사라져 버렸다.

나는 극도의 공포에 질려서 그곳에 못 박힌 듯 서 있었다. 그러다 갑자기 결정을 내렸다. 이 정도면 운에 맡기고 모험을 감행할 만하다고 판단한 것이다. 비록 그 여자의 얼굴을 보진 못했지만⋯⋯. 어쨌든 내가 추적할 수 있는 단서는 그것뿐이었다.

나는 선실로 달려가서 사무장을 불러낸 뒤 계획을 바꿨다고 말했다.

"저는 여기서 이만 하선하겠습니다."

그 남자는 정신 나간 사람을 마주한 듯 나를 쳐다보았다.

"손님 좋을 대로 하시죠."

그는 무심하게 어깨를 으쓱했지만, 입꼬리에 번지는

웃음까지는 감추지 못했다. 사무장은 이미 내 뱃삯과 선
실 대여료를 받았으니, 이제 남은 항해 동안 다른 사람에
게 이중으로 요금을 청구할 수 있을 터였다. 나는 꺼내 둔
소지품 몇 가지를 서둘러 여행 가방 속으로 던져 넣었다.

3

나는 여행 가방을 들고 시내로 걸어 들어갔다. 사방에 무겁게 내려앉은 침묵을 감히 깨뜨릴 생각조차 들지 않았다. 아무것도 움직이지 않았다. 가까이서 본 폐허의 참상은 배에서 내다봤을 때보다 훨씬 심각했다. 온전히 제 모양을 유지한 채 남아 있는 건물은 하나도 없었다. 예전에는 주택 단지가 있었을 공터에는 파괴된 잔해만이 수북이 쌓여 있었다. 벽들이 무너져 내리고, 일부분만 남은 계단은 공중에서 멈춰 있었다. 한때 출입문을 장식했을 아치들은 이제 움푹 파인 구덩이일 따름이었다. 이 막

대한 파괴를 수리하거나 복구하려는 시도는 거의 없었던 듯했다. 돌무더기가 굴러다니지 않는 거리는 시내의 중심 대로뿐이었고, 나머지 길은 아예 사라져 버린 듯했다. 야생 짐승이 지나다닌 흔적 같은, 하지만 사람의 것임이 분명한 희미한 발자국들이 무너진 건물 잔해 사이에 어지러이 널려 있었다. 안내를 부탁하거나 지시를 내려 줄 만한 누군가를 찾아서 둘러보았지만 허탕이었다. 그 장소 전체가 인적 없이 방치된 듯 보였다. 어디선가 들려온 기차의 출발 경적이 마침내 나를 역으로 인도했다. 기차역은 폐허에서 건져 낸 재료들로 대충 지어진 작은 임시 건물이었는데, 마치 버려진 영화 촬영 세트장을 연상하게 했다. 방금 전의 소리로 미루어 보건대 이제 기차가 막 떠났을 텐데도, 이곳 역시 생명체의 흔적이라곤 전혀 없었다. 이 장소가 실제 사용되고 있다는 사실을 믿기가 어려웠다. 실질적으로 작동하는 장치는 아무것도 없는 것 같았다. 나는 폐허 속에 홀로 서 있는 스스로를 통해 실존적 현실의 불확실성을 느낄 수 있었다. 내 눈에 비치는 것은 모조리 실체감을 상실한 채였다. 모든 것이 희미한 안개와 반투명한 나일론 막으로 이루어져 있을 뿐, 그 뒤에는 아무런 형체도 없었다.

나는 기차역의 플랫폼으로 다가갔다. 선로를 놓기 위해 폐허의 일부를 폭파시켰음이 분명했다. 일방통행의 선로는 마을을 벗어나서 전나무 숲으로 들어가기 전까지 좁고 긴 공터를 가로지르도록 설치되어 있었다. 나머지 세계와 이곳을 연결해 주는 듯 보이는 이 한 줄기의 연약한 통로는 단지 모호할 따름이었다. 나는 선로가 전나무 숲에 진입하자마자 바로 끊겨 있을 것 같은 느낌을 받았다. 그 뒤쪽으로 산들이 나를 덮쳐 오듯 우뚝 솟아 있었다.

"누구 있습니까?"

내가 외치자 어디선가 한 남자가 나타나더니 위협하는 몸짓을 취하며 대꾸했다.

"무단 침입하지 말고 저리 꺼져!"

나는 방금 이곳 부두에 도착한 배에서 내렸고, 여기서 지낼 숙소를 찾고 있다고 설명했다. 그는 적대적이고 의심하는 태도로, 입도 뻥긋하지 않은 채 무례하게 나를 노려보았다. 나는 중심가로 향하는 길을 물었다. 남자는 부루퉁하고 못마땅한 목소리로 웅얼댔고, 나는 거의 알아들을 수 없었다. 그는 나를 화성인처럼, 마치 낯설고 기묘한 존재를 대하듯 빤히 쳐다봤다.

　무거운 가방을 끌며 계속 걸어가 보니 사방이 뚫린 광장이 나왔다. 그곳을 오가는 사람들도 보였다. 남자들이 입은 검은색 제복은 내가 이미 배에서 봤던 옷과 비슷했다. 그 제복을 입은 남자들은 대부분 칼이나 총을 차고 있었다. 여자들도 검은색 옷을 입고 있었으므로, 거리의 분위기는 장례식처럼 음울했다. 사람들의 표정은 모두 공허했고 웃음이 전혀 없었다. 이곳에 온 뒤로 처음 나는 일부 건물에 사람들이 입주해 있음을 알리는 간판들을 보았고, 그중 한두 건물의 창문에는 유리까지 끼워져 있었다. 가판대를 둔 작은 상점들이었다. 나무판자로 지은 오두막집과 그곳을 일부 증축한 별채들이, 임시로 누추하게나마 보수한 폐허 속에서 허름하게 자리하고 있었다. 광장 끄트머리에는 카페가 열려 있었고, 극장도 하나 있긴 했지만 아예 문을 닫은 모양이었다. 개봉한 지 일 년도 더 된 영화 광고물이 너덜너덜 매달려 있었다. 그나마 여기가 마을에서 가장 활기찬 번화가임이 분명했다. 나머지 지역은 그저 죽은 과거의 잔해일 뿐이었다.

나는 카페 주인을 불러서 함께 술을 한잔하자고 청했다. 여기서 지낼 방 하나를 좀 내어 달라는 말을 꺼내기 전에 미리 친근한 관계를 쌓을 수 있기를 바라는 마음에서였다. 이 섬마을 사람들은 모두 배타적이고 의심이 많으며, 낯선 여행자에게 적대적인 태도를 보였다. 우리는 그 지방 특산물인 자두로 만들었다는 브랜디를 마셨는데, 술기운이 강하고 홧홧해서 추운 기후를 견디기엔 도움이 될 것 같았다. 카페 주인은 체격이 좋고 원기 왕성한 남자였기에, 여느 무지렁이 소작농처럼 보이지는 않았다. 처음에는 못내 무뚝뚝한 그에게서 말 한마디 듣기가 어려웠지만, 술이 두 잔째 들어가니 남자는 한결 너그러워졌고, 내게 이곳에 온 이유를 물어볼 만큼 경계심을 풀었다.

"아무도 여기 오지 않아요. 외국인이 여기까지 와서 볼 게 뭐 있다고. 있는 거라곤 폐허뿐인데."

나는 말했다.

"이 마을의 폐허 유적들은 유명하지 않습니까. 저는 그것들 때문에 여기 온 거예요. 학회에 제출할 보고서를 작성하고 있거든요."

물론 이렇게 둘러대기로 미리 생각해 둔 터였다.

"다른 나라 사람들이 우리한테 관심을 두고 있다고요?"

"당연하죠. 이 마을은 역사적으로 중요한 곳이잖아요."

나의 예상대로, 그는 우쭐해했다.

"그건 사실이지요. 우리는 영광스러운 전쟁을 치렀으니까요."

"그리고 경이로운 순간도 간직한 도시지요. 최근에 고고학계에서 중요한 지도가 발견되었다는 사실을 아십니까? 거기에는 이 도시 사람들이 긴 배를 타고 대서양을 건너서 최초로 신세계를 찾아낸 인류라는 내용이 담겨 있어요."

"그럼 당신은 우리 폐허 속에서 그 증거물을 찾으려고 오신 건가요?"

거기까지는 미처 예상하지 못했지만, 나는 천연덕스럽게 동의했다.

"물론 사전에 허가받아야 한다는 점을 알고 있습니다. 무슨 일이든 규정에 맞게 처리해야지요. 그런데 안타

깝게도 어느 분께 가서 여쭈어야 할지를 모르겠네요."

남자는 망설임 없이 대답했다.

"교도소장님께 가서 허락을 받으셔야죠. 그분이 이 곳의 모든 걸 통제하는 분이시니까요."

뜻밖의 행운이 찾아온 셈이었다.

"어떻게 그분과 연락할 수 있을까요?"

강철 같은 손이 한 여자의 얇은 손목을 잡고, 깡마르 게 도드라진 연약한 뼈들을 산산이 부숴 버리는 환영이 내 눈앞을 스쳐 갔다.

"간단해요. '상원(上苑)'에 가서서 소장님의 비서 중 한 사람과 약속을 잡으시면 됩니다."

운 좋게 일이 잘 풀리자 무척 기뻤다. 소장이라는 남 자를 만날 기회를 기다리며 차근차근 계획을 준비하려던 차에, 시작부터 매우 간명하고 적절한 방법을 찾아냈으 니 말이다.

방을 구하는 일도 쉬이 해결되었다. 행운이 연거푸 이어졌다. 카페 주인은 자기 집에 직접 나를 들일 순 없지 만, 근처에 사는 누나의 집에는 내가 빌릴 만한 방이 있으 리라고 일러 주었다.

"누나는 과부예요. 누나에게도 여분의 수입이 될 겁니다. 이해하시겠죠."

남자는 누나에게 전화하러 갔다. 생각보다 꽤 오랫동안 자리를 비웠고, 마침내 그가 돌아와서 이야기가 잘되었다고 알려 주었다. 주인 남자가 카페에서 점심과 저녁을 제공하고, 아침은 방으로 가져다주기로 했다.

"일하시는 동안 방해받지는 않을 겁니다. 집이 아주 조용하거든요. 거리를 등지고, 물가를 향하고 있는 터라 그 근처에는 아무도 얼씬거리지 않습니다."

지금까지 남자의 협조가 매우 유용했으므로, 나는 대화를 거듭 이어 가고자 왜 사람들이 협만(峽灣) 근처에 오지 않는지 물었다.

"다들 그 아래에 사는 용을 두려워하기 때문이죠."

나는 농담이라 생각하며 그를 쳐다보았다. 하지만 남자의 표정은 완전히 심각했고, 목소리 역시 명백한 사실을 전하듯 건조했다. 나는 전화기라는 문명의 이기를 소유하고 있으면서도, 동시에 용의 존재를 진지하게 믿는 사람을 여태껏 만나 본 적이 없었다. 그 점이 나를 즐겁게 했고, 나의 비현실적 감각마저 증폭해 주었다.

방은 어두컴컴했고 안락하지도, 기능적이지도 않았다. 따뜻한 온기도 부족했다. 침대, 작은 탁자와 의자 하나가 전부였다. 기본적인 생필품은 전부 있는 셈이었다. 다른 숙소는 아예 없었으므로, 이 방이나마 얻었음을 감지덕지해야 했다. 카페 주인의 누나라는 집주인은 남자보다 훨씬 더 나이 들어 보였고, 훨씬 덜 세련되어 보였다. 남자는 긴 통화를 하면서, 누나 마음에 맞지 않더라도 나를 받아 주라고 꽤 오래도록 설득했음이 틀림없었다. 혼자 사는 집에 외국인을 들이기가 마뜩잖은 눈치였다. 나를 수상쩍어하는 그녀의 혐오감을 느낄 수 있었다. 귀찮은 말썽을 피하고자 나는 여자가 요구하는 터무니없는 숙박비에 아무런 불만 없이 일주일치 선금을 지불했다.

나는 방 열쇠를 달라고 하면서, 여분의 현관문 열쇠도 함께 달라고 말했다. 집을 드나들 때마다 매번 주인과 마주치지 않도록, 그러니까 독립적으로 생활해야 했기 때문이다. 그녀는 열쇠 두 개를 가지고 돌아왔는데, 내 방 열쇠 하나만 건네주고 다른 하나는 손바닥 안에 감추었다. 다른 열쇠도 마저 달라고 요구했지만 여자는 거절했다. 내가 더욱 강하게 밀어붙이자 그녀는 끝내 고집을 부리며 거절하더니 주방 쪽으로 물러가 버렸다. 나는 그 뒤를 따랐고, 여자에게서 강제로 열쇠를 빼앗았다. 이런 행동을 별로 좋아하지는 않지만, 나로서도 원칙을 보여 줘야 할 순간이었다. 이제 여자가 나를 거역하는 일은 없을 터였다.

나는 밖으로 나가서 걸어 다니며 마을을 탐험했다. 형체 없이 녹아내린 건물 사이의 텅 빈 통로들은 다만 침묵을 지켰고, 폐허가 된 요새들은 메마른 바다를 향해 돌출되어 있었다. 긴 장벽이 무너진 자리에는 잘려 나간 단면들로 이루어진 잔해가 마치 거인들의 계단처럼 거대한 판 형태로 쌓여 있었다. 어디로 눈을 돌리든 파괴되어 폐허가 된 유적지, 오랜 세월 동안 쇠락한 방어 시설들, 한때는 피에 굶주리고 호전적인 문명이 여기에 있었음을 알려 주는 과거의 증거들이 산재해 있었다. 나는 비교적 최근에 지어진 건물들을 찾아보았지만 놀랍게도 전무했다. 점점 감소하는 이 섬의 사람들은, 이미 사라진 패권주의 군정(軍政)의 폐허 속에서 한 무리의 쥐들처럼 살고 있었다. 어느 한 장소가 황폐해지면 사람들은 다시 다른 곳으로 옮겨 갔다. 공동체는 매년 그 수가 줄어들며 점차 절멸해 가고 있었다. 그들 모두가 여기서 각자의 생을 마칠 때까지, 그들을 수용해 줄 낙후된 건물은 충분히 널려 있었다. 처음에는 거주지로 사용되는 건물인지 아닌지 분간하기가 어려웠지만 차차 몇몇 표식을 통해 구분할 수 있게 되었다. 거주용 건물은 현관문이 보강되어 있거나, 창문에 판자가 덧대어져 있었다.

나는 상원에서 교도소장을 만나기로 약속을 잡았다. 소장은 이 마을을 지배하는 남자였고, 그의 저택은 이 섬에서 가장 높은 곳에 요새처럼 자리 잡고 있었다. 약속 시간이 다가오자 나는 저택으로 향하는 유일한 도로, 가파른 언덕길을 올라갔다. 바깥에서 보면 그 건물은 무장 요새 그 자체였다. 엄청나게 크고 두꺼운 외벽으로 둘러싸인 데다 창문은 하나도 없었다. 다만 건물 상층부에 기관총을 거치해 놓은 듯한 좁은 구멍들이 몇 개 나 있었다. 저택 입구의 양옆에는 지상 훈련을 했음이 분명해 보이는 대포가 도열해 있었다. 대포는 오래된 군정 시대의 유물인 듯했으나, 아예 장식용으로 놔둔 건 아닌 듯했다. 내가 통화한 사람은 소장의 비서였다. 그런데 저택에 도착하자 검은 제복 차림의 무장 경비원 넷이 나를 맞으러 나왔고, 그들은 둘씩 짝을 지어 앞뒤로 나를 에워싼 채 긴 복도로 나를 인도했다. 내부는 어두웠다. 높은 천장 위로 외벽에 난 구멍을 통해 연필처럼 가느다란 햇빛 몇 줄기가 각기 다른 방향으로 새어 들었다. 그리고 그 빛은 다른 쪽 복도, 회랑, 계단, 내 머리 위를 층층이 가로지르는 가교 따위를 희미하게 비춰 주었다. 내가 미처 보지 못한 천장은 분명 대단히 높을 터였다. 이 모든 불분명한 내부 구조물들이 내 머리 위보다 한참이나 더 높이 있는 듯 보였기 때문이다. 이런 풍경의 가장자리에서 불현듯 무엇인가가 움직였다. 여자의 모습이었다. 여자가 어딘가의 계단을 오르기 시작하자마자 나는 급히 그녀의 뒤를 쫓아갔다. 계단 한 칸을 밟을 때마다 그녀의 은빛 머리카락이 붕 떠오르며 어둠 속에서 희미한 빛을 발했다.

가파르고 짧은 계단은 오직 하나의 방으로 이어져 있었다. 넓은 방임에도 가구의 수가 많지 않아서 휑한 느낌을 주었다. 광택을 낸 바닥에는 카펫이나 러그조차 깔려 있지 않았으므로 마치 댄스홀 같았다. 그 방에 들어서자마자 나를 압도한 것은 부자연스럽고 어색하기 그지없는 침묵이었다. 의도적으로 소리를 차단한 듯한 정적이 공기 중에 감돌았고, 그래서 그녀의 움직임 역시 생쥐가 바스락거리는 소리만큼 고요했다. 바깥이나 건물 내부에서 들려오는 그 어떤 소리도 이 방으로 침투하지 않았다. 나는 어리둥절했지만 곧 이 방이 단단히 방음되어 있음을 깨달았다. 이 방 안에서 무슨 일이 일어나든 그 소리가 사방의 벽을 넘어가는 일은 없을 듯했다. 그러자 이 특별한 방이 왜 그녀에게 할당되었는지 단번에 이해할 수 있었다.

여자는 침대에 있었다. 잠들지는 않았고, 누군가를 기다리고 있었다. 그녀 곁의 램프에서 희미한 분홍빛이 흘러나왔다. 넓은 침대는 두꺼운 단 위에 놓여 있었고, 침대와 단 전부가 양가죽으로 덮여 있었다. 침대 맞은편에는 거의 한쪽 벽만큼이나 길고 큰 거울이 침대를 마주 보고 있었다. 여기서 홀로, 아무도 그녀의 소리를 들을 수 없고 그 여자 역시 그 누구의 소리도 들을 수 없는 채 모든 연락을 차단당하고 완전히 취약해진 모습으로 지내고 있었다. 심지어 기척도 없이 불쑥 들어온 그 남자의 자비에 몸을 내맡겨야 하는 고립무원의 상태였다. 말 한마디 없는 그 남자의 차갑고 새파란 눈동자가 거울에 비친 여자의 눈을 찌르듯 날카롭게 덮쳤다. 그 여자는 넋이 나간 양 조용히 거울을 바라보며 작은 몸을 웅크린 채 꼼짝도 하지 않았다. 남자의 눈에는 최면을 거는 힘이 있었고, 그것은 그 여자의 의지를 꺾을 만큼 강력했다. 이미 수년간 어머니에게 짓눌린 채 굴종해 왔기에 그 여자의 자아와 의지는 약해질 대로 약해져 있었다. 어린 시절부터 피해자의 사고와 태도를 강요당해 왔던 그녀는 남자의 공격적인 의지 앞에 속수무책이었다. 남자는 그 여자를 완전히 자기 소유로 만들 수 있었다. 나는 그녀가 정복당하는 광경을 보았다.

남자는 서두르지 않고 천천히 발을 떼며 침대로 다가갔다. 여자는 남자가 자기 위로 몸을 굽힐 때까지 움직이지 않고 가만있다가, 돌연 그 자리에서 탈출이라도 하려는 듯 몸을 비틀더니 자신의 얼굴을 베개 속에 묻었다. 여자의 몸에 닿은 남자의 손이 그녀의 어깨를 미끄러지듯 어루만졌다. 억센 손가락들이 그 여자의 턱뼈를 더듬어 가다가 강하게 그 여자의 얼굴을 잡고 기울이더니 억지로 들어 올렸다. 여자는 갑작스러운 공포에 사로잡혀서 이리저리 몸을 뒤틀고 마구 구르며 남자의 힘에 맞서 격렬하게 저항했다. 남자는 아무런 대응도 하지 않은 채, 그 여자가 연신 사력을 다해 덤비는 대로 내버려 두었다. 여자의 나약한 몸부림은 남자의 즐거움이었고, 남자는 그 저항이 오래가지 않으리라는 사실을 알았다. 남자는 반쯤 미소 지으며 말 한마디 없이 계속 그 여자를 흥미롭게 지켜보았다. 여자가 지쳐 탈진할 때까지 그렇게 남자는 그녀의 얼굴을 살짝 기울인 상태로 붙들고 있었다. 손끝으로 턱선을 누르는 힘은 그리 크지 않았으나 딱 그 여자가 저항할 수 없을 만큼 위력적이었다.

어느 순간 힘을 잃은 그 여자는 결국 포기하고 패배를 인정했다. 가쁜 숨을 몰아쉬는 여자의 얼굴은 눈물로 촉촉이 젖어 있었다. 남자는 여자의 턱을 조금씩 더 세게 쥐며 그 여자가 자신을 똑바로 바라보도록 재촉했다. 그러고는 일을 마무리 짓고자 동공이 풀린 여자의 눈을 똑바로 응시했다. 남자는 스스로의 거만하고 냉담한, 얼음같이 새파란 눈동자를 굳이 마주하도록 강요했다. 그 여자가 완전히 항복하는 순간이었다. 그 차갑고 푸른, 넋을 잃게 하는 무한의 깊이 속에 빠져 익사하는 듯 보이던 바로 그 순간, 여자의 모든 저항은 무너져 내렸다. 이제 여자에겐 아무런 의지도 남아 있지 않았다. 남자는 그 여자를 데리고 무엇이든 원하는 대로 할 수 있었다.

남자는 더 몸을 숙인 뒤 침대 위로 무릎을 꿇고 양손을 여자의 어깨에 얹은 채 아래로 밀었다. 자유 의지를 남김없이 잃어버린 여자는 자기 몸이 그에게 순종하도록 남자에게 완전히 복종했다. 여자는 넋을 잃었으므로 어떤 일이 일어나는지 거의 알지 못했다. 그녀의 정상적 의식은 심각한 침탈 속에 길을 잃었고, 항복이 어떤 의미인지조차 이해하지 못하고 있었다. 남자는 오직 자신의 쾌락에만 몰두했다.

그 뒤로 여자는 움직이지 않았고 생기라고는 전혀 없이, 마치 영안실의 시체처럼 어질러진 침대 위에 맨몸을 드러낸 채 누워 있었다. 바닥으로 떨어진 시트와 담요들은 침대가 놓인 단의 끄트머리에 걸쳐져 있었다. 여자의 머리는 다소 부자연스럽게 침대 가장자리 바깥으로 늘어뜨려져 있었고, 폭력의 흔적을 보여 주듯 목이 살짝 비뚜름했다. 밝은 머리카락은 남자의 손에 의해 밧줄 같은 형태로 꼬여 있었다. 그녀의 몸 위에 손을 얹은 채 앉아 있는 남자의 모습은, 사냥한 먹잇감을 지키는 포식자 같았다. 남자의 손가락이 그 여자의 나체 위를 스쳐 가며 허벅지와 가슴을 헤집을 때, 그녀는 고통스러운 전율을 느끼며 한참이나 떨었다. 그러다가 이내 몸이 굳더니 꼼짝도 하지 않았다.

남자는 한 손으로 그 여자의 머리를 들고 잠깐 얼굴을 바라본 뒤 다시 손을 놓았다. 여자의 머리는 베개 위에 힘없이 떨어진 그대로 남아 있었다. 남자는 자리에서 일어나더니 침대에서 멀어져 갔다. 바닥에 떨어진 담요에 한쪽 발이 휘말리자 그는 당장 걷어차 버리고 문으로 걸어갔다. 이 방에 나타났을 때부터 단 한 마디도 하지 않았던 남자는 떠날 때에도 침묵을 지켰다. 닫히는 문에서 울리는 희미한 걸쇠 소리만이 남자의 유일한 흔적이었다. 그 여자에게 이 절대적인 침묵이야말로 남자가 가진 가장 무서운 특성이었고, 어떤 면에서 그 침묵은 여자를 지배하는 남자의 권력과 연관되어 있었다.

나는 내가 어디로 끌려가고 있는지 걱정스러웠다. 이 저택은 아주 거대했고, 구불구불한 갱도가 끝도 없이 이어졌다. 우리는 땅속 바위를 파내서 지하 감옥들로 굴러떨어지게끔 설계한 여러 함정들을 지나쳤다. 이 좁은 옥사의 벽에서는 부패한 물이 흘렀고, 역겹고 유독한 폐기물도 섞여 있었다. 위험천만한 계단들이 더 깊은 지하 감옥으로 이어졌다. 대문을 통과할 때마다 그곳 경비병들이 굳게 잠긴 문을 열쇠로 열어 주었고, 그렇게 지나가고 나면 등 뒤에서 문을 다시 세게 닫았다.

교도소장이 나를 맞이한 방은 세련되고 품위 있게 꾸며져 있었다. 넓게 탁 트인 방이었는데, 균형 잡힌 설계와 가구 배치가 유독 돋보였다. 윤나게 닦은 나무 바닥 위로 희미하고 낡은 샹들리에가 비쳤다. 창문들은 마을 쪽이 아니라, 공원처럼 꾸민 지대를 넘어서 멀리 떨어진 협만 방향으로 기울어져 있었다. 소장의 몸에 완벽하게 맞도록 재단된 검은색 제복은 최고급 원단으로 만들어졌고, 긴 장화는 거울처럼 반짝반짝 빛났다. 그는 내가 잘 모르는 어떤 기관의 문장 혹은 상징처럼 보이는, 특별한 색깔의 리본 배지를 달고 있었다. 소장의 인상은 지금이 한결 나았다. 처음부터 내 마음에 들지 않았던 거만한 표정이 이번에는 조금 널 드러나 보였다. 하지만 그 남자가 타고난 통치자, 스스로를 법으로 내세울 수 있는, 이른바 상식을 넘어서는 독재자 유형의 인물임은 분명했다.

"제가 무엇을 도와 드리면 되겠습니까?"

소장은 사무적인 예의로 나를 맞이했으나 그 남자의 냉정한 파란 눈은 내 얼굴을 똑바로 바라보았다. 나는 미리 준비해 온 이야기를 꺼냈다. 소장은 즉시 내게 필요한 허가증을 작성하고 서명해 주겠노라고 했다. 아마 내일이면 발급받을 수 있으리라고 말이다. 심지어 그는 내 조사 활동에 도움이 되도록 추가적인 사항까지 더 허가해 주겠다고 몸소 제안하기까지 했다. 나는 과도한 수고라고 여겼으나 소장은 이렇게 말했다.

"당신은 이 지역 사람들을 모릅니다. 그들은 애초에 무법자들이고 낯선 외지인을 본능적으로 싫어해요. 그들의 방식은 난폭하고 시대에 뒤떨어져 있습니다. 나는 이곳을 좀 더 현대화하고자 무던히도 애를 썼지요. 하지만 아무 소용도 없었답니다. 그들은 소금 기둥으로 굳어 버린 롯의 아내처럼 과거에 못 박혀 있어요. 그 같은 아집에서 그들을 결코 떼어 낼 수 없습니다."

나는 그에게 감사를 표했다. 그러면서 나는 이 저택을 지키는 경비병들의 모습을 떠올렸는데, 그들은 소장의 계몽적인 관점과 그다지 어울리지 않았다.

소장은 내가 방문 시기를 영 잘못 골랐다는 말을 덧붙였다. 나는 그 이유를 물었다.

"머지않아 빙하가 이곳에 당도할 겁니다. 항구는 얼어붙을 테고, 우리는 고립될 거예요."

그 남자의 파란 눈빛이 나를 향해 번득였다. 뭔가 발설하지 않은 내용이 암시되어 있는 것 같았다. 소장은 자신의 밝은색 눈동자를 연신 깜박였는데, 마치 눈에서 푸른 불꽃이 뿜어져 나오는 듯했다. 그는 말을 이어 갔다.

"당신이 예상했던 기간보다 이곳에 더 오래 갇히게 될지도 모릅니다."

더욱 함축된 메시지가 담긴 날카로운 눈빛이 다시 한 번 나를 훑었다. 나는 소장에게 말했다.

"저는 일주일 정도만 여기에 머무르려고 합니다. 사실 뭔가 새로운 발견을 기대하진 않고요. 그저 현장 분위기를 느끼는 게 더 중요하니까요."

그를 향한 혐오에도 불구하고, 나는 갑자기 소장과 나 사이에 어떤 공통점이라도 존재하는 양 기묘한 연대감을 느꼈다. 그런 느낌이 너무 뜻밖인 데다 형언할 수 없이 혼란스러웠으므로 나는 무슨 의미인지 자각하지도 못한 채 이렇게 대꾸했다.

"부디 저를 오해하진 말아 주십시오."

소장은 만족한 듯 미소를 지었고, 곧장 더 친밀하게 굴었다.

"우리는 말이 참 잘 통하는군요. 잘됐습니다. 여기에 와 주시다니 반갑네요. 우리는 선진국들과 더 긴밀히 협력해야 합니다. 이게 그 시작이 되겠지요."

이제껏 우리가 어떤 대화를 나누었는지 흐릿한 상태로, 나는 다시 그 남자에게 감사를 건넨 뒤 자리에서 일어났다. 소장은 내 손을 잡고 악수했다.

"언제 한번 저녁 드시러 오세요. 그때까지 내가 당신에게 더 도움이 될 만한 일이 있다면 알려 주시고요."

나는 기쁨에 겨워서 득의만면해했다. 계속 행운이 따랐고, 벌써 내 목적이 거의 달성된 것 같았다. 그러므로 그 여자를 만날 기회 역시 있으리라고 확신했다. 저녁 초대가 실현되지 않더라도, 소장의 마지막 말에는 언제나 기대어 볼 여지가 있을 터였다.

4

서명을 날인한 허가증이 다음 날 도착했다. 누구든 내게 필요한 모든 것을 지원하도록 지시하는 소장의 문장이 추가로 기재돼 있었다. 카페 주인은 이 사실에 깊은 감명을 받았고, 나는 그가 소장의 메시지를 주변에 퍼뜨리도록 내버려 두었다.

나는 마을에 관한 기록을 남기기 시작했다. 남들의 눈에 비친 나의 연기는 설득력 있어야 했고, 치밀해야 했다. 예전부터 종종 묘한 매력을 느껴 왔던, 노래하는 여우원숭이들의 이야기를 한번 써 볼까, 하고 막연히 생각해 본 적이 있었는데, 그 기억이 사라지기 전에 그들을 묘사할 수 있는 완벽한 기회가 찾아온 셈이었다. 나는 매일 나를 둘러싼 이곳의 환경보다, 좀 더 다른 주제에 훨씬 많은 내용을 할애했다. 그 밖에는 할 일이 아무것도 없었으므로, 정기적인 일지를 쓰는 일마저 없었다면 금방 지루해졌을 것이다. 나는 곧 그 작업에 흥미롭게 몰두하게 되었고, 몇 시간이나 꼼짝 않고 바쁘게 지냈다. 시간은 놀라울 정도로 빨리 지나갔다. 어떤 면에서 나는 집에 있을 때보다 훨씬 잘 지냈다. 날씨는 엄청나게 추웠지만, 매일 난로에 넣을 땔감을 미리 정리해 둔 덕분에 내 방 안은 따뜻했다. 이처럼 큰 삼림이 가까이에 있으니 여기서는 연료를 걱정할 필요가 없었다. 물론 매시간 가까워지는 빙하에 대해 생각하면 무척 불안해졌다. 그러나 항구는 여전히 열려 있었고, 가끔 배들이 드나들기도 했다. 이 배들이 전해 주는 화물 덕분에 나는 이따금 평소 카페에서 제공하는 식사에 한두 가지 별미를 더할 수 있었다. 카페의 음식은 풍족했지만, 메뉴는 한정되어 있었다. 나는 카페 주인에게 내 식사는 메인 홀에서 조금 떨어진 벽감실로 가져다 달라고 부탁해 두었는데, 그곳에서는 식당의 소음과 담배 연기로부터 벗어나 호젓하게 사생활을 보장받을 수 있었다.

폐허를 조사한다는 명목으로, 나는 상원의 상황까지도 조용히 감시할 수 있었다. 단 한 번도 그 여자를 목격하진 못했지만, 교도소장이 저택을 떠나는 모습은 가끔 볼 수 있었다. 그 남자는 항상 경호원을 여럿 이끌고 나와서 곧장 자신의 커다란 자동차로 향했고, 엄청난 속도로 운전해 나가곤 했다. 아마도 수시로 날아드는 정적들의 암살 위협 때문에 저렇게 만전에 주의를 기하리라고 나는 짐작했다.

이삼일 정도 지나자 내 인내심도 바닥났다. 아무런 성과 없이 시간만 바삐 흘러가고 있었다. 그 여자가 상원 밖으로 나오는 일은 아예 없었으므로, 내가 그 안으로 들어가야 했다. 하지만 소장이 언급했던 만찬 초대장은 여태 도착하지 않았다. 어떻게 하면 소장에게 다시 접근할 수 있을지, 가장 그럴듯한 구실을 꾸며 내고 있을 때, 마침 소장의 경비병 중 하나가 상원에 와서 점심을 먹으라며 나를 데리러 왔다. 정오에 카페로 향하고 있을 때 병사가 불쑥 나타나서 내 길을 가로막은 것이다. 나는 이렇게 돌발적인 행동을 싫어했고, 갑작스러운 소환에 깃든 고압적인 분위기나 무뚝뚝한 태도 역시 언짢았다. 사실 초대라기보다는 명령에 가까웠다. 부조리한 상황에 항의해야 할 의무감을 느끼며, 나는 이미 점심 식사가 카페에 준비되어 있다고, 그것을 지금 취소하기는 어렵다고 말했다. 경비병은 대답하는 대신에 언성을 높이며 고함을 쳤다. 어디선가 검은 제복 차림의 사람이 둘이나 더 나타났다. 그들 중 하나는 카페 주인에게 상황을 설명하러 갔고, 다른 한 사람은 내 옆에 서 있었다. 이제 별수 없이 두 호위병과 함께 그들이 이끄는 대로 따라갈 수밖에 없었다. 물론 나는 일이 이렇게 되어서 반갑긴 했다. 결국 내가 원했던 일이 아니던가. 그럼에도 나를 대하는 태도가 조금 덜 고압적이었다면 더 좋았을 터다.

교도소장은 곧장 나를 넓은 식당으로 안내했다. 스무 명이 족히 앉을 수 있는 긴 식탁이 놓여 있었다. 위풍당당한 모습의 소장이 가장 상석에 앉았고, 나는 그의 옆자리에 앉았다. 세 번째 자리는 내 맞은편에 마련되어 있었다. 내가 그 자리에 힐끗 눈길을 주는 모습을 보고 남자는 이렇게 말했다.

"당신 나라에서 온 젊은 친구 하나가 나와 함께 지내고 있습니다. 당신이 그 여자를 만나 보고 싶어 할 것 같아서요."

소장이 특유의 날카로운 표정으로 나를 쳐다보자 나는 매우 반가운 일이라고 침착하게 대답했다. 마음속으로는 이미 기뻐서 어쩔 줄을 몰랐다. 마치 이 순간이 내 행운의 정점인 양, 거의 사실이라 믿을 수 없을 만큼 일이 잘 풀리고 있었다. 혹시 내가 그 여자를 만나 볼 수 있을지, 내 쪽에서 먼저 물어봐야 하는 까다로운 임무로부터 아예 놓여났으니 정녕 홀가분하기 그지없었다.

서리가 낀 차가운 병에 드라이 마티니가 담겨 나왔다. 그러고는 바로 누군가가 들어와서 소장의 귀에 뭔가를 속삭이더니 작은 메모 한 장을 건넸다. 몇 글자를 읽자마자 금세 소장의 안색이 변했고, 그는 종이를 갈가리 찢어 버렸다.

"아, 젊은 친구가 지금 몸이 좀 불편한가 봅니다."

나는 예의 있게 유감을 표하며 실망감을 감췄다. 소장은 험악하게 인상을 찡그리고 있었다. 사소한 일 때문에 자기 계획이 한 치라도 틀어지는 것을 견딜 수 없어 하는 성격임이 분명했다. 그 남자의 분노가 공기 중에 감돌았다. 나에게 더는 아무 말도 하지 않았고, 그는 빈자리의 식기들을 치우라고 손짓했다. 반짝이는 유리잔들과 날붙이들이 순식간에 눈앞에서 사라졌다. 음식이 차려져 나왔지만 소장은 여전히 접시 위의 요리에는 손도 대지 않은 채로, 앞서 잘게 찢은 종잇조각들이 형체도 없이 바스러질 때까지 내내 식탁을 주먹으로 쾅쾅 내리쳤다. 소장이 나를 철저히 무시한 채 자신의 분노에 빠져 있는 시간이 길어질수록 내 기분 역시 점점 나빠졌다. 부하들을 통해서 독단적인 방식으로 초대한 이후에 이처럼 또다시 무례를 더했으니 말이다. 나는 곧장 자리를 박차고 나가고 싶었지만, 이 시점에서 소장과의 관계를 끊는다면 틀림없이 돌이킬 수 없는 결과가 따를 것임을 알았다. 나는 어색한 시간을 버텨 내고자 그 여자에 대해 생각했다. 여자는 나 때문에 불참했을 터다. 내가 누구인지 진작부터 알아차리지 못했다면, 이제라도 눈치챘음이 분명했다. 나는 내 머리 위에 있는 어느 고요한 방에 여자가 홀로 있는 모습을 상상하려 했다. 하지만 그 여자는 나와 너무 멀리 떨어져 있는 꿈속의 인물처럼 느껴졌다. 몽환 속의 그녀에게 가까이 다가갈 수조차 없었다. 비현실적이었다.

소장은 점차 차분해졌으나 표정은 여전히 음침하고 험악했다. 나는 먼저 입을 열지 않은 채 그 남자가 내 존재를 인지할 때까지 기다렸다. 최상급의 어린양 갈비로 만든 훌륭한 요리가 나왔다. 우리가 식사하는 동안 소장은 문득 내 조사 상황에 관해 언급했다.

"보아하니 당신의 조사 활동은 내 집 주변에 있는 폐허에만 국한되어 있는 것 같더군요."

나는 내가 감시당하고 있음을 몰랐기에 순간 당황했다. 다행히 이 질문에는 미리 준비된 답이 있었다.

"소장님께서도 아시다시피 여기 폐허의 건물들은 늘 국가 기관에서 사용해 왔기에, 학계의 흥미를 돋울 만한 물건들이 다른 어느 곳보다 많이 발견될 가능성이 큽니다."

소장은 아무 말도 하지 않았지만, 마치 운동 경기에서 상대 선수가 요행으로 점수를 얻었을 때처럼 바람 빠진 코웃음 소리를 냈다. 나는 내 대답이 그 남자의 마음에 들었는지 확신할 수 없었다.

식탁 위에 커피가 놓이자 그때까지 시중을 들던 모

든 이들이 돌연 방에서 물러났으므로, 나는 깜짝 놀랐다. 걱정이 덮쳐 왔고, 둘만 남은 자리에서 소장이 내게 무슨 말을 할지 상상조차 할 수 없었다. 그 남자의 태도는 이전보다 한결 강경해진 것 같았다. 그는 절대 호락호락하지 않고, 차갑고 냉담해 보였다. 소장은 불길한 징조가 가득한 목소리로 이렇게 말했다.

"나를 속이려는 사람들은 대체로 그랬음을 후회하지. 나는 쉽게 속아 넘어가지 않거든."

그 남자가 한때 나를 친근하게 대했다고 믿을 수 없을 만큼 음험하고 무시무시한 태도였다. 그의 목소리는 더없이 침착하고 조용했지만, 이미 이전의 만남에서 내가 감지했던 위협이 서서히 실체를 드러내고 있었다. 나는 암시를 통해 조여 오는 이 명백한 협박이 나와 전혀 상관이 없다는 듯, 그가 무슨 말을 하는지 모르겠다고 답했다. 소장은 나를 지그시 오래 쳐다보았고, 나는 그 남자에게서 느껴지는 한기보다 더 냉정한 태도를 유지한 채 그의 응시를 마주했다. 위험하고 이중적인 분위기가 소장을 둘러쌌고, 나는 경계를 늦추지 않았다.

소장은 커피 잔을 옆으로 밀치고 식탁에 팔꿈치를

기댄 채, 자신의 얼굴을 내 코앞까지 갖다 댔다. 그러고는 아무 말도 없이, 내게 꽂은 시선을 거두지 않은 채 나를 빤히 바라보았다. 그 남자의 눈은 놀라울 만큼 밝았다. 그가 나를 지배하려고 함을 느낄 수 있었다. 나를 쏘아보는 그 시선을 피해 아래쪽을 내려다보고 싶었지만 좀처럼 쉽지 않았다. 소장은 언젠가 최면술을 연습했음이 틀림없었다. 그 남자가 지닌 이상한 힘에 저항하기 위해서는 상당한 노력을 거듭 기울여야 했다. 마침내 그가 뒤로 물러서자 겨우 마음이 놓였다. 소장은 퉁명스럽게 불쑥 말을 꺼냈다.

"당신이 나를 위해 해 줄 일이 있지."

"소장님께 제가 대체 어떤 도움을 드릴 수 있을까요?"

나는 너무도 놀랐다.

"들어 봐. 여기는 쓸 만한 자원이 없는, 작고 가난한 후진국이야. 위급한 상황에서 강대국들의 도움이 없다면 우리는 이 세상에서 사라지고 말겠지. 그런데 불행히도 강대국들은 우리를 너무 하찮게 여겨서 사소한 관심조차 없어. 당신이 고국의 정부를 설득해 줬으면 해. 단지 지리

상의 위치 때문에라도, 우리는 유용한 지역이 될 수 있어. 당신은 이런 외교 활동을 하는 데 필요한 역량을 충분히 갖춘 사람 같은데, 맞지?"

나는 아마 그러리라고 말했다. 하지만 곧이어 마음이 철렁해졌으므로 나는 망설임 끝에 그 말을 취소했다. 전혀 예상치 못한 상황이었다. 내 본능은 이런 제안에 말려들지 말라고 경고했다. 그래서 나는 다시 입을 열었다.

"그런 종류의 일은 제 소관이 전혀 아닙니다만……."

소장은 참지 않고 끼어들면서 내 말을 잘랐다.

"나는 단순히 당신 나라의 정치인들에게 우리와 협력할 때의 이점을 짚어 달라고 부탁하는 거야. 쉬운 일이지. 그저 그들이 지도만 들여다보게 하면 되는걸."

내가 무슨 대답을 해야 할지 미처 생각해 보기도 전에, 그 남자는 더 성급한 태도로 나를 압박했다.

"그래서, 할 건가?"

버릇처럼 내보이는 위압적인 태도와, 상대방의 혼을 빼놓는 특유의 카리스마 때문에 그의 요청을 거절하기란 사실상 불가능했다. 나도 모르는 사이에 나는 순응하고 있었다.

"좋아. 거래가 성사되었군. 물론 당신은 적절한 보상을 받을 거야."

이 중대한 문제를 완전히 결정지으려는 듯, 소장은 자리에서 일어나더니 손을 내밀며 이렇게 덧붙였다.

"그럼, 사전에 준비를 해야지. 당신은 당장 고국 사람들에게 보낼 편지를 작성하는 게 좋겠어."

그 남자가 작은 은빛 종을 집어 들고 힘차게 울리자, 사람들이 일제히 방 안으로 들어왔다. 소장은 그들과 이야기를 나누고자 식당을 나서면서, 나를 향해 가벼운 고갯짓으로 이만 물러가라고 신호를 보냈다. 나는 혼란스럽고 마음이 뒤숭숭했지만, 일단 그 장소에서 벗어나게 되었음에 기뻤다. 이 같은 변수는 영 반갑지 않았다. 나의 운명 역시 방향을 바꾸고 있었다.

하루 이틀 정도 지난 뒤, 소장의 육중한 자동차가 내 곁에 와서 멈춰 섰다. 위풍당당하고 근사한 모피 안감을 댄 오버코트 차림의 그가 창밖으로 내다보았다. 그는 나와 이야기를 나누고 싶다며 상원으로 함께 올라가자고 청했다. 나는 차에 올라탔고, 우리는 그곳 입구까지 내달렸다.

우리가 들어간 방에는 벌써 소장을 알현하기 위해 기다리는 사람들로 가득했다. 호위병들은 그들을 뒤로 밀치며 우리가 지나갈 수 있도록 길을 터 주었다. 나는 소장이 부하들을 물리기 전에, 이렇게 낮게 중얼거리는 소리를 들었다.

"오 분 뒤에 이자를 치워 버려."

그러고는 나를 향해 이렇게 말했다.

"우리 거래에 대해 누군가에게든 편지를 보냈겠지?"

내가 대충 그렇다고 얼버무리면서 말끝을 흐리자, 소장은 갑자기 확 달라진 어조로 빠르게 쏘아붙였다.

"우체국에서 당신이 그 어떤 중요한 상대와도 연락한 적이 없다고 보고해 왔어. 자기 약속은 지키는 남자라고 생각했는데, 내가 잘못 본 것 같군."

괜한 언쟁을 피하고자, 나는 모욕을 못 들은 척 연기하며 태연하게 대답했다.

"아뇨, 이 거래로 제가 무엇을 얻게 될지 아직 듣지 못했으니까요."

그러자 남자는 무뚝뚝한 태도로, 그러면 내가 원하는 조건을 나열해 보라고 말했다. 나는 소장의 적개심을 조금이라도 누그러뜨리고자 솔직하고 간단하게 답했다.

"거창하게 운을 떼긴 했지만, 막상 말씀드리려니 제 요구가 참 사소하게 느껴지는군요."

나는 소장의 마음이 풀리길 바라며 겸허한 미소를 지어 보였다.

"단지 이것뿐입니다. 저는 이곳에 계신 손님이 저의 오랜 지인이라 믿고 있는데요, 과연 그게 사실인지 직접 그분을 만나서 확인해 봤으면 합니다."

나는 내가 그 여자에게 지나치게 관심이 많은 듯 보이지 않도록 주의했다.

소장은 아무 말도 하지 않았지만, 그 침묵 뒤에 도사린 반발심이 느껴졌다. 나와 그녀를 서로에게 소개해 주겠다고 제안한 그 점심 식사 이후로 그의 태도가 달라졌음이 분명했다. 이제 나는 소장이 그 만남에 동의하지 않으리라고 제법 확신하게 되었다.

갑자기 오 분이라는 시간을 기억해 낸 나는 손목시계를 들여다봤다. 오 분이 거의 다 흘러간 상태였다. 경비병들이 들어와서 소장의 명령에 따라 나를 무례하게 쫓아낼 때까지 기다리고 있을 생각은 없었으므로, 나는 떠날 채비를 시작했다. 그런데 소장이 나를 따라서 문 쪽으로 오더니 손잡이를 잡고 내가 방을 떠나지 못하도록 막았다.

"그 여자는 몸 상태가 좋지 않아. 그리고 사람들과 만나는 일을 불안해하고 있어. 먼저 그 여자에게 과연 당신을 볼 생각이 있는지 물어봐야 해."

나는 소장이 우리의 만남을 허락하지 않으리라고 거의 확신했기에 포기하는 심정으로 다시 시계를 봤다. 남은 시간은 단 일 분이었다.

"이제 정말 가 봐야겠습니다. 이미 소장님의 시간을 너무 많이 빼앗았어요."

예기치 않은 그 남자의 너털웃음이 나를 완전히 놀라게 했다. 내가 머릿속으로 어떤 계산을 하고 있는지 알아챘음이 틀림없었다. 소장의 기분은 변덕스럽게 바뀐 듯했고, 돌연 그의 태도가 가볍고 친근해졌다. 나는 다시 한 번 그 남자와 나 사이의 유대감을, 그 기묘한 감각을 순간적으로 느꼈다. 소장이 문을 열고 밖에서 대기하는 부하들에게 명령을 내리자, 그들은 소장에게 경례를 올린 뒤 복도를 따라 행진해 갔다. 광택을 낸 마룻바닥 위로 그들의 장화 소리가 쿵쿵 울렸다. 소장은 내게로 돌아서서 마치 자신의 호의를 보여 주기라도 하듯 이렇게 말했다.

"원한다면 당장 그 여자에게 갈 수도 있어. 하지만 그러려면 먼저 내가 그 여자를 준비시켜야 하겠지."

소장은 나를 다시 사람이 붐비는 대기실로 데려갔다. 그가 방에 들어서자 거기 있던 모든 사람들이 소장의 주변으로 모여들며 얼른 말을 붙이고 싶어 했다. 소장은 미소를 지으며 가장 가까이에 있는 사람들에게 친절한 인사를 건넸다. 그러고는 이렇게 계속 기다리게 해서 미안하다고 양해를 구하고자 연설하듯 목소리를 높였다. 몇 분만 더 인내심을 발휘해서 참아 주기를 간곡히 부탁하며, 정해진 순서에 따라 모든 사람의 이야기를 들으리라고 약속했다. 방 전체에 울릴 만큼 크고 명확한 어조로 그는 이렇게 말했다.

"왜 음악이 없지?"

그는 부하에게 날카롭게 따져 물었다.

"이 사람들이 내 손님이라는 걸 자네도 알지 않나. 만약 이들이 기다려야 한다면, 지루하지 않도록 즐겁게 해 주는 것이 우리가 할 수 있는 최소한의 배려야."

바로 현악 사중주단의 연주가 대기실 안을 가득 채우기 시작했고, 그 소리는 우리가 그 방을 나온 뒤에도 계속 들려왔다.

소장은 더 많은 경비병을 지나쳐 가며 나를 안내했다. 그는 내 앞에 놓인 구불구불한 복도를 따라 빠른 속도로 앞질러 가며 한꺼번에 여러 층계를 뛰어 오르내렸다. 내가 할 수 있는 일이란 그저 그 남자의 속도에 맞춰 안간힘을 쓰며 따라가는 것뿐이었다. 소장은 나보다 훨씬 활력이 넘쳤고, 그 사실을 증명해 보이기를 즐기는 것 같았다. 그는 이따금 나를 돌아보면서 웃음을 터뜨렸고, 자신의 멋진 체격을 과시했다. 나는 그 남자가 내보이는 갑작스러운 쾌활함을 별로 신뢰하지 않았으나, 그의 넓은 어깨와 우아하고 잘록한 허리, 운동선수처럼 날렵하고 탄탄하며 강인한 육체를 선망하긴 했다. 이곳의 복잡한 통로들은 끝도 없이 계속 이어지는 것 같았다. 나는 숨이 턱까지 차올랐고 결국 소장은 또다시 다른 계단의 꼭대기에서 나를 기다려야 했다. 그 계단 끝은 온통 깊은 그림자로 뒤덮여 있었고, 어둠 속에서 내가 알아볼 수 있는 형태는 직사각형의 문 하나뿐이었다. 마침내 나는 방금 그 여자의 방으로만 이어지는 계단을 오르고 있었음을 깨달았다.

소장이 먼저 그 여자에게 상황을 설명하는 동안, 나는 지금 서 있는 곳에서 잠시 기다리라고 일러 주었다. 그러고는 은밀히 나를 비웃는 듯한 미소를 지으며 덧붙였다.

"보아하니 땀도 식히고 한숨 돌릴 시간이 필요할 테니까."

문손잡이에 손을 얹은 채 그가 말을 이었다.

"무슨 말인지 이해하지? 결정은 전적으로 그 여자의 몫이야. 만약 그 사람이 당신을 보고 싶어 하지 않는다면 나로서는 아무것도 할 수 없어."

소장은 노크도 없이 문을 열고 방 안으로 사라졌다.

반쯤 희미한 어둠 속에 남겨진 나는 우울하고 짜증이 났다. 소장이 속임수를 써서 나를 농락한 것만 같았다. 그 남자가 마련하고 주관하는 자리에 이렇게 불려 나올 때마다 나는 아무런 만족도 얻지 못했다. 이번 만남 역시 실현되지 않을 게 분명했다. 그 여자가 나를 만나길 거부하든지, 아니면 소장이 그 사람의 의사를 무시하고 나와의 만남을 금지하든지 둘 중 하나일 터다. 둘 중 어떤 경우라도 나는 소장이 지켜보는 가운데 그 여자와 이야기하고 싶지는 않았다. 그런 상황이라면 분명히 그녀도 소장의 영향력에서 벗어나지 못할 테니 말이다.

나는 열심히 귀를 기울였지만 방음벽 너머로는 아무 소리도 새어 나오지 않았다. 한동안 기다렸지만 나는 결국 홀로 계단을 내려가야 했다. 그 아래 어두운 통로들을 이리저리 배회하다가 간신히 하인 한 사람을 만나서 밖으로 나가는 길을 안내받을 수 있었다. 나의 행운은 확실히 끝나 버린 것 같았다.

5

창문가에 서니 아무것도 움직이지 않는 텅 빈 풍경
이 내려다보였다. 단 한 채의 집도 보이지 않았고, 오직
무너진 벽의 잔해, 황량한 설경, 협만, 전나무숲 그리고
산만이 펼쳐져 있을 따름이었다. 아무런 색채도 없는 풍
경이었다. 회색에서 검은색, 그리고 모든 색채가 죽어 버
린 듯한 새하얀 눈의 빛깔에 이르기까지 단조로운 흑백
의 음영만이 너울지고 있었다. 어디든 죽은 듯이 고요하
고 생기 없는 물, 그리고 무채색 제복을 입은 듯 음침한
모습으로 끝없이 줄지어 진군하는 검은 나무들뿐이었다.

갑자기 어떤 움직임이 눈에 띄었다. 그것은 마치 엄숙히 침묵한 회색 풍경 속에 떨어진 빨갛고 푸른 비명 같았다. 나는 급히 외투를 집어 들고 문 쪽으로 서둘러 달려가면서 얼른 그 속에 내 몸을 꿰어 넣으려고 안간힘을 쓰다가, 새삼 마음을 바꿔 창가로 다가갔다. 창은 굳게 닫혀 있었다. 나는 간신히 창을 위로 들어 올린 뒤, 파편 더미 위로 발을 내딛고 서서 손가락 끝으로 등 뒤의 창을 꽉 닫았다. 그러고는 얼어붙은 잔디 위를 미끄러지듯 달려 내려갔다. 이것이 바깥으로 나가기에 가장 빠른 방법이었기 때문이다. 또한 이래야만 집주인의 감시를 따돌릴 수 있었다. 협만 가장자리를 둘러 가는 좁은 길에는 아무도 없었지만, 내가 쫓는 사람은 여기서 그리 멀지 않은 데 있음이 확실했다. 비탈진 오솔길은 숲으로 이어져 있었다. 나무 그늘에 들어서자마자 갑자기 서늘해졌고 날도 어두워졌다. 서로 가까이서 자라난 나무들의 검은 가지들이 머리 위로 빽빽하게 얽혀 있었고, 심지어 아래쪽에서 솟아오르는 덤불과도 뒤엉켜 있었다. 내 주변에 다른 사람 스무 명이 있다고 해도 누구 하나 보이지 않을 만큼 숲은 어두웠다. 그러나 나는 전나무 사이로 스쳐 지나가는 유령 같은 회색 코트의 반짝임을, 이따금 펼쳐지는 그 안의 체크무늬 안감까지도 언뜻 볼 수 있었다. 코트 모자가 벗겨지자 머리가 드러났다. 그 여자의 밝은색 머리카락이 은빛 불꽃처럼 일렁였고, 숲속의 도깨비불처럼 반짝거렸다. 그녀는 숲에서 벗어나기를 고대하는 듯 재빨리 발걸음을 옮겼다. 숲은 온갖 위협으로 가득했기에 언제나 긴장되었다. 여자를 불안하게 하는 울창한 나무는 이윽고 검은 벽으로 변해서 그녀를 가둘 것만 같았다. 해가 저문 지 오래인 이 늦은 시간에 그녀는 너무 멀리까지 나와 있었고, 서둘러 돌아가야만 했다. 그 여자는 협만을 찾아가려고 했지만 끝내 발견하지 못했고, 길의 방향을 잃어버린 채 정말 겁에 질리고 말았다. 어두운 밤의 숲에서 어떤 급습을 당할지 몰랐으므로 두려움이 커졌다. 공포는 그 여자가 살아가는 환경 그 자체였다. 타인의 진심 어린 친절을 그녀가 알았더라면, 모든 게 달라졌을 터다. 나무들은 고의적인 악의를 가지고 그 여자의 앞길을 가로막는 듯 보였다. 평생토록 그 여자는 스스로를 아무에게도 구원받지 못할 희생자로 여겨 왔는데, 이제 이 숲마저 사악한 힘으로 그녀를 파괴하려는 것이다. 그 여자는 절망 속에서 어떻게든 달아나려 했지만, 어딘가에 숨어 있던 나무뿌리가 그녀의 발목을 붙드는 바람에 거의 땅에 쓰러질 뻔했다. 이리저리 꼬인 나뭇가지가 그녀의 머리카락을 붙들거나 등을 잡아당겼고, 그녀가 몸부림치며 겨우 빠져나갈 때마다 마치 채찍질하듯 그녀 어깨를 거칠게 흔들었다. 검은 바늘 같은 전나무의 침엽 사이로, 그 여자의 머리에서 뽑혀 나온 은빛 머리카락들이 반짝였다. 그것은 그 여자를 쫓는 자들에게 주어진 단서였고, 결국 추격자들을 희생자에게로 인도하리라. 한참 뒤에야 그 여자는 숲에서 벗어나, 눈앞에 펼쳐진 협만을 볼 수 있었다. 사악하고 음험한 기운이 물 밑에서부터 솟아올랐다. 원시적이고, 야성적이고, 희생자에 굶주린 협만은 자신에게 바쳐질 인간 제물을 갈망하고 있었다.

잠시 그 여자는 사방에서 몰려드는 완전한 침묵과 외로움에 간담이 서늘해져서 가만히 멈춰 서 있었다. 밤이 다가오자 새로운 광포함이 풍경에 배어들었다. 여자는 숲속의 거대한 나무들이 사방에 진을 치고 있는 광경과, 그 빽빽한 나무들의 장벽 위로 총기처럼 뾰족하게 솟아난 산을 보았다. 그 아래 펼쳐진 협만은 벌써 삼켜 버린 태양의 악의적인 불덩어리를 터뜨리는, 신비롭고 불가사의한 얼음 화산 같았다.

깊어 가는 황혼 속에는 떠올릴 수 있는 모든 공포가 도사리고 있었다. 여자는 물을 쳐다보기가 두려웠고, 물속에서 서서히 올라오는 유령 같은 형체를 보지 않으려고 애썼다. 그러나 그것들이 자신을 향해 미끄러지듯 다가오고 있음을 느꼈고, 겁에 질려서 도망치고 말았다. 그중 하나가 여자를 따라잡더니, 부드럽고 축축하고 끈적이는 기다란 물질로 그녀의 몸을 휘감았다. 거칠게 터져 나오는 비명을 목구멍 안으로 꾹꾹 눌러 삼키면서 그 여자는 힘껏 반항했다. 가까스로 풀려난 그녀는 눈을 꼭 감은 채 미친 듯이 숨을 헐떡이며 전속력으로 달렸다. 그녀의 뇌는 악몽에 갇혀 있는 듯했다. 그 여자는 아무런 생각도 하지 않았다. 마지막 빛이 희미해질 무렵, 그 여자는 미처 보지 못한 바위에 걸려 넘어졌고 무릎과 팔꿈치에 멍이 들었다. 가시가 여자의 얼굴을 할퀴고 손을 베었다. 그녀는 하늘을 날듯 크게 도약하며 뛰었고, 그 발걸음마다 협만 가장자리의 얇은 얼음이 산산이 깨져 나갔다. 결국 그 여자는 차가운 얼음물 속으로 푹 가라앉았다. 숨을 쉴 때마다 날카로운 칼날이 연신 가슴을 찌르는 듯 고통스러웠다. 그럼에도 그녀는 단 한 순간조차 멈춰 서지도, 달아나는 속도를 늦추지도 않았다. 자신의 뒤를 바짝 따라오는 추격자들의 커다란 발걸음 소리가 두려운 나머지 심장 박동이 고통의 한계점에 도달하고 있다는 사실마저 인식하지 못했기 때문이다. 돌연 그 여자는 쌓인 눈 가장자리에 발을 헛디디며 미끄러졌고, 스스로를 주체하지 못한 채 무덤같이 깊은 눈구덩이 속으로 얼굴부터 처박히고 말았다. 그녀 입속까지 눈이 밀려 들어왔고, 그 여자는 이제 다 끝났다고, 다시는 일어나지도, 더 이상 도망치지도 못하리라고 생각했다. 하지만 무자비하게 긴장된 근육은 그녀를 억지로 일으켜 세웠고, 그 여자는 저항할 수 없는 파멸의 자석에 이끌려 가듯 계속 버둥거리며 앞으로 나아갈 수밖에 없었다. 이처럼 그녀가 가장 취약할 때 조직적으로 가해지는 괴롭힘은 그 여자의 인격 구조를 왜곡시켰고, 그녀를 영원한 희생양으로 삼았으며, 그녀를 공격하는 상대가 물건이든 인간이든, 사람이든 협만이든 숲이든 상관없이 그 모든 것들로부터 파괴되는 대상이 되도록 했다. 아무것도 달라지지 않았다. 어떤 경우든 그 여자는 도망칠 수 없었다. 이미 오래전에 이뤄진 회복 불가능한 손상이 파멸이라는 운명을 피할 수 없게 했다.

칠흑같이 검은 바위들이 저 멀리 어렴풋이 보였다. 낮은 언덕, 높은 산, 불을 밝히지 않은 요새, 군대처럼 진을 친 검은 전나무숲이었다. 그 여자의 연약한 손은 문을 열 수 없을 만큼 떨렸지만, 그녀를 기다리는 비운의 힘에 이끌려서 그 속으로 들어갈 수밖에 없었다.

그 여자는 침대에 몸을 뻗고 누운 채로, 낯설고 적대적이며 차갑게 얼어붙은 어둠이, 남몰래 소리를 엿듣는 적처럼 벽에 바싹 달라붙어 있음을 느꼈다. 완전한 침묵과 고독 속에서, 그녀는 자신의 운명이 나타나기를 기다리며 거울을 바라보고 누워 있었다. 운명은 오래지 않아 도착하리라. 여자는 방음실에서 뭔가 무서운 일이 일어나고 있음을 알았다. 아무도 이곳까지 자기를 구하러 올 수 없거나 감히 오려고 하지 않을 것이다. 방은 언제나처럼 적의로 가득했다. 그녀는 이 방의 벽들이 자신을 보호해 주지 않는다는 사실을 알고 있었다. 그리고 공기 중에 싸늘하게 떠도는 적대감 역시 충분히 느끼고 있었다. 가능성 따위는 아무것도 없고, 그 누구에게도 자신의 불행을 호소할 수 없었다. 무기력하게 버림받은 채, 그녀는 이 모든 게 다 끝나 버리기만을 기다릴 뿐이었다.

노크도 없이 한 여자가 들어오더니 문간에 섰다. 잘생긴 얼굴에 험악한 표정을 하고, 머리끝에서 발끝까지 검은 옷으로 차려입은 그녀는 나무처럼 키가 컸고 위협적이었다. 이윽고 좀체 형체를 알아볼 수 없는 다른 것들도 방으로 들어와서, 그 여자 뒤쪽으로 긴 그림자를 드리웠다. 침대 위에 누워 있던 여자는 즉시 사형 집행인을 알아보았다. 키 큰 여자가 왜 자신을 그토록 적대하는지 이해할 수 없었음에도, 매 순간 자신을 향해 뾰족하게 날을 세운 그녀의 미움만큼은 생생하게 느낄 수 있었다. 누가 봐도 명백한 미움의 이유를 짐작할 수 없었던 까닭은 그 여자가 너무 순진하거나, 혹은 자신만의 꿈나라에 지나치게 몰두해 있었기 때문이리라. 이제, 차갑고 무정하게 빛을 발하는 눈이 유리 같은 거울 속을 헤엄쳐서 그들의 희생양을 향해 돌진해 왔다. 여자의 동공은 넓게 확장되고 두려움으로 까맣게 질려서, 직감적인 악몽의 예지를 담은 두 개의 깊고 무시무시한 구덩이로 변했다. 다음 순간, 눈앞에 다가온 죽음을 피할 수 없다는 치명적인 충격이 여자를 압도했다. 그녀는 퇴행했고, 지속적인 학대에 주눅 들고 공포에 떨면서 그 어떤 명령이든 복종하는 어린아이가 되었다. 겁에 질린 채, 키 큰 여자의 위압적인 목소리에 순종하며 그녀는 자리에서 일어났다. 그러고는 비틀거리는 걸음걸이로 침대가 놓인 단에서 내려왔다. 그녀의 하얀 얼굴은 종잇장처럼 창백하고 공허했다. 연약한 두 팔이 붙들리자 그 여자는 힘없이 몸부림치며 울음을 터뜨렸다. 손 하나가 그녀의 입을 꽉 눌러 덮었다. 그 여자 위로 여럿이 몸을 굽혔다. 그들은 사방에서 그녀를 붙잡더니 거칠게 다루었고, 마침내 그녀는 두 손이 뒤로 묶인 채 허둥지둥 방에서 쫓겨 나왔다.

　나무 아래서 걷다 보니 점점 어두워졌고, 나는 길이 어느 쪽으로 향하는지조차 제대로 분간할 수가 없었다. 결국 완전히 길을 잃은 채 아예 다른 장소로 나와 버렸다. 장벽과 가까운 곳이었다. 장벽은 아주 인상적이었고, 온전히 유지되어 있었으며, 그 어떤 부분도 부서지지 않은 상태였다. 나는 벽 꼭대기를 따라서 보초를 서는 경비병들의 검은 형체를 보았다. 그들 중 둘이 서로에게 다가가고 있었는데, 나와 꽤 가까운 자리에서 교대하는 듯 보였다. 나는 내 모습이 보이지 않을 법한 나무들의 검은 그림자 속에 가만히 숨어 있었다. 지독한 서리가 주변의 모든 소리를 증폭시켰으므로 그들의 발소리는 실제보다 더 시끄럽게 울렸다. 그들은 마주 서서 발을 쿵쿵 구르고, 암구호를 교환한 뒤 다시 헤어졌다. 발소리가 거의 희미해졌을 무렵, 나는 다시 걸어갔다. 나는 내가 여러 차원으로 나뉜 세상에서 동시에 살고 있다는 기묘한 느낌을 받았다. 서로 다른 차원이 중첩될 때면 매우 혼란스러웠다. 오래전 참수되어 산비탈에 떨어진 거인들의 머리를 닮은 듯한, 집채만 한 둥근 바위들이 근처에 놓여 있었다. 갑자기 내 귀에 사람들의 목소리가 들려왔는데, 사방을 둘러본들 아무도 보이지 않았다. 다름 아니라 바위틈에서 소리가 새어 나오는 것 같았으므로 나는 자세히 살펴보러 갔다. 푸른 땅거미 속에 노란색의 한 줄기 빛이 피어나고 있었다. 알고 보니 내가 들여다본 것은 커다란 바윗덩어리가 아니라 둥근 오두막집이었다. 그 안에서 사람들이 이야기를 나누고 있었던 것이다.

고함, 뭔가가 충돌하는 소리, 겁에 질린 말[馬]들의

울음소리, 전장의 소음이 들려왔다. 화살이 구름 떼처럼 날아다니고 전투용 곤봉이 쿵쿵 땅을 울렸다. 예리한 강철이 서로 맞부딪는 쇳소리가 고막을 때렸다. 희한한 복장의 남자들이 파도처럼 장벽 앞으로 몰려들더니, 단도를 입에 문 채 서로의 어깨를 딛고 손과 발을 모두 이용해서 벽을 기어올랐다. 고릴라같이 민첩하고 날쌘 그들은 어림잡아 수천 명에 달했다. 아무리 많은 이들을 장벽 끝에서 밀어내더라도, 뒤이어 새로운 인파가 한없이 들이닥쳤다. 마침내 장벽을 지키던 방어자들이 모조리 몰살되었고, 2열 방어선은 후퇴했다. 이미 내부에 들어온 침입자들이 성문을 열자, 나머지 적군들마저 해일처럼 밀려 들어왔다. 사람들은 각자 집에서 방어벽을 치고 도사렸다. 도시 내부는 완전히 혼란했다. 비좁은 거리마다 필사적인 육탄전이 벌어졌다. 짐승의 울음소리 같은 야만적이고 무의미한 함성이 장벽 사이로 울려 퍼졌다. 낯선 침입자들은 한 무리의 광인들처럼 마을을 종횡무진 뛰어다녔다. 목구멍 안쪽으로 포도주를 부어 대고, 마주치는 모든 이들을 살해했다. 남자, 여자, 아이, 동물에 이르기까지 전부. 그들의 얼굴 위로 포도주와 그들의 땀과 피가 함께 뒤섞인 채 흘러내렸으므로 마치 지옥에서 올라온 악마 떼처럼 보였다. 때마침 눈이 조금 내렸고, 침략자들은 더욱 열광하는 듯 보였다. 그들은 미친 듯이 웃으며, 하늘을 향해 입을 벌린 채 떨어져 내리는 눈송이를 받아먹으려 했다. 기병들은 작은 삼각 깃발이나 깃털 달린 긴 창을 들고 다녔다. 창끝에는 저마다 참수한 머리가 꽂혀 있었는데, 가끔 갓난아이나 개의 머리가 달려 있기도 했다. 사방에서 거대한 불덩이가 타올랐으므로 대낮처럼 밝았다. 연소하는 냄새, 검게 그을린 나무 냄새와 오래된 먼지 냄새가 온통 뒤섞인 악취가 공기를 가득 채웠다. 유독한 연기를 참지 못하고 집에서 뛰쳐나온 사람들은 모두 적에게 학살당했다. 많은 사람들이 차라리 불길 속에서 죽는 쪽을 택했다.

나에겐 무기가 없었기에, 스스로를 방어할 수 있는 도구를 찾아 헤맸다. 나는 죽은 말들의 사체가 일종의 방어벽을 이룬 거리에 있었는데, 그중엔 말과 함께 살해당한 남자의 시체도 있었다. 미처 검을 뽑을 겨를조차 없었는지 그 남자의 칼은 여전히 칼집에 꽂혀 있었다. 복잡한 무늬가 유려하게 새겨진 아주 아름다운 칼집이었다. 나는 칼집 밖으로 튀어나온 칼자루를 잡아당겼지만, 말이 쓰러질 때 칼날이 구부러졌는지 전혀 움직이지 않았다. 내가 연신 칼을 당기자 조잡하게 쌓인 짐승 사체들이 결국 중심을 잃고 흔들리기 시작했다. 느슨해진 사체들이 하나씩 굴러떨어졌고 방어벽은 무너져 내렸다. 내가 상황을 수습하기도 전에, 기마병 한 무리가 무시무시한 말발굽 소리를 울리며 거리를 질주해 왔다. 그들은 내가 알아들을 수 없는 고함을 내지르며 창을 마구 휘둘렀다. 나는 최악의 상황을 각오했지만 그들이 나를 보지 않고 지나치기를 바라며 땅바닥에 납작 엎드렸다. 그들이 다가왔다. 그들 중 하나가 이 방어벽의 일부를 이룬 죽은 기수를 향해 자신의 긴 창을 찔러 댔다. 어찌나 거칠게 굴었는지 기수의 시체가 바로 내 위로 떨어졌다. 아마도 나는 그 시체 덕분에 목숨을 부지할 수 있었을 터다. 나는 기병대가 미친 짐승 떼처럼 핏발 선 눈동자를 굴리며 제멋대로 달려 나가는 동안, 그 자리에서 꼼짝도 않고 완벽하게 가만히 있었다.

그들이 떠난 뒤, 나는 시체를 한쪽으로 밀쳐 내고 일어나서 그 여자를 찾으러 갔다. 그러나 찾을 수 있으리라는 희망은 아주 희박했다. 약탈당한 마을의 젊은 여자들이 어떤 운명을 맞이했는지 알고 있었기 때문이다. 죽은 기수의 검은 이제 느슨하게 풀려 있었고, 나는 쉽게 그 칼을 뽑아냈다. 그런 무기를 사용해 본 적이 없었으므로, 나는 걸어가면서 몇 구의 시체들을 연습 삼아 베어 보았다. 검은 무겁고 다루기 힘들었지만, 몇 번 휘둘러 본 끝에 균형 잡는 요령을 터득했다. 점점 손에 익숙해지는 듯한 느낌이 들었다. 내게 무척이나 필요했던 자신감이 차오르는 기분이었다. 공교롭게도 나는 매우 무사했다. 대부분의 전투는 항구 요새의 저지대 거리에서 발생했고, 잠시 중단된 듯 보였다. 누군가의 모습을 발견할 때마다 나는 즉시 주변에 숨었고, 엄청난 혼란 속에서 간신히 위험을 모면하며 몸을 피할 수 있었다. 상원은 이미 거의 타 버렸고 건물의 뼈대만이 남아 있었다. 시커먼 연기와 불꽃이 하늘을 향해 치솟아 올랐고, 내부는 새하얗게 빛났다. 나는 건물 쪽으로 최대한 가까이 다가갔으나, 숨 막히는 연기와 극심한 열기 때문에 뒤로 물러나야 했다. 안으로 들어가기란 불가능했다. 이런 지옥에서 살아남을 수 있는 사람은 아무도 없으리라. 내 얼굴은 불기에 그을렸고, 수 차례 머리카락 위로 튄 불똥을 손끝으로 짓뭉개야 했다.

　나는 우연히 그 여자를 발견했다. 나와 그리 멀지 않은 곳에, 돌 위에 엎드린 그녀가 있었다. 그 여자의 입에서는 피가 약간 흘러나왔고, 목은 부자연스럽게 꺾여 있었다. 만약 살아 있다면 이런 각도로 고개를 틀 수 있을 리 없었다. 그 여자의 목은 부러져 있었다. 그녀는 누군가에게 머리채를 잡힌 채 끌려다닌 듯했다. 마치 밧줄처럼 그녀의 머리카락을 낚아챘던 거친 손길 때문에, 그 여자가 지닌 은백색 머리카락의 광채는 다소 흐려져 있었다. 그녀의 등에는 아직도 축축한 선홍색 핏방울이 군데군데 맺혀 있었다. 흰 살결 위에 피딱지가 검게 굳어 있기도 했다. 특히 한쪽 팔을 보니, 누군가 치아로 깨문 동그란 자국이 선명하게 드러나 있었다. 팔뚝의 뼈는 부러졌고, 찢긴 손목 피부 사이로 뼈끝이 뾰족하게 튀어나와 있었다. 나는 사기당한 것만 같은 비참한 기분에 빠져들었다. 나만이 그녀를 애틋한 사랑으로 부서뜨릴 수 있는데! 그녀에게 상처 입힐 자격이 있는 사람은 오직 나뿐이었다. 나는 몸을 앞으로 숙이고 그 여자의 차가운 피부를 만졌다.

　나는 안에서 알아채지 못할 만큼 조심스럽게, 오두

막집의 창문을 들여다봤다. 연기가 자욱한 작은 방에 아주 많은 사람들이 들어차 있었다. 그들의 얼굴마다 새빨간 불빛이 깜박였으므로 마치 중세 지옥도를 보는 듯했다. 처음에는 그들의 말을 하나도 알아들을 수 없었다. 모두가 동시에 말하고 있었기 때문이다. 나는 그중 한 여자를 알아봤는데, 보기 드물게 큰 키에 다소 무서운 인상을 풍기는 미인이었다. 상원에서 그녀의 모습을 본 적이 있었다. 지금은 아버지라고 부르는 한 남자와 함께였는데, 그 남자는 내가 바라보는 창문 바로 앞쪽에 앉아 있었다. 매우 가까웠으므로 나는 그의 목소리를 가장 먼저 알아들을 수 있었다. 그는 협만의 전설에 관해, 매년 동짓날이면 그 깊은 빙하 속에 사는 용에게 아름다운 소녀를 제물로 바쳐야 했다고 이야기했다. 그 남자가 희생 제의를 자세히 묘사하기 시작하자 방 안의 다른 목소리들은 점차 작아졌다.

"바위 위쪽까지 여자를 끌고 올라가서 바로 그녀를 풀어 줘야 해. 여자가 저항하며 몸부림쳐야 하거든. 그러지 않으면 용은 우리가 이미 죽은 여자를 바쳤다고, 속임수를 썼다고 생각할지도 몰라. 물이 거품을 내며 아래로 흘러내리고 용의 거대한 비늘투성이 꼬리가 모습을 드러낼 테니, 그때 여자를 던져 주면 그만이야. 협만 전체가 엄청나게 소용돌이치며 피와 거품이 사방으로 튀어 오르겠지."

누구를 희생시켜야 할지 활발하게 토론이 이어졌고, 서로 다른 사람들이 차례로 발언했다. 그들은 마치 이웃 마을과의 축구 시합 얘기라도 하는 것 같았다. 누군가 이렇게 말했다.

"어차피 우리 마을엔 아름다운 여자가 얼마 되지 않아요. 안 그래도 아까운데, 왜 그들 중 한 사람을 용에게 바쳐야 합니까? 낯선 사람, 우리 중 누구에게도 무의미한 외국인 여자를 대신 희생시키면 안 되나요?"

그는 이미 특정한 사람을 골라서 발언하고 있었다. 그가 가리키는 대상이 누구인지, 그곳에 있는 사람들은 모두 알고 있었다. 아버지는 반박했지만, 그의 딸이 먼젓번 주장을 받아들이는 바람에 입을 다물어야 했다. 이후에는 딸의 사나운 장광설이 폭발했으므로 나는 그중 몇 마디만 띄엄띄엄 알아들을 수 있었다.

"마치 유리로 만들어진 듯 투명하고 순수해 보이

는 창백한 여자들……. 모두 산산조각 나도록 부숴 버려……. 그리고 나는 이 여자만큼은 부술 거야……."

마침내 고성으로 마무리되었다.

"내 손으로 직접 그 여자를 바위에서 내던지겠어, 너희 중 아무도 그럴 배짱이 없으니 말이야!"

나는 혐오감을 느끼며 걸어 나왔다. 이 폭도들은 야만인보다 더 흉포했다. 내 손과 얼굴에는 감각이 없었고, 몸은 반쯤 얼어붙은 느낌이었다. 굳이 왜 그토록 오랫동안 거기 서서 그들의 터무니없고 장황한 헛소리를 듣고 있었는지 모를 일이었다. 정확히 어떤 부분인지는 모르겠지만, 어쨌든 뭔가 이상하게 잘못되어 있음을 어렴풋하게 느꼈다. 한순간 불편한 기분이 들었다. 그러다 이내 그 기분마저 잊어버렸다. 작고 차갑고 밝은 달이 하늘 높이 빛나며 눈앞의 풍경을 선명하게 보여 주었다. 나는 협만의 모습을 알아보았지만, 이런 광경은 처음이었다. 수직으로 솟은 바위들이 물 밖까지 뻗어 올라서, 가로로 평평한 다이빙대 형태의 바위를 드높이 받치고 있었다. 몇몇 사람들이 그 여자를 끌고서 그곳에 나타났다. 여자의 두 손은 묶여 있었다. 그 여자가 내 곁을 지나갈 때, 나는 그녀의 창백하고 가엾은 얼굴을 힐끗 훔쳐볼 수 있었다. 겁에 질리고 배신당한, 앳된 희생양의 얼굴이었다. 내가 앞으로 나아가서 그 여자의 결박을 풀어 주려고 하자, 누군가가 나를 저지하러 다가왔다. 나는 그 남자를 밀쳐 버리고 다시 그 여자에게 다가가려 했지만, 여자는 이미 멀리 끌려간 뒤였다. 나는 사람들을 급히 뒤쫓아 가면서 이렇게 외쳤다.

"이 살인자들아!"

내가 그들을 따라잡기도 전에, 그들은 벌써 여자를 바위 위로 끌고 올라갔다.

나는 협만 위로 높이 솟은 바위에 내동댕이쳐진 그 여자 곁으로 갔다. 내 뒤쪽의 희미한 소리는 수많은 구경꾼이 우리를 지켜보고 있음을 내게 알려 주었다. 그러나 우리는 그곳에 단둘뿐이었다. 다른 사람들은 내 관심 밖이었다. 나는 바위의 가장 끄트머리 가장자리에서 반쯤 무릎을 꿇고 반쯤 웅크린 자세로 어두운 물 위에 그림자를 드리우며, 사시나무처럼 몸을 떨고 있는 그녀의 형상에 완전히 집중하고 있었다. 여자의 머리카락은 달 아래 흩뿌려진 다이아몬드 가루를 뒤집어쓴 듯 반짝반짝 빛났다. 그녀는 나를 바라보지 않았지만 나는 그 여자의 얼굴을 볼 수 있었다. 언제나 창백한 그 얼굴은 이제 아예 투명해져서 말갛고 하얀 뼈까지 들여다보일 정도였다. 나는 극도로 깡마른 그 여자의 몸을 관찰하면서, 내 두 손으로 그녀의 몸 전체를 그러쥘 수 있으리라고 느꼈다. 심지어 그녀의 심장을 담고 있는 가느다란 갈비뼈마저 말이다. 환한 달빛 아래 여자의 피부는 그림자 하나 없이 눈부신 새하얀 비단 같았다. 그녀 손목에 남은 둥근 끈 자국은 한낮엔 붉게 보였겠지만, 지금은 짙은 검은색이었다. 나는 그 여자의 연약한 양쪽 손목을 잡고 내 손으로 직접 부러뜨리면 어떤 기분일지 상상할 수 있었다.

나는 앞으로 몸을 굽혀서 그녀의 차디찬 피부를 만졌고, 그 허벅지 사이의 얕고 텅 빈 자리를 쓸어내렸다. 그 여자의 앙가슴에는 눈꽃이 맺혀 있었다.

무장한 남자들이 다가와서 나를 밀쳐 내더니 그 여자의 무력한 어깨를 움켜잡았다. 여자의 눈에서 커다란 눈물방울이 고드름처럼, 다이아몬드처럼 뚝뚝 떨어졌다. 하지만 나는 아무런 느낌도 받지 못했다. 그것들은 진짜 눈물처럼 보이지 않았다. 그 여자 자체도 내게는 진짜처럼 보이지 않았다. 그녀는 창백하고 거의 투명한, 나의 꿈속에서 나만의 쾌락을 위해 사용하는 희생양이었다. 내 뒤에 선 사람들은 제의가 늦어지자 참을성 없이 불평불만을 중얼거렸다. 남자들은 더는 기다리지 않고 그 여자를 바위 아래로 밀어 넣었고, 마지막으로 그녀가 내지른 애처로운 비명이 그녀의 뒤를 따랐다. 바로 그 순간 밤은 얇은 종이 가방처럼 찢기며 폭발했다. 거대한 물줄기들이 사방에서 솟아올랐고, 파도는 바위에 세차게 부딪치며 커다란 물보라를 일으켰다. 나는 얼어붙었고 하늘에서 떨어져 내리는 물벼락을 거의 눈치채지 못했다. 마침 바위 가장자리 너머를 눈여겨보다가 들끓는 물속에서 비늘로 뒤덮이고 둥글게 말린 꼬리가 솟아오르는 광경을 보았다. 그 안에서 뭔가 반짝이는 하얀 것이 한순간 미친 듯이 발버둥을 치고 있었다. 이어서 갑옷처럼 딱딱한 턱이 움직였고, 그것을 완전히 으스러뜨리는 소리가 들렸다.

　나는 서둘러 숙소로 돌아갔다. 지독한 추위로 발과 손가락이 마비된 듯 무감각했고, 얼굴은 뻣뻣하게 굳었으며 머리가 아파 오기 시작했다. 따뜻한 방에 들어와서 몸이 조금 풀리자 나는 곧장 글을 써 나갔다. 내 글의 주된 내용은 물론 인드리들이었지만, 나는 여전히 흥미로워 보이는 이 마을의 사건들도 함께 적으면서 스스로의 위장 작전을 이어 갔다. 보안 책임자들이 굳이 내 글을 일일이 읽지는 않겠지만, 그들은 내가 밖에 나가 있는 동안 얼마든지 쉽게 그럴 수 있을 테니까. 나의 암호화 작업은 유치할 만큼 단순한 수준이라, 마을에서 일어난 사건들 사이에 여우원숭이들에 관한 얘기를 뒤섞어 놓았을 뿐이었다. 물론 이런 방법만으로도 뭐든 꼬치꼬치 캐묻는 집 주인의 호기심만큼은 물리칠 수 있을 터였다.

온화하고 신비롭고 노래하는 생명체들을 상세히 묘사하면서 나는 상당한 만족감을 얻었다. 글을 쓸수록 그들에게 더 깊이 매료되는 듯했다. 우리와 다른 세계에서 온 듯한 그들의 매혹적인 목소리. 명랑하고, 애정 넘치고, 순수한 그들의 삶. 나에게 그들은 지구에서 살아가는 생명체들의 상징이었다. 인간의 파괴욕, 폭력과 잔혹함을 이 땅에서 완전히 제거할 수만 있다면 말이다. 나는 평소 글쓰기를 즐겼고, 나의 문장들은 마치 머릿속에서 저절로 조합되고 만들어지듯 쉬이 흘러나왔다. 그런데 지금은 꽤 달랐다. 내가 원하는 적절한 단어를 찾을 수 없었다. 스스로의 생각을 명쾌하게 표현하고 있지 않거나, 하려던 말을 정확히 기억하지 못하고 있음을 깨달았다. 나는 몇 분 뒤 결국 펜을 내려놓았다. 곧바로 나는 연기 자욱한 방에 몰려 있던 사람들을 떠올렸고, 거기서 내가 엿들은 내용을 교도소장에게 알려야겠다고 생각했다. 그러나 그 장면에 대한 기억에는 묘한 비현실성이 감돌고 있었다. 실제로 겪은 일이 아니라 꿈을 꾼 것 같았다. 그리고 그 여자가 정말 위험에 처해 있을지도 모른다고 여기는 한편, 나 자신조차 그 생각을 신뢰할 수 없었다. 그래도 연락은 해 보려고 자리에서 일어났다. 그러다 집주인이 몰래 도청하고 있을지도 모른다는 걱정이 들었고, 사실 그보다 과연 무엇이 진짜인지 제대로 파악할 수 없다는 기이한 불확실성에 억눌려서 일단 전화를 걸지 않기로 결심했다.

집을 나서자 비현실감이 점점 나를 압도해 왔다. 강렬한 무색의 빛이 바깥의 모든 것들을 대낮처럼 선명하게 밝혀 주었지만, 나는 그 빛을 좀처럼 바라볼 수 없었다. 이 특이한 빛이 평소 육안으로는 볼 수 없었던 세부적인 것들까지 드러내 주고 있음을 관찰하면서 나의 놀라움은 더욱 커졌다. 약간의 눈이 내리고 있었는데, 이 빛 속에서는 눈송이의 복잡한 구조마저 저마다 명확한 결정체로 드러나 보였다. 별이나 꽃을 닮은 섬세한 형태는 완벽하게 서로 다른 고유한 모양을 이루었으며 하나하나가 작은 보석처럼 아름답게 빛났다. 나는 눈에 익은 폐허의 흔적들을 찾아서 돌아보았지만, 그것들은 더 이상 그 자리에 없었다. 마을의 황폐한 풍경에 이미 익숙해진 나였지만, 이것은 달랐다. 폐허를 끼고 있던 마을의 그 무엇도 남아 있지 않았다. 마을의 건물들은 모두 분해되었고, 잔해는 납작하게 눌려 있었으며, 거대한 증기 롤러가 마을 전체를 깔고 지나간 것 같았다. 전반적으로 평평해진 지형을 강조하려는 목적일까? 수직 파편 한두 개는 의도적으로 남겨진 듯 보였다. 꿈을 꾸는 것 같은 기분으로 나는 연신 걸어갔다. 산 사람이든 시체든 아무도 보이지 않았다. 대기는 달콤한 냄새로 가득했는데, 불쾌하지 않은, 내 손과 옷에서도 맡을 수 있는 친밀한 냄새였다. 아마도 어떤 가스가 살포된 뒤 맴도는 냄새인 듯했다. 화재가 없다는 사실이 나를 놀라게 했다. 아무것도 불탄 것 같지 않았고, 연기도 보이지 않았다. 잔해 사이로 우유 같은 액체가 가늘게 흘러나와 여기저기 웅덩이를 이루면서 고여 가고 있음을 이제야 눈치챘다. 이 하얀 웅덩이들은 액체가 점점 늘어나면서 계속 그 범위를 넓혀 가고 있었다. 거기 닿는 것은 무엇이든 그 웅덩이 속으로 빠져들며 사라졌다. 모든 잔해가 이런 식으로 없어져 버리는 건 시간문제였다. 나는 잠시 멈춰 서서 그 과정을 지켜보았는데, 이처럼 실용적이고 철저한 처리 방법에 깊이 매료되었기 때문이다. 그러다 그 여자를 찾아야 한다는 점을 기억해 냈고, 끝없는 돌무더기를 샅샅이 뒤지며 간절히 그녀의 행방을 찾아다녔다. 멀리 떨어진 곳에서 아스라이 그 여자를 본 것 같았다. 나는 소리를 지르며 달려갔다. 그 여자의 모습은 다른 형태로 바뀌었고, 끝내 사라졌다. 마치 신기루처럼 그 여자가 조금 더 멀리 떨어진 곳에 있는 모습을 보았다. 그녀는 또 자취를 감췄다. 산더미처럼 쌓인 폐기물 사이에서 한 어린 여자아이의 팔이 툭 튀어나와 있었다. 나는 그 손목을 잡고 부드럽게 잡아당겼다. 그러자 그 팔이 내 손안으로 떨어졌다. 갑자기 내 뒤에서 낯선 소리와 뭔가 움직이는 기척이 들려왔으므로 나는 재빨리 몸을 돌렸다. 살아 있는 물체들이 새가 지저귀듯 괴상한 소리를 내며 미끄러지는 광경을 보았다. 그들의 형상은 괴상하기 그지없었다. 그들은 부분적으로만 인간이었고, 공상 과학 소설에 나오는 돌연변이 생물체를 떠오르게 했다. 그들은 내게 주의를 기울이지 않았고, 내 존재를 완전히 무시했다. 그래서 나는 굳이 가까이 다가가지 않고 서둘러 발걸음을 옮겼다.

시체들이 아무렇게나 누워 있는 곳에 도착했을 때, 나는 그 시신 중 하나가 그 여자일지도 모른다는 생각에 잠시 살펴보았다. 가장 가까운 시체에 다가가서 유심히 들여다보았지만, 그 시신은 이미 신원을 알아볼 수 없는 백골 상태였고 뼈에 붙은 살점이 부연 인광을 발하고 있었다. 다른 시체를 살펴보는 것 역시 시간 낭비일 뿐이라, 나는 시체들을 그냥 내버려 두었다.

6

집주인은 내가 나가는 소리를 들었는지 현관문을 열고 얼굴을 찡그린 채 이쪽을 내다보았다. 나는 그녀를 못 본 척하고 서둘러 걸어갔지만, 방해물이라도 설치되어 있는 듯 바깥 대문이 좀체 열리지 않았다. 힘주어 문을 세게 밀자 그 위에 쌓여 있던 눈이 부서져 내렸고, 얼음처럼 차디찬 바람이 새어 들어와서 내 뒤쪽에 있는 무언가를 뒤흔들었다.

"무슨 짓을 하는 거죠, 조심 좀 해요!"

성난 고함이 들렸지만 나는 무시했다.

바깥에 나온 나는 엄청나게 내린 눈의 양에 놀랐다. 새하얀 유령 같은 마을, 완전히 다른 풍경이 이전의 마을을 대체해 버린 듯했다. 거의 보이지 않을 만큼 희미한 불빛들을 통해, 두껍게 쌓인 흰 눈이 예전의 폐허를 어떻게 변화시켰는지 간신히 알아볼 수 있었다. 파괴된 건물의 섬세한 부분들은 모두 눈에 뒤덮였고, 윤곽은 모조리 흐릿해졌다. 폭설의 여파로 기존 구조물의 확실한 위치와 실체성은 완전히 증발해 버렸다. 플라스틱으로 만들어진, 아무런 현실감도 주지 않는 풍경에 대한 내 오랜 기억이 되살아났다. 처음에는 눈송이 한두 점이 공중에 떠다닐 뿐이었다. 그러다 하얀 눈보라가 나를 스쳐 갔는데, 강한 바람으로 인해 눈발은 땅에 안착하기도 전에 땅과 거의 평행하게 눈덩이를 이루며 나아갔다. 나는 이 얼음장 같은 바람을 맞으며 고개를 숙였다. 건조하고 딱딱하게 얼어붙은 작은 눈송이들이 내 다리를 휘감으며 날아다니는 모습을 보았다. 눈보라가 점점 커지고 바람은 끊임없이 눈덩이를 몰아붙였으므로 세상은 눈의 결정으로 가득했다. 나는 내가 어디쯤 와 있는지조차 전혀 분간할 수 없었다. 나를 둘러싼 주변 풍경을 아주 가끔 스치듯 엿

볼 수밖에 없었는데, 아무리 봐도 거의 익숙하지 않았고, 다만 뒤틀리고 왜곡되고 비현실적으로 보일 따름이었다. 내 생각의 흐름은 점점 혼란스러워졌다. 기이하게도 외부 세계의 비현실성은 나 자신이 겪는 어지러운 심리 상태의 연장선처럼 보였다.

애써 생각을 정리했다. 나는 그 여자가 위험한 상태에 있다는 사실과 이를 주변에 알려야 한다는 점을 기억해 냈다. 카페를 찾는 건 포기하고, 바로 교도소장에게 가기로 했다. 마을을 내려다보는 거대한 요새 같은 그의 저택을 겨우 알아볼 수 있었다.

중앙 광장만 빼면, 어둠이 내려앉은 마을 거리는 늘 인적 없이 황량했다. 그런 까닭에 소장의 저택으로 향하는 동안 꽤 많은 사람들이 내 앞으로 나와서 함께 가파른 언덕길을 오르는 모습을 보고 조금 놀랐다. 다음 순간 나는 오늘 밤 상원에서 열린다는 공식 만찬 혹은 축하 연회에 대해 듣게 되었다. 별로 주의 깊게 듣지 않았는데도 사람들의 수다 소리가 내 귓가에까지 날아들었다. 나는 고작 몇 발자국 거리의 한 무리와 함께 입구에 도착했다. 나는 그들이 함께해 줘서 기뻤다. 그들이 없었다면 과연 여기가 소장의 저택인지조차 확신하지 못했을 것이기 때문이다. 쌓인 눈 때문에 모든 게 달라 보였다. 대문 양쪽으로 하나씩 자리한 작은 언덕은 분명, 상원 앞을 지키던 대포였을 것이다. 하지만 비슷한 하얀 둔덕이 곳곳에 솟아 있었으므로 나는 자신할 수 없었다. 검처럼 날카롭게 자라난 길고 뾰족한 고드름 덩어리가 커다란 현관문 위쪽 등불에 매달린 채, 희미한 조명 속에서 사납게 반짝이고 있었다. 내 앞에 있던 사람들이 문을 통과할 때, 나 역시 한 걸음 앞으로 나서서 그들과 한 무리인 양 입장했다. 만일 혼자였더라도 경비병들은 나를 들여보냈을 테지만, 이게 더 쉬운 방법 같았다.

아무도 나를 신경 쓰지 않았다. 다들 나를 알아봤을 법도 한데, 그 누구도 알은체하지 않았다. 익숙한 얼굴들이 다가와서 무표정하게 나를 지나쳐 갈 때마다 나는 점점 더 현실감이 사그라지고 있음을 느꼈다. 음울하면서도 멋진 이곳은 이미 많은 사람들로 붐볐다. 내가 따라 들어온 일행이 아마 마지막 손님이었던 것 같다. 만약 이게 뭔가를 축하하는 자리라면, 좀 특이하다고 할 만큼 우울하고 가라앉은 분위기가 맴돌고 있었다. 모두의 얼굴은 평소와 다름없이 땅바닥을 향한 채 시무룩했고 웃음소리도, 작은 이야기 소리도 거의 들리지 않았다. 입속으로 웅얼대는 대화들이 연회장 곳곳에서 오가는 듯했으나 너무 나지막했으므로 엿듣기란 불가능했다.

나는 사람들을 그만 관찰하고, 어떻게 그 여자에게 다가갈 수 있었는지 생각했다. 교도소장이 그녀의 방문까지 나를 데려갔었다. 그러나 안내자 없이는 다시 그곳을 찾을 수 없음을 알고 있었다. 누군가가 나를 도와줘야 했다. 가장 적합한 사람이 누구일지 고민하면서 나는 저택을 돌아다녔고, 어느새 커다란 아치형 천장이 있는 홀에 와 있음을 자각했다. 그곳에는 연회용 테이블이 차려져 있었고, 엄청나게 큰 고기와 빵 접시 사이에 포도주병과 양주병 들이 넉넉하게 준비되어 있었다. 남들 눈에 띄지 않을 어두운 구석에 서서, 나는 하인들이 더 많은 음식들을 테이블 위에 차리는 모습을 지켜봤다. 그 여자의 상태를 염려하며 거의 열병 같은 불안감을 느꼈다. 하지만 나는 그녀를 찾아가려고 애쓰는 대신에, 그저 거기에 서 있을 뿐이었다. 그러다 내 생각이 점점 파편처럼 기묘하게 분열되었다.

대연회장을 밝히는 수백 개의 횃불이 타올랐다. 승리를 축하하는 연회가 마련된 것이다. 나는 내 보좌관 하나를 대동하고 가장 먼저 죄수들을 살펴보러 갔다. 그것은 사령관의 전통적 특권이자 일상적 절차였다. 방어벽 뒤로 여자들이 함께 모여 있었다. 그들은 이미 모든 사람들에게서 최대한 격리되어 있었지만, 우리가 다가오는 모습을 보고는 벽을 꽉 누르듯 어떻게든 더 뒤쪽으로 물러나려고 했다. 나는 그들에게 어떤 매력이나 동정도 느끼지 못했다. 사실 그들을 서로 구별할 수조차 없었다. 그동안 겪어 온 고통으로 인해 그들의 외양은 모두 비슷하게 변해 있었다. 연회장의 다른 곳은 소란했지만, 여기에는 오직 침묵뿐이었다. 간청도, 욕설도, 한탄도 들리지 않았다. 그저 눈을 부릅뜬 시선들, 벌거벗은 팔다리와 가슴을 훑고 지나가는 붉은 횃불만이 깜박일 따름이었다.

횃불들은 높은 아치형 지붕을 지탱하는 거대한 기둥들에 마치 로켓 뭉치처럼 고정되어 있었다. 이 기둥 중 하나와 조금 떨어진 곳에, 앳된 여자 한 명이 서 있었다. 치렁치렁 흘러내리며 몸을 덮은, 찬란한 머리카락 말고는 아무것도 걸치지 않은 채였다. 아무런 희망도 없는 체념이 오히려 그녀의 하얀 얼굴을 평온하게 해 주는 듯했다. 그 여자는 이제 막 성년에 이른 것 같았고, 우리를 바라보지도 않았다. 그녀의 눈은 내면의 머나먼 꿈을 응시하고 있었다. 껍질이 벗겨진 나뭇가지 같은 팔, 은빛 폭포수처럼 흘러내리는 머리카락……. 마치 짙은 구름 사이에 어린 달처럼…… 환한 모습이었다. 나는 그냥 계속 거기에 머무른 채로 그 여자를 지켜보고 싶었다. 하지만 위대한 성주에게 나를 데려가려는 이들이 나타났다.

그 남자의 위풍당당한 황금 의자에는 그의 선조 영웅들의 얼굴과 위업이 자랑스레 새겨져 있었다. 그의 화려한 망토는 검은담비 모피와 황금 자수로 장식되어 있었는데, 주름진 채 무릎까지 내려와 있었으므로 왠지 딱딱한 조각상 같은 인상을 풍겼다. 천장의 횃불에서 떨어지는 불꽃들이 그 남자의 쉼 없이 움직이는, 길고 가느다란, 차디찬 도자기 같은 흰색의 손을 조금이나마 따스하게 밝혀 주는 것 같았다. 그의 눈은 푸른빛으로 번득였고, 손에 낀 엄청난 크기의 보석 역시 푸른빛으로 번쩍거렸다. 나는 그 보석의 이름을 몰랐다. 그 남자는 끊임없이 손을 움직였고, 시선도 어디 한 군데에 멈추는 법 없이 여기저기를 바라봤다. 그래서 연회장 안에는 푸른빛 광채가 내내 감돌았다. 그는 내가 다른 곳으로 가지 못하도록 자기 곁에 나를 계속 세워 두었다. 내가 전장의 군대를 승리로 이끌었기 때문에, 그 남자는 바라지도 않은 훈장을 내게 주었다. 이미 나에겐 그런 훈장이 너무나 많았다. 내가 원하는 건 오직 그 여자뿐이라고 말했다. 좌중이 놀라서 한꺼번에 숨을 삼켰고, 그 남자를 둘러싼 사람들은 내가 무너지는 광경을 보려고 가만 기다렸다. 그러나 나는 무관심했다. 나는 인생의 절반을 살았고, 이 세상의 모습도 볼 만큼 봤다. 전쟁이 지긋지긋했으며, 이 까다롭고 위험한 주인을 섬기는 짓에도 진력이 났다. 그는 전쟁과 살인만을 맹목적으로 좋아했다. 그 남자가 전쟁을 일으키는 데는 일종의 광기가 도사리고 있었다. 단순한 정복만으로는 충분하지 않았다. 그는 상대를 박멸시키길 원했다. 모든 적을 예외 없이 학살하고, 단 하나의 생명도 남기지 않는 것이 그 남자의 방식이었다. 그는 나 역시 죽이고 싶어 했다. 하지만 그 남자는 전쟁 없이 못 살면서도, 작전을 계획하고 도시를 점령할 수 있는 실전 능력이 전혀 없었다. 그것은 내 몫이었다. 그래서 나를 죽일 수 없었다. 그는 나의 전쟁 기술만을 원했고, 사실은 내가 죽기를 바랐다. 이제 그는 무시무시한 눈초리로 나를 응시한 채, 자신 곁에 나를 붙들어 두었다. 한편 주변 사람들에게 손짓하며 가까이 오도록 했다. 간신배와 아첨꾼으로 이루어진 작자들이 그 남자를 바짝 둘러쌌다. 내가 서 있는 지점이 유일한 빈틈이었다. 한 작은 사내가 내 팔 아래로 기어 들어오더니, 코가 길어서 꼭 사나운 개처럼 생긴 얼굴을 들고 그의 주인 앞에 쭈그리고 앉은 채 나를 향해 위협적으로 으르렁댔다. 이제 그 남자를 에워싼 이들이 나를 밀어냈다. 그러고는 그들끼리 회합을 가졌다. 그러나 나는 여전히 그 사이에서 푸르게 번쩍이는 반지, 정신없이 움직이는 손짓들, 그들의 길고 가늘고 흰 손가락과, 길쭉하고 뾰족한 손톱들을 볼 수 있었다. 그 손가락들은 마치 누군가의 목을 조르듯 기이하게 안쪽으로 구부러져 있었는데, 그 푸른 보석이 뒤틀리고 흰 뼈를 고정해 주고 있었다. 명령이 내려진 듯했으나, 너무 낮은 목소리라 나는 알아들을 수 없었다. 앞서 그 남자는 화려한 언변으로 나의 실력과 용기를 상찬했고, 내게 큰 보상을 약속했다. 나는 귀빈 자격으로 이 연회에 참석한 셈이었다. 나는 그 남자가 어떤 사람인지 잘 알았으므로 나를 위해 준비했다는 보상이 무엇인지도 능히 짐작할 수 있었다. 나는 이미 어떤 표정을 지을지 준비되어 있었다.

경비병 여섯이 군인 망토에 둘둘 싸인 그 여자를 내게 데려왔다. 이 남자들은 멍 자국을 남기지 않으면서 사람을 움켜잡을 수 있도록 훈련받았다. 나는 그런 요령을 배운 적이 없었고, 어떻게 하는지도 몰랐다. 모두가 잠시 멈춰 서 있었다. 나는 결국 관대한 처분이 내려질지 궁금했다……. 이런 상황에서라면 가능해 보였다.

그러다 나는 남자의 손이 그 여자를 향해 움직이는 모습을 보았다. 구부러진 포식자의 손가락들, 불타오르는 듯한 푸른빛. 거대한 반지가 그 여자의 머리카락을 거칠게 움켜쥐자 여자는 나지막이 숨이 막히는 듯한 비명을 질렀다. 내가 그 여자의 목소리를 들은 유일한 순간이었다. 그 남자의 무릎 위로 거칠게 앉혀지면서 여자의 손목과 발목에 채운 금속 고리들이 희미하게 철컹대는 소리도 들었다. 나는 잠자코, 무표정한 얼굴로 그를 바라보았다. 그 냉담하고, 매정하고, 광기의 살인마 같은 남자와 그 여자의 부드럽고 앳된 몸, 꿈꾸는 듯한 눈동자를…….

가여움과 슬픔이 몰려왔다.

　나는 여태 긴 테이블 사이를 바쁘게 돌아다니는 하인 하나에게 접근하기로 했다. 내가 눈여겨보던 사람은 겁에 질린 듯한 인상을 지닌, 어느 농사꾼 출신 여자였다. 하인들 중 가장 나이가 어리고, 일이 느리고, 서투른 모양을 보니 분명 신참이었다. 그녀는 잔뜩 겁을 먹은 데다 동료들에게 괴롭힘마저 당하는 듯 보였다. 다른 하인들은 그녀를 놀리고, 손바닥으로 때리고, 야유하고, 멍청한 얼간이라고 불렀다. 그 여자는 눈물이 그렁그렁한 얼굴로 실수를 반복했다. 나는 그녀가 몇 번이고 물건을 떨어뜨리는 모습을 보았다. 어쩌면 시력에 결함이 있는지도 몰랐다. 나는 그 여자가 지나다니는 문간에 서 있다가 그녀를 붙잡아서 손으로 입을 막은 채 끌고 갔다. 다행히도 그녀를 데려간 통로는 인적 없이 텅 비어 있었다. 해칠 생각은 없으며 좀 도와주길 바랄 뿐이라고, 내가 말하는 동안 그 여자는 눈물 가득히 충혈된 눈으로 공포에 질린 채 나를 바라보았다. 그녀는 내내 눈을 깜빡이며 몸을 떨었고, 지능이 부족한지 내 말을 이해하지 못하는 듯했다. 시간이 없었다. 이제 조금만 있으면 사람들이 찾으러 올 텐데,

그녀는 여전히 입을 다문 채 아무런 말도 하지 않았다. 나는 친절하게 말해도 보고, 따져도 보고, 그녀의 몸을 잡고 거칠게 흔들어도 보고, 지폐 다발을 보여 주기도 했다. 어떤 대답도, 반응조차 없었다. 나는 답답한 마음에 더 많은 돈을 그 여자의 코앞에 바짝 들이대고 이렇게 말했다.

"자, 너를 나쁘게 대하는 사람들에게서 벗어날 기회가 여기 있어. 이 돈만 있으면 꽤 오랫동안 일할 필요가 없을걸."

그제야 그녀는 이야기의 요점을 알아챘고, 나를 그 방으로 데려다주는 데 동의했다.

우리는 출발했다. 그러나 그 여자가 너무 꾸물거리고 연신 머뭇거렸기 때문에, 나는 그녀가 정말 길을 아는지 의심스러웠다. 신경이 곤두서서 그 여자를 때리고 싶은 충동마저 일었고 스스로를 통제하기가 힘들었다. 아예 늦어 버릴까 봐 두려웠다. 나는 교도소장과 이야기해야 한다고 말했다. 일단 연회가 시작되면 소장과 대화하기란 불가능할 테니까. 이른 저녁 시간에 그 남자가 모습을 드러낸 적은 한 번도 없었고, 대략 두 시간 정도 식사와 술자리가 끝난 뒤에야 나타난다고 그녀가 일러 주었다. 그 말에 나는 한결 안심했다. 마침내 나는 그 방으로 향하는 마지막 가파른 계단을 알아보았다. 그 여자는 계단 꼭대기를 가리키더니, 내가 들고 있던 돈다발을 낚아채서는 우리가 왔던 길로 서둘러 되돌아갔다.

나는 계단을 올라가서 외짝 문을 열었다. 방음실은 어두웠지만, 층 전체를 밝히는 희미한 등잔불이 내 뒤쪽에서부터 살짝 방 내부를 비췄다. 나는 그 여자가 옷을 말끔히 차려입고 침대 위에 누워 있는 모습을 보았다. 그녀 옆에는 책 한 권이 놓여 있었다. 아마도 독서를 하다가 잠이 든 것 같았다. 나는 부드럽게 그 여자의 이름을 발음했다. 깜짝 놀라며 벌떡 일어난 그녀의 머리카락이 반짝였다.

"거기 누구세요?"

여자의 목소리에는 두려움이 깃들어 있었다. 나는 몸을 움직여서 희미한 불빛이 내 얼굴을 비추도록 했다. 그녀는 곧장 나를 알아보고 이렇게 말했다.

"여기까지 어떻게 오셨어요?"

나는 이렇게 대답했다.

"당신은 지금 위험에 처해 있어요. 저는 당신을 데려

가려고 왔어요."

"제가 왜 당신과 함께 가야 하죠?"

그 여자는 경악하듯 대꾸했다.

"그 무엇도 다를 게 없는데……."

바로 그때 우리 둘 다 어떤 소리를 들었다. 계단을 올라오는 발소리였다. 나는 뒤로 물러섰고, 얼어붙은 채 숨도 쉬지 않았다. 문밖의 희미한 불빛이 완전히 사라졌다. 새까만 그림자 속에 서 있었으므로 나는 꽤 안전했다. 그 여자가 나를 밀고하지 않는 한 말이다.

남자의 거친 손이 그 여자를 꽉 붙잡았다.

"어서 나갈 준비를 해. 우리는 즉시 떠날 거야."

남자의 목소리는 낮고 위압적이었다.

"떠난다고요?"

그 여자가 남자를 빤히 바라보았다. 여자의 눈에 비친 남자는 검은 배경을 뒤로하고 서 있는 더 어두운 그림자였다. 그 여자는 차가운 입술로 중얼거렸다.

"왜요?"

"아무 말도 하지 마. 내가 하라는 대로 해."

그 여자는 순종적으로 일어났다. 문에서 불어오는

외풍이 여자를 떨게 했다.

"이렇게 깜깜한 어둠 속에서 뭘 어떻게 찾아요? 불이
라도 켜면 안 돼요?"

"안 돼. 누군가 볼지도 몰라."

남자는 잠시 횃불을 밝혔다. 그 여자가 빗부터 집어
서 머리카락을 빗기 시작하자, 남자는 여자의 손에서 빗
을 빼앗았다.

"이건 내버려 둬! 코트나 입어, 빨리!"

남자가 마구 내뿜는 짜증 섞인 조급함 때문에 그 여
자의 움직임은 더 느리고 서툴러졌다. 여자는 어두운 방
을 더듬어서 간신히 코트를 찾아냈지만 제대로 입을 수
가 없었다. 뒤집힌 코트를 억지로 입어 보려고 안간힘을
쓰는 동안, 남자가 성난 태도로 그것을 집어 들더니 제대
로 돌려놓았다. 그러고는 여자의 팔을 소매 사이로 무작
정 끼워 넣었다.

"이제 빨리 가자! 아무 소리도 내지 마. 우리가 떠났
다는 걸 아무도 몰라야 해."

"어디로 가는데요? 왜 굳이 이런 밤중에 가야 하죠?"

그 여자는 질문을 하면서도 대답을 들으리라고 전혀

기대하지 않았기 때문에, 남자가 "이게 유일한 기회야." 하고 중얼거리면서 차츰 다가오는 얼음에 대해 뭔가 덧붙였을 때, 자신이 정말 제대로 들었는지 스스로의 귀를 의심했다. 그 순간 남자가 그 여자의 팔을 잡고, 그 층 전체를 가로질러서 끌고 가더니 어느 계단으로 향했다. 칠흑 같은 어둠을 이따금 찔러 대듯 명멸하는 횃불의 불빛 아래로 남자의 강압적인 그림자가 희미하게 번득였다. 그리고 그 여자는 마치 몽유병을 앓듯이 거대하고 복잡한 건물의 모든 통로를 휙휙 지나쳤고, 마침내 얼어붙은 눈으로 가득한 밤 한가운데로 뛰쳐나왔다.

굵직한 함박눈이 내리고 있었음에도 검은색 차에는 눈 한 줌 쌓여 있지 않았다. 방금 치워졌음이 분명했지만 그들 주변을 지나쳐 가는 사람은 아무도 없었다. 그 누구의 모습도 보이지 않았다. 차에 올라탄 여자는 추위에 몸을 떨었고, 남자가 잽싸게 사슬을 점검하는 동안 침묵을 지키며 앉아 있었다. 창문 앞 장방형의 노란빛 틀이 순수한 흰색을 얼룩져 보이게 했다. 공중에 몰아치는 눈보라는 노란 불빛을 스쳐 갈 때마다 흩날리는 금가루로 변한 듯 보였다. 연회장의 혼란한 소음, 사람들의 목소리, 접시의 달그락 소리 따위가 검은색 자동차의 시동 소리를 뒤덮을 만큼 크게 들려왔으므로, 그 여자는 떠밀리듯 이렇게 묻지 않을 수 없었다.

"당신이 나타나길 기다리는 저 사람들은 어떻게 하고요? 그들을 보러 가지 않을 작정인가요?"

이미 예리하고 신경질적인 긴장 상태에 놓여 있던 터라, 남자는 그녀의 질문에 분노를 터뜨렸고 위협적인 몸짓으로 운전대에 올려진 한 손을 들어 올렸다.

"아무 말도 하지 말라고 했잖아!"

남자의 목소리는 무시무시했고, 그의 눈은 어두운 차 안에서도 섬뜩한 광채를 발했다. 그 여자는 손찌검을 피하려고 재빨리 움직였지만, 남자의 손을 미처 피할 수 없었다. 몸을 웅크리고 팔을 들어 올린 채 스스로를 방어하면서, 남자의 살짝 빗나간 일격이 자신의 어깨를 치고, 그 바람에 몸이 문에 부딪혔을 때조차 여자는 묵묵히 있었다. 그 이후로도 줄곧 침묵을 지키며 그곳에 옹송그린 채, 남자의 고요한 분노를 더 부추기지 않고자 잔뜩 움츠리고 있을 뿐이었다.

눈으로 뒤덮인 풍경의 적막감이 차 안까지 가득 차

올랐다. 남자는 전조등조차 켜지 않았다. 그는 눈[眼]에
야간 탐조등이라도 장착한 듯 눈 내리는 어둠 속을 뚫고
운전해 나아갔다. 마치 유령이 타 있는 것처럼 자동차는
눈에 띄지도, 아무런 소리도 내지 않은 채 폐허 마을을 벗
어났다. 눈 쌓인 오래된 요새들은 달리는 차의 뒤쪽으로
물러나며 차차 사라졌고, 무너진 장벽도 눈 속으로 사라
져 갔다. 앞쪽에는 숲의 나무들로 이루어진, 살아 있는 검
은 벽이 어렴풋이 드러났다. 부서지는 파도의 바람을 타
고, 유령같이 새하얀 점들이 산마루를 따라 물보라처럼
무성하게 피어올랐다. 남자는 아무 말도 하지 않았고, 여
자를 바라보지도 않았다. 그저 자기 의지만으로 그들 앞
의 모든 장애물을 더 빠르게 뛰어넘을 수 있다는 듯이, 거
칠게 얼어붙은 도로 위로 육중한 그 차를 무모할 만큼 거
세게 밀어붙였다. 차가 너무도 난폭하게 흔들렸으므로
그 여자마저 산산조각 흩어질 것만 같았다. 여자에게는
스스로의 자리를 지킬 정도의 무게조차 없었기 때문이
다. 남자 쪽으로 내동댕이쳐지는 바람에 어쩔 수 없이 그
의 코트 자락을 쥐어야만 했을 때, 여자는 뭔가 불타는 물
건이라도 만진 양 움찔하고 놀랐다. 그러나 남자는 그런

행동마저 눈치채지 못한 듯했다. 여자는 완전히 잊히고 버림받은 존재가 되었다.

여자는 이 기괴한 도주를 아예 이해할 수 없었다. 숲은 영원히 지속되었고 침묵도 계속되었다. 눈이 그치자 추위는 더 심해졌다. 시커먼 나무들의 수액이 그들 아래에 응결되기라도 한 듯 기온은 점점 내려갔다. 몇 시간이 지난 뒤에야 간신히 나뭇가지 지붕을 뚫고 나온 약간의 햇빛이 마지못해 주변을 비추었다. 하지만 눈에 보이는 것이라곤 침울한 전나무들의 무성한 덤불, 죽은 나무와 산 나무들이 한꺼번에 뒤엉킨 모습, 가끔 나뭇가지 사이에 걸린 죽은 새들뿐이었다. 마치 나무 스스로가 일부러 덫을 놓아서 새를 잡기라도 한 듯 악의적인 광경이었다. 그 여자는 자기도 저 죽은 새와 같은 희생자라고 여기며 몸을 떨었다. 저 새처럼 그녀 역시 검은 나뭇가지로 엮인 그물망에 걸려든 것이다. 군대를 이룬 무수한 나무가 사방에서 여자를 포위했고, 어디로든 영원히 행진할 태세였다. 눈이 다시 창밖을 스치며 하얀 깃발들을 흔들었다. 그 여자는 이미 오래전에 완전히 항복했다. 그녀는 무슨 일이 일어나고 있는지 전혀 이해하지 못했다. 차가 공중으로 훌쩍 뛰어올랐고, 여자는 멍든 어깨를 다시 부딪치며 고통스럽게 내던져졌다. 다른 손으로 어떻게든 다친 어깨를 감싸 보려고 했지만 소용없었다.

그 짧은 하루 내내 남자는 난폭하게 차를 몰았다. 그 여자가 인지할 수 있는 것이란, 이 희미한 어스름 속에서 끝없이 앞으로 달려 나가는 이 무서운 질주밖에 없었다. 침묵, 추위, 눈 그리고 자기 곁을 지키는 거만한 인물. 조각상 같은 남자의 차가운 눈은 바로 은백색 수은으로 가득 찬 헤르메스의 눈, 얼음의 눈, 그 여자의 영혼을 빼앗고 위협하는 눈이었다. 여자는 증오할 수 있기를 소망했다. 차라리 그러는 편이 더 쉬웠으리라. 빼곡한 나무들이 차츰 잦아들고, 하늘은 약간 더 드러났다. 그러자 희미해져 가는 빛의 마지막 광휘가 쏟아졌다. 그 여자는 돌연 통나무 오두막 두 채와 그 사이에 가로놓인 문을 보고 놀랐다. 그 문이 열리지 않는다면 그들은 지나갈 수 없을 터였다. 여자는 철조망과 금속으로 단단히 덧댄 그 문이 그들을 향해 빠른 속도로 다가오는 광경을 지켜보았다. 곧이어 그들이 탄 자동차는 엄청난 충돌과 함께 문을 산산조각 냈고, 금속을 포함해 모든 것이 미친 듯이 찢기고 요란하게 긁히는 소리를 내며 앞으로 처박혔다. 깨진 유리 조각들이 여자 위로 비 오듯 쏟아졌다. 길고, 날카롭고, 뾰족한 은빛 파편들이 그녀 머리 위쪽의 공기를 칼처럼 도려냈기에 여자는 본능적으로 고개를 숙이며 몸을 동그랗게 말았다. 자동차는 뒤집히기 직전까지 거의 두 바퀴로 곤두섰다가 곧 속이 뒤집힐 만큼 엉망진창으로 흔들렸다. 그러다 마지막 순간에 어떤 기적인지, 힘인지, 혹은 순수한 의지력인지 몰라도 운전자는 어긋난 자동차의 중심축을 바로잡는 데 성공했고, 마치 아무 일 없었다는 듯 계속 태연하게 운전해 나갔다.

그들 뒤쪽으로 성난 외침이 터져 나왔다. 총알 몇 발이 발사되었지만, 그들은 이미 멀리 달려 나갔으므로 무용했다. 그 여자는 뒤를 돌아봤고 제복을 입은 사람들이 달려오는 모습을 봤다. 이윽고 검은 나무 장벽에 가로막히며 작은 소동은 마무리되었다. 이쪽 변경의 도로 사정은 더 나았기에 차는 더 빨리, 더 부드럽게 달렸다. 여자는 가까스로 자세를 바꿔 앉으며, 깨진 유리창을 통해 끊임없이 흘러 들어오는 얼음 같은 한기를 피하고자 애썼다. 그리고는 무릎 위에 떨어진 작은 유리 조각들을 털어

냈다. 손목에 묻은 핏자국을 살펴보니 양손 모두 베여서 피가 흐르고 있었다. 여자는 놀라서 멍하니 그 상처들을 바라봤다.

나는 계단과 통로를 달려 내려갔다. 정문이 보이는 곳의 어두운 그림자 속에 숨어, 문 앞을 지키는 경비병들을 살펴봤다. 이제 연회장에서는 더 활기찬 여흥 소리가 들려왔다. 술자리가 절정에 올랐음이 분명했다. 누군가가 추운 복도에 서 있던 경비병들을 외쳐 불렀다. 그 남자들은 머리를 맞대고 잠시 이야기를 나누더니, 지키고 서 있던 자리를 떠나서 나머지 사람들과 합류하기 위해 내 곁을 지나갔다. 나는 경비병들이 지키던 문을 아무에게도 들키지 않고 빠져나갔다.

바깥에는 큰 눈이 내리고 있었다. 가장 가까이에 있는 폐허조차 알아보기 힘들 지경이었다. 마치 흰 천이 바람에 나풀대는 양 빼곡하고 촘촘하게 떨어지는 하얀 눈송이들 너머의 폐허는 제자리에 고정된 하얀 그림자들일 뿐이었다. 창문 주변에 비친 눈송이들은 노란 불빛 탓에, 한데 모여서 윙윙대는 벌 떼처럼 보였다. 넓은 설원이 내 앞에 펼쳐졌다. 교도소장의 검은색 차가 서 있던 자리만이 텅 비어 있었다. 나는 곳곳에 기묘하게 솟아 있는 하얀 언덕들이 두껍게 내린 눈에 파묻힌 다른 차들이라는 사실을 깨달았다. 소장 가문의 소유물들이라 추측하면서, 나는 깊은 눈길을 헤치고 그 차들이 있는 곳을 향해 걸어 갔다. 첫 번째 차로 다가가서 시험 삼아 문을 열어 보았는데, 용케 문이 잠겨 있지 않았다. 차량 전체가 눈 속에 파묻혀 있었기에 바퀴와 전면 유리에도 온통 눈이 끼어 있었다. 차 문을 열자 몸 위로 눈이 후드득 떨어졌고, 앞 유리를 닦으니 소매 안까지 눈으로 가득 차 버렸다. 이 상태로는 시동이 걸릴 리 없다고 판단했지만, 긴긴 노력 끝에 차는 천천히 앞으로 나아가기 시작했다. 나는 얼어붙은 길 위에서 타이어가 미끄러지지 않도록 기어를 조절하면서, 이제 거의 알아볼 수 없는 교도소장의 타이어 흔적을 따라 운전했다. 새로이 내리는 눈 때문에 그마저도 빠른 속도로 지워지고 있었다. 마을을 둘러싼 장벽을 넘어서자, 그들은 사실상 완전히 사라진 상태였다. 숲 가장자리에 이르렀을 즈음엔 그들의 행방을 전혀 찾을 수 없었다. 나는 자포자기한 채 나무 한 그루를 들이받았고, 나무껍질이 벗겨졌다. 자동차는 거기서 멈췄고 더는 움직이지 않았다. 바퀴는 공회전하면서 잔뜩 쌓인 눈을 휘저을 따름이었다. 차에서 나오자, 위쪽 나뭇가지들에 쌓여 있던 커다란 눈덩이가 내 위로 떨어졌다. 단 이 초 만에 내 옷은 눈보라에 흠뻑 젖었고, 나는 거의 눈사람이나 다름없는 모습이었다. 나는 전나무 가지들을 꺾어서 바퀴 아래쪽으로 밀어 넣고, 다시 차 안으로 들어가서 시동을 걸어 봤다. 별 소용이 없었다. 타이어는 그저 계속 공회전하면서 쉭쉭 소리만을 낼 뿐이었다. 급기야 차체가 옆으로 미끄러지고 말았다. 나는 브레이크를 밟고, 겨드랑이 높이까지 차오른 깊은 눈길 속으로 겨우 뛰어들었다. 내가 움직일 때마다 눈은 연거푸 무너져 내리며 목깃 안으로, 셔츠 안으로, 심지어 내 배꼽에까지 눈이 쌓이고 있음을 느낄 수 있었다. 그 눈길을 뚫고 나아가기란 굉장히 힘겨운 일이었다. 좀 더 많은 가지를 꺾어서 차 아래쪽에 쌓아 봤지만 아무런 효과도 보지 못했고, 나는 이제 완전한 패배를 맛봤다. 이쯤에서 포기해야 함을 깨닫게 되었다. 악천후 속에서 이 이상의 추적은 아예 불가능했다. 하지만 나는 어떻게든 차를 움직여서 다시 마을로 끌고 내려왔다. 이 상황에서 내가 할 수 있는 유일한 일이었다.

마을을 둘러싼 장벽에 다다르자 차가 다시 미끄러지기 시작했고, 이번에는 나도 차를 제어하지 못했다. 그 순간 나는 자동차의 앞바퀴가, 어떤 포탄에 깊게 팬 구덩이의 가장자리로 걸려 들어가는 광경을 보았다. 일 초만 늦었더라면 나는 완전히 끝장나고 말았을 것이다. 구덩이의 깊이는 수십 미터에 이를 정도였다. 나는 급브레이크를 꽉 밟았고, 자동차는 그 즉시 제자리에서 빙글빙글 회전했다. 내가 간신히 차 문을 열고 뛰어내리기 전까지 차는 완전한 원형을 그리며 돌다가 구덩이 속으로 추락했다. 이윽고 눈발 아래로 영영 사라져 버리고 말았다.

나는 온몸이 꽁꽁 얼어붙은 듯했고 굉장히 피로했다. 너무 떨려서 거의 걸을 수조차 없었다. 다행히 숙소는 그리 멀지 않은 데 있었다. 나는 비틀거리며 거의 미끄러지듯 숙소까지 돌아왔고, 이미 얼음이 된 눈으로 뒤덮인 몸을 난로 앞에 웅크렸다. 이가 서로 부딪히며 딱딱거렸다. 손이 너무 떨려서 외투를 벗을 수조차 없었고, 마치 허물처럼 바닥에 옷을 질질 끌면서 가까스로 빠져나왔다. 같은 방법으로, 고통스러운 노력 끝에 마침내 나는 얼어붙은 옷가지를 모두 벗을 수 있었다. 겨우 실내복 가운으로 갈아입는 데 성공했다. 그제야 내 앞으로 전보 한 통이 도착해 있음을 발견하고 봉투를 뜯었다.

그것은 며칠 사이에 위기가 닥치리라는 사실을 알려 주는 내 정보원의 첩보였다. 모든 항공편과 해운은 중단되었지만, 내일 아침에 헬리콥터로 나를 데려가리라고 했다. 그 얇은 종이를 손에 쥔 채 나는 침대로 기어 들어가서 몇 겹의 담요 아래 몸을 파묻고 계속 떨었다. 교도소장도 오늘 낮에 이 소식을 받았음이 분명했다. 그는 자기 시민들을 각자의 운명 속에 버려둔 채, 스스로의 목숨을 구하고자 달아났다. 물론 그런 행동은 매우 비난받고 추문을 불러올 만한 일이었다. 하지만 나는 그를 비난하지 않았다. 내가 소장의 처지였더라도 그와 다르게 행동하지 못했으리라. 그가 무슨 짓을 하더라도 이 나라 전체를 구하진 못했을 테니까. 만약 소장이 이처럼 위급한 상황을 곧이곧대로 밝혔다면 사람들은 극심한 공황 상태에 빠졌을 것이고, 결국 도로가 마비되어 아무도 탈출하지 못했으리라 믿는다. 어쨌든 방금의 경험으로 판단하건대, 그 역시 국경까지 도달할 가능성은 무척 희박했다.

7

헬기는 나를 마을에서 멀리 떨어진 항구에 내려 주었다. 내가 탈 배는 막 출항을 앞두고 있었다. 어떤 열병 같은 것이 들었는지 내내 오한과 몸살이 났고, 만사가 심드렁했다. 나는 부두를 향해 서둘러 달려가는 차 뒷좌석에 처박힌 채 바깥을 한번 내다보지도 않았다. 그러고는 멍하니 승선했다. 내가 갑판을 가로지르고 있을 때, 배는 벌써 움직이고 있었다. 나는 바로 선실로 들어가야 했다. 그러나 어떤 풍경이 내 눈을 사로잡았고, 나는 충격 탓에 잠시 멈춰 서서 그 모습을 바라보았다. 햇살 비치는 항구와 분주한 마을이 내 곁을 스쳐 가고 있었다. 넓게 잘 닦인 도로들, 멋진 옷을 차려입은 사람들, 현대적인 건물들, 자동차들, 푸른 물 위에 떠 있는 요트들이 보였다. 눈도 없고, 폐허도 없고, 무장한 경비병들도 없었다. 꿈속의 과거로 회귀한 것 같은 기적이었다. 그리고 내게는 또 다른 충격, 격렬한 각성이 찾아왔다. 이것이 바로 진정한 현실이고, 다른 것들은 한낱 꿈이었다는 깨달음이었다. 갑자기 내가 최근까지 살아온 삶이 굉장히 비현실적으로 느껴졌다. 한마디로 그 경험의 실재성을 더는 믿을 수 없었다. 그러자 어둡고 춥고 긴 터널에서 빠져나와, 마침내 밝은 햇살 속으로 뛰어든 것만 같은 거대한 안도감이 밀려들었다. 나는 조금 전까지 일어났던 모든 일들을 다 잊고 싶었다. 그 여자도, 그리고 내가 엮였던 괴상하고 절망적인 모험도 잊어버린 채 앞으로 다가올 미래만을 생각하고 싶었다.

　나중에 열이 내리고 몸이 조금 회복되었을 때도 내 감정은 그대로였다. 과거에서 탈출했음에 감사하며 나는 인드리들을 찾으러 가기로 결심했다. 그들이 사는 열대의 섬을 내 집으로 삼고, 여우원숭이를 한평생 연구하고자 했다. 그들을 관찰하고, 그들의 역사를 기록하고, 그들의 신비로운 노래를 녹음하는 데 내 여생을 바치겠다고 다짐했다. 내가 아는 한 지금까지 그런 일을 한 사람은 아무도 없었으므로, 그 연구가 꽤 만족스러운 과업이자 가치 있는 목표로 보였다.

매점에서 커다란 공책 한 권과 볼펜 한 무더기를 샀다. 이제 나의 과제를 시작할 준비가 된 것이다. 그러나 도무지 집중할 수 없었다. 어쨌든 나는 과거에서 완전히 탈출하지 못했던 모양이다. 내 생각은 꼬리에 꼬리를 물고 방황하다가 끝내 그 여자에게로 되돌아갔다. 내가 그녀를 잊고 싶어 했음이 믿기지 않았다. 그러한 망각은 끔찍할 뿐 아니라 불가능하리라. 그 여자는 내 일부였고, 나는 그녀 없이 살아갈 수 없었다. 그러나 이제 내가 인드리들한테 가기를 원하니 문제였다. 그 여자가 가느다란 두 팔로 나를 막아선 채 내 행로를 방해하고 있는 셈이었다.

나는 그 여자를 내몰고, 순수하고 온화한 여우원숭이와 그들의 달콤하면서도 기묘한 노랫소리에 집중하려고 노력했다. 그런데 그 여자가 별로 순수하지 못한 생각들로 끈질기게 내 주의를 흐트러뜨렸다. 그녀의 얼굴이 계속 머릿속에 떠오르며 나를 괴롭혔다. 그녀가 눈을 깜박일 때마다 팔랑거리던 긴 속눈썹, 그녀의 소심하면서도 매혹적인 미소. 또 내 뜻대로 바꿀 수 있었던 그 여자의 표정, 갑작스러운 전환, 상처받고 멍든 얼굴, 공포와 눈물로 얼룩진 상황까지도 말이다. 그 짜릿한 유혹의 위력이 나를 놀라게 했다. 어둠 속으로부터 가해자의 강인한 팔이 내려왔고, 내 손이 그 여자의 손목을 움켜쥐고…… . 나는 이 꿈이 현실로 드러날까 봐 두려웠다…… . 그 여자에게 내재된 무언가가 틀림없이 부당한 폭력과 공포를 요구했다. 그렇게 그녀는 내 꿈을 망쳐 놓으면서 내가 감히 발을 내디딜 생각조차 못 했던 어두운 장소에까지 나를 데려갔던 것이다. 이제 우리 중 누가 피해자인지 확신할 수 없었다. 어쩌면 우리는 서로의 희생양이었는지도 모른다.

　내가 뒤로하고 떠나온 상황을 생각하니 걱정이 밀려와서 당최 참을 수가 없었다. 나는 갑판을 빙빙 돌면서 무슨 일이 일어났을지, 교도소장은 과연 잘 도망갔을지, 그리고 그 여자가 소장과 함께 있을지를 궁금해했다. 선상에서는 아무런 소식도 들을 수 없었다. 정보를 얻을 수 있는 어느 항구에 도착할 때까지 나는 그저 엄청난 불안과 조바심 속에서 기다릴 수밖에 없었다. 마침내 그날, 해안에 닿을 날이 왔다. 승무원은 내 정장을 가져가서 다려 주었다. 그 남자가 다시 가져다준 정장의 단춧구멍에는, 어디서 용케 구했는지 붉은 카네이션 한 송이가 꽂혀 있었다. 꽃의 강렬한 색채가 정장의 연회색과 대비를 이루며 제법 잘 어울렸다.

내가 객실을 막 나서려 할 때 강압적으로 문을 두드리는 소리가 났다. 미처 대답하기도 전에 사복형사 한 사람이 방 안으로 들어왔다. 그 남자는 모자를 벗지도 않고, 그저 재킷 안쪽의 경찰 배지와 겨드랑이 아래에 찬 권총 한 자루를 보여 주었을 따름이었다. 나는 내 여권을 그에게 건넸다. 형사는 경멸적으로 아무렇게나 여권을 살폈고, 거만하게 나를 위아래로 훑어보면서 내 가슴팍의 빨간 카네이션을 유독 언짢게 노려보았다. 내 외모의 모든 면이 그 남자의 선입견을 확증해 주고 있음이 분명했다. 나는 그에게 무엇을 원하는지 물었지만, 모욕적인 침묵 외에는 아무 답도 듣지 못했다. 다른 질문은 하지 않기로 했다. 형사는 수갑 하나를 꺼내더니 내 눈앞에서 짤랑거리며 흔들어 보였다. 나는 아무 말도 하지 않았다. 수갑의 짤랑 소리에 싫증이 났는지 그 남자는 다시 집어넣은 뒤, 내 조국을 존중하는 의미에서 수갑까지는 사용하지 않으리라고 말했다. 나는 그 형사와 동행하는 조건으로 배에서 내릴 수 있었다. 그는 허튼수작이라면 아예 부리지 않는 편이 좋으리라고 을러댔다.

빛나는 햇살 아래, 모두가 해안으로 향하고 있었다. 나는 형사와 가까이 붙어서 인파 속을 계속 걸었다. 별로 걱정되지는 않았다. 이런 일도 일어나기 마련이다. 나는 내가 심문 대상으로 수배되었음을 짐작했고, 조사 도중에 어떤 질문을 받을지, 그리고 그들이 어떻게 내 이름을 알아냈는지 추측해 보았다. 부둣가 바로 옆 거리에서 제복 차림의 경찰이 우리를 기다리고 있었다. 그들은 차창이 어둑한 장갑차에 타라고 내게 명령했다. 잠시간 차를 몰더니, 이윽고 우리는 한적한 광장에 자리한 거대한 시청 관리국 앞에서 멈췄다. 어디에선가 새들의 노랫소리가 들려왔다. 며칠 내내 바다에서 보내다 보니 그 소리가 특별하게 들렸다.

지나가는 사람들이 하나둘 있었지만, 그들은 우리에

게 주의를 기울이지 않았다. 그런데 몇 미터 떨어진 모퉁이에서 한 젊은 여자가 내 쪽을 자꾸 흘끔거리고 있었다. 어쩌면 그녀는 우리에게 관심을 가진 것 같기도 했다. 그 여자는 봄꽃들을 팔고 있었다. 노란 수선화, 난쟁이붓꽃, 야생 튤립 그리고 내 것과 같은 빨간 카네이션도 한 다발 있었다. 때마침 무장한 군인들이 나를 에워싸더니 건물 안의 긴 복도를 따라가도록 강요했다.

"빨리 움직여."

강력한 손이 내 팔꿈치를 움켜쥐고 계단 위로 밀어 올렸다. 꼭대기 쪽의 문 두 개가 양쪽으로 열리자 사람들이 극장에서처럼 층층이 모여 앉은 넓은 홀이 나타났고, 높은 의자에 앉은 판사가 그들을 마주하고 있었다.

"안으로 들어가!"

거친 손 여러 개가 나를 교회 좌석 같은 긴 나무 의자로 밀어 넣었다.

"제자리에 서!"

여러 발걸음이 좌우로 오차 없이, 깔끔하게 행진해 들어왔다. 나는 현재 벌어지는 상황에서 비현실적 거리감을 느끼며 주변을 둘러보았다. 높은 천장, 닫힌 창문들,

태양도, 노래하는 새들도 없었다. 내 양옆에는 총을 든 남자들뿐이었다. 사방으로 내 쪽을 응시하는 얼굴들이 보였다. 사람들은 서로 속삭이거나 헛기침을 했다. 누군가가 내 이름과 세세한 인적 사항을 읊었다. 모두 꽤 정확한 내용이었다. 나는 스스로 그 인물이 맞다고 확인한 뒤 오직 진실만을 말하겠다고 선서했다. 이것은 한 젊은 여자의 실종 사건을 해결하기 위한 재판이었다. 정황상 여자는 납치되었고, 어쩌면 살해당했을지도 몰랐다. 어느 유명 인사가 용의자로 거론되어 조사를 받았고, 이번 사건은 현재 행방을 알 수 없는 다른 누군가의 소행이라 주장했다고 한다. 여자의 이름이 언급되었다. 나는 그 여자를 아느냐고 질문을 받았다. 그래서 나는 몇 년 전부터 알고 지낸 사이였다고 대답했다.

"그 여자와 친밀한 관계였나요?"

"우리는 오랜 친구였습니다."

객석에서 웃음이 터져 나왔다. 누군가가 물었다.

"그 여자와 당신은 어떤 종류의 관계였습니까?"

"이미 말씀드렸다시피, 우리는 오랜 친구 사이였습니다."

더 큰 웃음소리가 울려 퍼졌다. 관리가 정숙을 요구하자 좌중은 고요해졌다.

"당신은 자기 계획을 돌연 한꺼번에 변경하고, 이제까지의 모든 것을 내던진 채 그저 친구를 따라 외국까지 건너왔다고 했습니다. 우리가 그 말을 믿으리라 기대합니까?"

그들은 나에 대해 속속들이 아는 것 같았다. 나는 말했다.

"그게 사실입니다."

나는 침대에 앉아 담배를 피우며 거울에 비친 그 여자의 얼굴을 보았다. 그녀는 머리카락을 빗고 있었다. 창백하게 빛나는, 윤기 가득한 머리카락이 매끄러운 광택을 내며 여자 어깨 위에 은빛으로 내려앉았다. 그녀가 자기 모습을 보려고 몸을 앞으로 숙이자, 거울 표면에는 그 여자의 작은 가슴이 봉긋하게 솟아올랐다. 나는 그녀가 숨을 쉴 때마다 흉곽이 조금씩 움직이는 모습을 지켜보다가, 그 여자 뒤로 다가서서 내 팔로 그녀를 감싼 채, 손으로 그녀의 양쪽 가슴을 덮었다. 그 여자는 나를 뿌리쳤다. 겁에 질린 표정을 보고 싶지 않아서, 나는 여자의 얼굴에 담배 연기를 내뿜었다. 그녀는 계속 저항했다. 문득 불붙은 담배로 할 수 있는 특정한 행위, 그것에 대한 충동이 일어서 나는 곧장 담배꽁초를 바닥에 떨어뜨린 뒤 발로 짓밟았다. 그러고 나서 그 여자를 내게 더 가까이 끌어당겼다. 그녀는 몸부림치며 울부짖었다.

"하지 마! 그냥 날 내버려 둬! 당신을 증오해! 당신은 잔인하고 기만적인 사람이야……. 당신은 사람들을 배신하고, 약속을 깨뜨리고……."

나는 그 여자를 잠시 놓아준 뒤 인내심을 잃고 방문을 잠그러 갔다. 그러나 문 앞에 이르기 전에, 어떤 소리가 나서 뒤돌아봤다. 여자가 자기 머리 위로 커다란 향수병을 번쩍 들고 있었다. 그것으로 나를 때리겠다는 의미였다. 나는 병을 내려놓으라고 말했지만, 여자에게는 내말이 들리지 않는 것 같았다. 결국 내가 그녀 뒤로 다가가서 손을 비틀어 향수병을 빼냈다. 그녀는 나와 맞서 싸울만큼 강하지 않았다. 그 여자의 근력은 어린아이만도 못했다.

여자가 옷을 입는 동안, 나는 계속 침대에 앉아 있었다. 우리는 서로 아무 대화도 하지 않았다. 그녀가 외출 준비를 다 마치고 코트를 잠그고 있을 때, 갑자기 문이 열렸다. 조금 전의 실랑이 탓에 문 잠그는 일을 잊어버린 것이었다. 한 남자가 들어왔다. 나는 그를 쫓아내고자 달려들었지만, 남자는 마치 내가 보이지 않거나 혹은 그곳에 존재하지도 않는 양 무심히 스쳐 지나갔다.

키가 크고 운동 신경이 뛰어나고 날렵한 몸을 지닌, 도도한 표정의 남자였다. 그의 몸에 밴 자신감 넘치는 태도는 거의 편집증적이었다. 남자의 매우 밝고 푸른 눈은 위험 신호처럼 번득였고, 내 모습을 보지 못하는 것 같았다. 여자는 공포에 질려서 몸이 굳은 듯 아무것도 하지 못했다. 나 역시 아무것도 하지 않은 채, 그냥 그 자리에 서서 상황을 바라보기만 했다. 평소의 나답지 않은 행동이었다. 하지만 그 남자는 특정한 목적을 가지고 권총을 지닌 채 들어왔다. 아무도 그의 행동을 막을 수 없었다. 나는 만약 그 남자가 우리 두 사람을 쏜다면 과연 누구를 먼저 쏠지, 혹은 우리 중 한 사람만 쏜다면 그게 누구일지 궁금했다. 그런 점들이 내게는 매우 중요했다.

남자는 그 여자를 소유물로 여기고 있음이 분명했다. 나는 그 여자가 내 것이라고 생각했는데 말이다. 우리

두 남자 사이에서 그 여자는 거의 아무것도 아닌 존재로 축소되었다. 그 여자의 유일한 기능이란 우리 두 남자를 연결해 주는 것뿐이었는지도 모른다. 남자의 얼굴에는 내가 항상 역겹게 여기는, 극단적으로 거만한 표정이 떠올라 있었다. 그럼에도 나는 돌연 그 남자에게 형언할 수 없는 친근감을 느꼈다. 일종의 혈연으로 끌리는 것 같은 감정, 그것이 나를 혼란스럽게 했다. 그래서 나는 우리 두 사람이 실상 분리된 하나의 자아가 아닌지, 생각하게 되었다…….

누군가가 내게 물었다.

"당신 친구를 만났을 때 무슨 일이 일어났나요?"

"우린 서로 만나지 않았어요."

숨죽인 흥분과 개탄의 한숨 소리가 터져 나왔고, 관리는 다시 장내를 진정시켜야 했다. 그다음 들려온 목소리는 정확하게 발음을 교정받은 전문 배우의 음성처럼 들렸다.

"증인은 사이코패스이며, 아마도 조현병으로 추정되니, 증언의 신빙성이 없다고 주장하는 바입니다."

누군가가 끼어들었다.

"그렇다면 정신과 전문의의 확인서를 제출하시오."

그러자 연극적인 목소리가 말을 이어 갔다.

"거듭 강조해 말씀드리지만, 이 남자는 사이코패스로 알려져 있으므로 그의 증언은 절대 신뢰할 수 없습니다. 우리는 무고하고 순수한 젊은 여자를 대상으로 한 끔찍한 범죄를 조사하고 있습니다. 저 남자의 부자연스럽게 냉담한 태도와 아무 감정도 드러내지 않는 표정에 주목해 주시기 바랍니다. 감히 저 꽃을 단춧구멍에 꽂고 이곳에 오다니, 얼마나 냉소적입니까! 이 얼마나 오만 방자하게 가정생활의 신성함과, 인류의 미덕을 철저히 경멸하고 있습니까! 저 남자의 태도는 비정상적일 뿐만 아니라 타락한 사악함이며, 우리가 신성하고 소중하게 여기는 모든 것들에 대한 모독입니다……."

보이지 않는 어느 높은 방에서 종이 울리더니 어떤 우월하고 단호한 목소리가 선언했다.

"사이코패스는 적절한 증인으로 채택될 수 없다."

나는 다시 끌려 나간 뒤, 감방에 열일곱 시간 동안 갇혀 있었다. 그러다 이른 아침, 그들은 아무런 설명 없이 나를 풀어 주었다. 그사이 내가 타고 왔던 배는 내 짐과 함께 떠나 버렸다. 나는 지금 입고 있는 옷 한 벌만을 가진 채 발이 묶여 버린 셈이었다. 다행히 여권이나 지갑은 압수당하지 않았고 가진 돈도 넉넉했다.

나는 면도를 하고, 몸을 씻고, 빗질을 한 뒤, 거울에 비친 내 모습을 유심히 살펴보았다. 깨끗한 셔츠 한 장이 필요했지만, 가게들은 아직 문을 열지 않았다. 나중에 한 벌 사서 갈아입기로 했다. 내 모습은 아직 그럭저럭 봐줄 만했다. 시든 카네이션만 없애 버린다면 더할 나위 없이 무난할 터였다. 이발소를 나오면서 하수구에 꽃을 버리려는데, 마침 밖에 있던 한 소년이 내 구두를 닦아 주겠다고 청했다. 소년이 구두를 닦는 동안, 나는 이 근방에서 제일 좋은 카페가 어디인지 물었다. 그 아이는 같은 거리, 조금 떨어진 곳에 자리한 카페 하나를 가리켰다. 나는 그곳까지 걸어갔고, 카페의 모습이 마음에 들었고, 햇빛 쏟아지는 노천 테이블에 앉았다. 그 시간에 가게는 텅 비어 있었다. 혼자 근무하던 담당 웨이터가 롤빵과 커피를 가져왔고, 다시 어두운 실내로 돌아가며 나를 그곳에 홀로 남겨 두었다. 나는 커피를 마셨고, 이다음에는 뭘 해야 좋을지 생각하면서 지나가는 사람들을 지켜보았다. 이처럼 이른 시각에는 행인이 많지 않았다.

한 젊은 여자가 꽃바구니를 들고 지나가는 모습을 보았다. 그제야 나는 아직 카네이션을 버리지 않았음을 알아차렸다. 단춧구멍에서 꽃을 빼내려는데, 여객선 승무원이 워낙 단단하게 고정해 둔 모양이었다. 나는 옷깃을 뒤로 젖혀서 아래를 내려다보며 핀이 어디쯤 박혀 있는지 더듬거렸다. 누군가가 이렇게 말했다.

"제가 해 드릴게요."

나는 위를 올려다보았다. 꽃 파는 여자가 나를 향해 미소 짓고 있었다. 어디에선가 그녀의 얼굴을 봤음이 분명했다. 나는 이미 그 여자를 알고 있으며 심지어 그녀를 좋아하고 있다고 느꼈다. 그 여자는 내 재킷의 카네이션을 깔끔하게 떼어 냈다. 그러고는 자신의 바구니에서 정확히 같은 꽃을 끄집어내더니 바꿔 달려고 했다. 나는 그러지 말라고 말하려다가 갑자기 무슨 생각이 떠올라서 입을 다물었다. 그 여자는 내 단춧구멍에 신선한 꽃을 새로 달아 준 뒤에도 연신 내 곁에 서 있었다. 그저 돈을 원해서 기다리는 것 같지는 않았다. 아마 내 생각이 맞을 테지만, 혹시 몰라서 아무 말도 하지 않았다. 마침내 여자가 이렇게 물었을 때, 나는 스스로가 옳았음을 알았다.

"이것 말고도 제가 당신께 해 드릴 일이 있을까요?"

나는 주변을 획 둘러보았다. 카페의 다른 테이블은 여전히 텅 비어 있었고, 행인들 역시 우리 대화를 들을 수 없을 만큼 멀리 떨어져 있었다. 그 여자는 바구니를 의자 위에 올려놓았다. 나는 바구니에서 꽃을 한 다발씩 골라 들며 꽃의 상태를 살펴보는 척했다. 누군가가 우리를 지켜보더라도, 심지어 쌍안경으로 감시하더라도 우리는 그저 평범하게 꽃을 사고파는 듯 보였으리라.

"물론 있죠."

나는 이렇게 말하면서, 그 여자에게 과연 이래도 되는지 아리송했다……. 그러나 이 세상에서 무슨 일이 일어나고 있는지 바로 알아내야만 했다.

"저는 계속 항해 중이었습니다. 세상과 완전히 두절된 상태였죠. 당신은 제게 많은 것들을 얘기해 줄 수 있어요."

나는 최근의 사태에 대해 내가 얼마나 모르는지 티 나지 않도록 애쓰면서, 조심스럽게 몇 가지 질문을 던졌다. 고국의 상황은 불분명하고 경각심을 불러일으키는 듯했다. 정확한 정보는 물론이고, 참사의 전모 역시 아직 여기까지 알려지지 않은 상태였다. 북쪽 나라의 교도소장이 내륙으로 탈출한 뒤, 서로 교전을 벌이는 여러 군벌 중 하나와 연합했다는 소식뿐이었다.

나는 그 여자를 심문하듯 계속 이것저것 물어보았다. 그녀는 내내 예의 바르고 상냥했으며, 내게 도움을 주고자 노력했다. 그러나 여자의 대답은 점점 모호해졌고, 전부 털어놓기를 두려워하는 듯 보였다. 길을 거닐던 한두 사람이 카페로 들어와서 우리 근처에 앉자, 여자는 이제 속삭였다.

"이런 이야기는 저보다 윗사람과 상의해 보셔야 해요. 제가 그런 자리를 주선해 드릴까요?"

나는 즉시 동의했지만, 과연 그 여자에게 그 같은 능력이 있을지 약간 회의적이었다. 그녀는 내게 기다리라고 하더니, 바구니를 집어 들고 반쯤 뛰다시피 서둘러 거리를 내려갔다. 나는 이것이 그 여자의 마지막 모습이리라 여기면서도, 커피 한 잔을 더 주문하고 기다렸다. 그밖에 달리 할 일도 없었다. 여자가 전해 준 교도소장의 탈출 소식은 그나마 내 마음을 보듬어 주었다. 불확실하지만 소장이 그 여자를 함께 데려갔을 가능성은 충분했다. 시간이 계속 흘러갔다. 이제 거리에도, 가게에도 꽤 사람이 붐볐다. 나는 정보원이 돌아오기를 기다리며 거리를 지켜보고 있었다. 그녀가 돌아오지 않으리라고 단념한 순간, 군중을 뚫고 달려오는 그 여자의 모습이 보였다. 그녀는 내게 다가오면서 큰 목소리로 외치다시피 말했다.

"찾으시던 제비꽃 다발이 여기 있어요. 이것들을 구하느라 꽃시장까지 새로 다녀와야만 했지요. 송구하지만 가격이 좀 비싸답니다."

그 여자는 숨이 턱까지 차올라 있었다. 그런데 그녀의 목소리는 오히려 더 명료하고 밝아져서 주변 사람들에게까지 똑똑히 잘 들릴 정도였다. 나는 그 여자에게 잠시 숨을 고르라고 한들 소용없으리라는 점을 깨닫고 물었다.

"가격이 얼마죠?"

그녀는 금액을 말했고, 나는 돈을 건넸다. 여자는 매력 넘치는 미소를 지으며 내게 감사 인사를 올리고는 쏜살같이 인파 속으로 사라졌다.

제비꽃 줄기를 감싼 종이에는 글귀가 적혀 있었다.

내게 도움을 줄 만한 남자를 찾아낼 수 있는 단서였다. 거기엔 읽고 난 뒤에 바로 폐기하라고도 쓰여 있었다. 나는 몇 가지 필수품을 소지하려고 가죽 손잡이와 끈이 달린 캔버스 가방을 구입한 다음, 호텔에 투숙했다. 목욕을 하고 옷을 갈아입은 뒤, 나는 종이에 적힌 남자의 사무실로 찾아갔다. 그는 즉시 나를 만나 주었다. 그 남자도 빨간 카네이션을 달고 있었으므로 더욱 신중하게 접근해야 했다.

군이 얼버무릴 필요가 없었으므로 나는 곧장 본론부터 얘기했다. 나는 교도소장이 관할하는 마을로 갈 수 있을지 물었다.

"안 됩니다. 그 지역에선 전투가 이어지고 있습니다. 밤에는 약탈까지 자행되고요. 외국인은 출입할 수 없습니다."

"예외를 둘 순 없습니까?"

남자가 고개를 저었다.

"공식 인사를 수송하는 것 말고는 교통수단 자체가 없기도 합니다."

총체적 난국 속에서 내가 할 수 있는 말이란 이것뿐이었다.

"거기에 갈 생각을 아예 포기하라고 말씀하시는 건 가요?"

"합법적으로 말하자면, 그렇습니다."

그 남자는 교활하게 나를 바라보았다.

"하지만 반드시 그런 것도 아니지요."

그의 표정은 차라리 나를 부추기고 있었다.

"제가 당신을 도와 드릴 수 있을지도 모르겠습니다. 어쨌든 제가 손쓸 수 있는지 한번 알아봐 드릴게요. 하지만 기대는 하지 마십시오. 일단 하루 이틀 정도는 기다리셔야 합니다."

나는 그에게 고맙다고 말했다. 우리는 자리에서 일어난 뒤 악수했다. 그는 무슨 소식이 생기면 곧장 내게 알려 주겠다고 약속했다.

나는 지루해졌고 좀처럼 안정을 취할 수 없었다. 정말 할 일이 아무것도 없었다. 일견 이곳 생활은 평범해 보였지만 속사정을 알면 알수록 이 마을 역시 서서히 마비되어 가고 있음을 알 수 있었다. 북쪽 소식은 매우 뜸해졌고, 혼란스럽고 두려운 내용뿐이었다. 나는 그쪽 지역이 틀림없이 거대한 규모로 파괴되었음을 깨달았다. 살아남은 사람은 거의 없으리라. 지역 방송사들은 계속 유쾌한 분위기로 사람들을 안심시킬 뿐이었다. 공식 지침이었기 때문에 불가피한 조치였다. 이곳 주민들은 동요하지 않아야 했다. 한편으로 이곳 사람들은 이 대재앙에서 자기들이 벗어날 수 있으리라고 진지하게 믿는 듯 보였다. 나는 그 어떤 나라도 절대 안전하지 않음을 알았다. 현재 진행되는 황폐화 지역으로부터 아무리 멀리 떨어져 있더라도, 그 절대적 파괴는 점점 퍼지고 퍼져서 마침내 지구 전체를 뒤덮으리라. 그 와중에 전 세계의 불안정한 정세 역시 치명적이었다. 작은 규모일지라도 벌써 전쟁이 시작되었다는 사실은 아마도 일어날 수 있는 최악의 징후였다. 더 책임감 있는 국가의 정부들이 교전국들을 진정시키고자 최선을 다하고 있다는 점은 도리어 돌발적 위험성을 강조할 뿐이었다. 즉 현재의 재앙에 더 큰 재앙을 더하는 거대한 전면전이 다가오리라는 불길한 위협이었다. 그동안 약간 가라앉았던 그 여자에 대한 나의 걱정과 불안이 거세게 되살아났다. 재앙을 피해 다른 나라로 달아났는데 거기서 더 큰 재난, 전면전이 벌어진다면, 그 여자가 감행했던 도피는 헛수고인 셈이었다. 나는 교도소장이 그녀를 안전한 곳으로 보냈으리라 믿고 싶었지만, 그 남자에 대해 너무 많이 알고 있었으므로 확신할 수 없었다. 나는 절대적으로 소장을 직접 만나 보아야 했다. 그러지 않으면 그 여자에게 무슨 일이 일어났는지 결코 알 수 없을 터였다. 나는 저녁마다 여러 술집을 전전하며 사람들의 이야기에 귀를 기울였다. 소장의 이름은 심심찮게 언급되었다. 종종 자기 민족을 저버린 배신자로 불릴 때도 있었지만, 오히려 그보다 지금 벌어지는 전쟁에 은밀한 영향력을 행사하는 새롭고 강력하며 중요한 인물, 앞으로 신중히 지켜봐야 할 인물로서 훨씬 자주 언급되었다.

아침 일찍 내 방의 전화가 울렸다. 나를 만나러 온 누군가가 프런트에서 기다린다고 했다. 나는 일전에 만났던 관리의 전갈이기를 바라며, 찾아온 사람을 방으로 올려 보내라고 말했다.

"안녕."

꽃을 팔던 젊은 여자가 미소 띤 얼굴로, 남의 눈을 전혀 의식하지 않은 채 들어왔다. 나의 깜짝 놀란 기색이 그녀 눈에도 비친 모양이었다.

"벌써 날 잊었어요?"

나는 여기서 당신을 만나리라고 전혀 예상하지 못했다고 말했다. 이제 그 여자가 놀란 듯 보였다.

"하지만 매일 아침 당신에게 꽃을 가져다주는 게 내 임무인 것을 알잖아요."

나는 그 여자가 카네이션을 고쳐 달아 주는 동안 조용히 입을 다물었다. 하마터면 그녀가 속한 조직에 대한 스스로의 무지를 너무도 쉽게 드러낼 뻔했다. 나는 궁금한 점이 많았지만, 너무 깊게 파고들면 내 정체가 탄로 날까 봐 두려웠다. 문득 그 여자와 좀 더 많은 시간을 보내면 딱히 질문을 하지 않아도 몇 가지 정보를 충분히 얻을 수 있으리라는 생각이 들었다. 게다가 나는 그녀의 젊고 매력적인 모습, 자연스럽고 담백한 태도가 좋았다. 적어도 지루함을 덜 수 있을 터였다.

나는 여자에게 그날 저녁 식사를 함께하자고 제안했다. 식사 내내 여자의 태도는 매혹적이었고, 평소와 다름없이 꾸밈없고 호감 가도록 행동했다. 그 뒤 우리는 나이트클럽 두 군데에 들렀고 같이 춤을 췄다. 그 여자는 함께 시간을 보내기에 즐거운 상대였고, 긴장이 풀렸는지 자유롭게 떠들어 댔다. 그러나 여전히 내가 모르는 이야기는 단 한 마디도 꺼내지 않았다. 나는 그녀를 데리고 호텔로 돌아왔다. 우리가 함께 들어가자 짐꾼은 다른 쪽으로 시선을 돌리며 공연히 외면했다. 나는 꽤 취해 있었다. 그 여자의 펑퍼짐하고 긴 주름치마가 방바닥 위에 반짝이는 반지 모양으로 떨어져 내렸다. 아침 일찍, 내가 아직 잠들어 있을 때 그녀는 꽃시장에 가기 위해 떠났다. 그러고는 아침 식사 시간에 신선한 카네이션을 가지고 돌아왔다. 그 여자의 눈은 반짝반짝 빛났고 생기가 넘쳤으며 태도 역시 쾌활했다. 심지어 어둠 속에서 봤을 때보다 더 매력적이었다. 나는 그 여자를 내 곁에 두고 싶었다. 그녀가 내 곁에 머물러 준다면, 스스로를 현재에 붙들어 둘 수 있을 것 같았다. 하지만 그 여자는 이렇게 말했다.

"안 돼, 난 지금 가야 해요. 해야 할 일이 있는걸."

그러고 나서 그녀는 가장 상냥하고 친근한 미소를 지어 보이더니, 저녁에 다시 나와 함께 춤을 추기로 약속했다. 그 뒤로 나는 그 여자를 두 번 다시 만나지 못했다.

내가 신문을 읽고 있을 때 관리에게서 연락이 왔다. 나는 서둘러 그의 사무실로 갔다. 그는 은밀하게 음모를 꾸미는 듯한 분위기로 나를 맞이했다.

"당신을 위해 그 문제를 처리했습니다. 좀 급하게 진행될 거예요."

그 남자는 자신이 얼마큼 상황을 잘 통제할 수 있는지 과시하는 데서 스스로 만족감을 느끼며 씩 웃었다. 나역시 놀라고 흥분한 상태였다. 그는 말을 이었다.

"오늘 출발하는 트럭 한 대가 있다고 합니다. 우리쪽 국경에 설치될 새로운 송신기의 중요한 부품을 싣고 간다는데요, 당신이 가려는 마을과 꽤 가까운 데까지 갈 겁니다. 당신을 외국인 자문 위원으로 탑승자 명단에 올려 두었습니다. 필요한 서류는 가는 길에 작성하면 될 거예요. 여기 다 들어 있습니다."

그 남자는 내게 각종 서식으로 가득 찬 두꺼운 서류철을 건넸다. 가장 위쪽에 여행 허가증이 첨부되어 있었다. 그러고 나서 그는 삼십 분 뒤에 중앙 우체국 앞으로 오라고 했다.

나는 그에게 쉼 없이 감사를 표했다. 그 남자는 격려하듯 내 팔을 두드렸다.

"신경 쓰지 마십시오. 제가 도움이 될 수 있어서 기쁠 따름입니다."

그는 손을 빼다가 내 단춧구멍에 꽂힌 꽃을 슬쩍 쓰다듬었다. 그의 그런 행동이 내 간담을 서늘하게 했다. 무슨 의심이라도 했던 걸까? 지금까지 그가 속한 조직의 정체를 아무것도 알아내지 못했지만, 적어도 상당한 권력을 가지고 있음은 알 수 있었다. 그 남자가 웃으며 건네는 말에 나는 안도감을 느꼈다.

"빨리 가서 짐 챙기세요. 무슨 일이 있어도 늦으면 안 됩니다. 트럭 운전자는 정시에 출발하라는 명령을 받았으니, 그 누구를 위해서든 조금도 기다려 주지 않을 거예요."

방은 점점 어두워졌고 갑자기 폭풍이 불기 시작했다. 남자의 손이 불을 밝히려 하는 순간 검푸른 섬광과 함께 굉음이 터져 나왔다. 그러고는 굵은 빗방울이 창문을 때렸다. 긴 제복 코트를 입은 누군가가 방에 들어와서 남자를 향해 스위치를 건드리지 말라고 신호를 보냈다. 어둠 속에서 나는 몸집이 크고 건장한 남자의 모습을 어렴풋이 알아볼 수 있었다. 그 거대한 형체는 어디선가 본 듯 익숙했다. 그는 우뚝 선 채로 방의 맨 끝 쪽에 있는 관리에게 낮은 어조로 이야기했다. 애써 말소리를 낮추었음에도 그들의 토론은 격렬했다. 나는 그 내용을 들어 보려고 했지만 끝내 성공하지 못했다. 그러나 그 언쟁의 주제가 바로 나라는 사실을 눈치챌 수 있었다. 두 남자 모두 연신 나를 흘깃거리며 쳐다보았기 때문이다. 내가 모욕당하고 있음이 명백했다. 새로 온 남자의 얼굴은 좀체 알아볼 수 없었다. 당최 무슨 말을 하는지 몰라도 계속 울어대는 천둥 사이로 그의 목소리가 비난의 어조를 띠고 있음은 알 수 있었다. 그 남자는 벌써 그 관리를 설득해서 내 평판을 깎아내리고 신뢰를 잃게 하는 데 성공한 듯 보였다. 앞서 나와 대화한 관리가 불빛 쪽에 더 가까이 서 있었는데, 그의 얼굴 위로 불안과 의심의 기색이 엿보였다.

나 역시 점점 불안해졌다. 만약 관리가 내게 등을 돌린다면 나는 가장 불리한 처지로 내몰릴 터다. 교도소장에게 다가갈 수 있는 모든 희망을 잃게 될 뿐 아니라, 빨간 카네이션이라는 암호를 거짓으로 사용했다는 사실마저 드러날 것이다. 다시 체포되어 감옥에 갇힐지도 모르는 심각한 위험이 다가오고 있었다.

나는 손목에 찬 시계를 봤다. 약속 시간 전까지 남아 있던 삼십 분 중 이미 몇 분이 지나 있었다. 얼른 이 방에서 빠져나가야 했다. 나는 문을 향해 거침없이 큰 걸음을 내디디며 등 뒤로 손을 뻗어서 문을 확 열어젖혔다.

굉장한 섬광이 허공을 갈라놓으며 돌발적인 내 행동에 섬뜩한 광채를 비추었다. 긴 코트의 주름이 황급히 흔들리더니 제복의 남자가 총으로 나를 조준했다. 내가 두 손을 들어 올리자 그 남자는 이제껏 설득하던 관리를 향해 반쯤 몸을 돌린 채, 폭발하는 천둥 너머로 외쳤다.

"내가 뭐랬어?"

그 남자의 주의가 흐트러진 바로 그 찰나, 나는 학교에서 배운 체련 기술로 그의 바짓가랑이를 잡고자 뛰어들었다. 마침 발사된 총알은 내 머리 위로 빗나갔다. 그를 쓰러뜨리지는 못했지만, 그의 긴 코트 자락을 휘감으며 몸의 균형을 잃게 하는 데 성공했다. 그가 다시 총을 조준하기 전에 나는 그의 손에서 권총을 쳐 냈다. 총은 방을 가로질러 날아가 버렸다. 그러자 그 남자는 온몸의 체중을 실어서 내게 정면으로 돌진하더니 두 주먹으로 나를 세게 때리며 맹렬한 공격을 퍼부었다. 그가 나보다 훨씬 더 무거웠기에 나는 거의 바닥에 쓰러질 뻔했다. 그러나 문이 나를 받쳐 주었고, 문에 매달려 있는 동안 복도를 따라 다가오는 발걸음 소리를 들었다. 나의 적은 다시 내게 사납게 달려들면서, 관리에게 자기 총을 찾아오라고 고함쳤다. 그 남자가 다시 총을 쥐게 된다면 나는 끝장이었다. 절박한 상황에서 나는 그 남자를 문 쪽으로 세게 밀쳤고, 그러자 그의 몸이 거의 문 중앙에 박혔다. 그러고는 있는 힘껏 그를 걷어찼다. 내가 몸을 돌리기 전에 그 남자의 몸은 벌써 힘없이 접혔고 꽤 만족스러웠다. 밖으로 나서자마자 새로운 인물 두 명이 내 앞길을 가로막았다. 나는 그들을 쳐다보지도 않은 채 그저 한 사람씩 옆으로 내던져 버렸다. 울부짖음과 함께 한 사람이 쓰러지는 소리가 들렸고, 너덜거리던 문에 그가 부딪히자 완전히 부서지고 말았다. 그 뒤로 나를 막으려고 나온 사람은 아무도 없었다. 뒤도 돌아보지 않고, 나는 복도를 달려서 건물 바깥으로 나왔다. 요란한 천둥 덕분에 총소리는 바로 옆 사무실에서도 들리지 않았음이 분명했다.

폭풍우는 줄곧 내게 도움이 되었다. 폭우를 피해 다들 실내에 들어가 있었으므로, 나는 밖에서도 남의 눈에 띄지 않을 수 있었다. 거리는 수영이라도 할 수 있을 만큼 물에 잠겼고, 나는 한순간에 흠뻑 젖은 채로 마치 얕은 개울을 건너듯 물을 첨벙대며 내가 할 수 있는 한 가장 빨리 달려갔다. 다행히 중앙 우체국의 위치를 알고 있었기에 곧장 그곳으로 향했다. 이미 호텔 쪽에는 나를 잡아 가둬 두라는 지시가 전화로 떨어졌을 테고, 어쨌든 지금으로 서는 그곳에 들를 겨를조차 없었다. 과연 내가 도착하자 마자 트럭 운전자는 시동을 걸고 있었다. 나는 그 남자가 볼 수 있도록 내 여행 서류들을 흔들었다. 운전자는 나를 향해 인상을 찌푸리고, 엄지손가락을 홱 젖히면서 차량 뒤쪽으로 타라는 시늉을 했다. 나는 마지막 남은 힘을 다 해서 허둥지둥 차에 기어올랐고, 굉장히 딱딱한 물체 위 로 털썩 주저앉았다. 누군가가 즉시 비와 햇빛을 차단해 주는 가림막을 쳤다. 차량 전체가 엄청나게 요동쳤다. 이 제 출발한 것이다. 나는 숨이 차올랐고, 전신에 멍이 들었 으며, 어디든 쥐어짜면 빗물이 흐를 정도로 흠뻑 젖었지 만 뿌듯한 승리감에 도취해 있었다.

　비좁은 트럭 안에는 나를 포함해서 네 사람이 꽉 들 어차 있었다. 의자 대신 긴 널빤지 위에 몸을 수그리듯 앉 아야 했고, 똑바로 몸을 곧추세워 앉을 만한 공간이라곤 전혀 없는 낮은 천막 속에 있는 양 어둡고 시끄럽고 불편했다. 한 널빤지마다 두 사람씩 앉은 채, 우리는 꽉 막힌 어둠 속 각기 다른 형태의 상자 더미 사이에서 서로 얼굴을 맞대고 웅크려 있었다. 그러나 나는 그토록 고통스러운 자세조차 거의 지각하지 못했다. 내 목적지로 향하는 길을 놓치지 않았다는 것, 심지어 그 비좁고 불편하고 연신 흔들리는 천막 속에 무사히 와 있다는 사실마저 정말 감지덕지했다. 이 안에서는 아무도 내 모습을 볼 수 없을 터였다.

폭풍은 점차 잦아들었지만 비는 계속 쏟아졌고, 결국 우리가 탄 트럭의 임시 천막에도 축축하게 스며들었다. 하지만 나의 기개는 여전히 꺾이지 않았다.

나는 이미 빗물에 푹 젖은 상태였으므로 아무리 비가 샌다 한들 지금보다 더 젖을 수는 없었다.

8

나는 함께 차를 타고 가는 사람들, 기술 전문대에서 곧장 현장에 투입되었다는 그 젊은 친구들과 친해지려고 노력해 보았으나 그들은 좀처럼 말을 하려고 들지 않았다. 그들은 내가 외국인이기 때문에 나를 믿지 않았다. 내가 질문을 하면, 그들은 기밀 따위를 캐묻는다고 의심했다. 비록 내 눈에 그들은 아무런 비밀 정보도 모른다는 사실이 뻔히 보였지만 말이다. 그들은 믿기지 않을 만큼 순진했다. 나는 그들과 다른 차원에 속해 있다고 느꼈고, 끝내 침묵하게 되었다. 차츰 그들은 나를 잊고 자기들끼리 이야기를 나누기 시작했다. 자신들의 작업에 관한 얘기였다. 송신기를 조립하는 어려움, 재료와 숙련된 인력의 부족, 위태로운 자금 상황, 조악한 솜씨, 설명할 수 없는 오류들. 태업이라는 말이 앞뒤로 오가는 소리를 들었다. 적어도 월말까지는 송신기가 제대로 작동해야 했건만 예정보다 한참 뒤처져서 이제 아무도 그 일이 언제 끝날지 모른다고 했다. 나는 잔뜩 지쳐서 눈을 질끈 감고 더는 그들의 얘기를 듣지 않았다.

이따금 이상한 문장이 내 귀에 내려앉았다. 문득 대화의 주제가 바로 나라는 사실을 깨달았다. 그들은 내가 잠든 줄 아는 모양이었다.

"저 남자는 우리를 감시할 목적으로 보내진 거야."

그들 중 한 사람이 말했다.

"우리가 믿을 수 있는 작자들인지 알아보기 위해서 말이지. 우리는 저 사람에게 어떤 말도 하면 안 되고, 질문에 대답해서도 안 돼."

목소리가 한껏 낮아졌다. 그들은 거의 속삭였다.

"교수님이 말하는 걸 들었어……. 그들은 아무 설명도 하지 않아……. 다른 사람들도 있는데 왜 하필 우리를 위험 지역으로 보내는지…….”

그들은 불만 가득하고 조바심에 사로잡혀 있었으므로 내게 어떠한 정보도 줄 수 없으리라. 나는 그들에게 굳이 시간을 낭비할 필요가 없었다.

늦은 밤 우리는 작은 마을에 들렀다. 나는 가게 문을 두들겨서 주인을 깨운 뒤에 비누, 면도기, 갈아입을 옷 등 생필품 몇 가지를 샀다. 이런 구매를 하기도 벌써 두 번째였다. 그 가게에는 차고가 하나밖에 없었다. 아침에 떠나기 전, 운전자는 그 가게에 남아 있는 휘발유를 사겠다고 고집했다. 주인은 격분하며 항의했다. 보급품이 무척 제한적인 상황에서, 우리가 휘발유를 모두 가져가 버리면 더는 구할 수 없을지도 모른다고 말이다. 운전자는 이 말을 무시한 채 주인에게 펌프를 비우라고 강요하더니, 더욱 분개하며 저항하는 주인의 반응에 다음과 같이 대꾸했다.

“입 닥치고 어서 해! 명령이다.”

나는 운전자 옆에 서서, 만약 우리 다음에 휘발유를 채우러 오는 사람이 있다면 매우 곤란하리라고 부드럽게 말했다. 운전자는 경멸하는 눈빛으로 나를 빤히 바라보왔다.

"분명히 어딘가에 더 많이 숨겨 놨을 거야. 이런 작자들은 항상 그렇더라고."

휘발유가 담긴 깡통들을 나머지 화물과 함께 트럭 짐칸에 가득 쑤셔 넣었다. 그러자 우리 네 사람이 들어가 앉을 만한 공간마저 거의 없었다. 나는 가장 불편한 자리, 바퀴 뒤축이 튀어 올라와서 배기는 곳에 앉았다.

가림막이 위로 말려 올라가 있어서, 우리는 바깥을 볼 수 있었다. 트럭은 산줄기를 뒤로하고 멀리 떨어진 숲을 향해 달려가고 있었다. 금속 테를 두른 철로는 마을에서 몇 미터쯤 떨어진 곳에서 끊겼다. 이제 자동차 바퀴로 달려갈 수 있는 곳은, 차바퀴 폭에 꼭 맞는, 도로 전체가 아니라 딱 두 줄로 타르를 칠해 놓은 비좁은 길뿐이었다. 계속 차를 몰고 갈수록 날씨는 더 추워졌다. 기후는 땅의 특성만큼이나 변덕스러웠다. 연신 시야에 들어오는 숲의 가장자리로 점점 가까워지고 있었다. 우리는 차츰 더 줄어드는 논밭과, 인적이 거의 없는 자그마한 마을을 지나쳤다. 휘발유를 왜 그렇게 기를 쓰고 챙겼는지 이해할 수 있었다. 바퀴에 긁힌 자국과 구멍투성이의 노면은 차즘 더 나빠졌다. 전진하기 어려워졌고, 속도는 떨어졌으며, 운전자까지 계속 욕설을 내뱉었다. 가느다란 두 줄짜리 아스팔트마저 끝나 버렸을 때, 나는 몸을 숙여 운전자의 어깨를 두드린 뒤 혹시 운전대를 번갈아 잡아 보지 않겠느냐고 제안했다. 놀랍게도 운전자는 내 의견을 받아들였다.

그의 옆에 앉자 좀 더 편안하긴 했지만, 무거운 트럭을 잘 다루기가 꽤 힘들다는 사실을 깨달았다. 나는 이런 트럭을 운전해 본 적이 없었고, 익숙해지기 전까지 내 임무에 집중해야만 했다. 길을 막은 낙석이나 나무등치를 제거하기 위해 종종 차를 멈춰 세워야 했다. 그런 일이 처음 발생했을 때, 사람들은 이미 뒷자리에서 뛰어 내려와 장애물을 옮기려고 애쓰고 있었다. 나 역시 사람들을 돕기 위해 차 밖으로 나갈 준비를 했다. 그러나 가벼운 손길을 느끼고 옆을 돌아보니, 운전자가 한눈에 보기에도 부정적인 고갯짓을 해 보였다. 그에게는 트럭을 직접 몰 수 있는 내 능력이, 그런 잡일에 참여해야 하는 의무보다 더 중요한 모양이었다.

내가 운전자에게 담배를 권하자 그는 흔쾌히 응했

다. 나는 용기를 내서 도로 상황에 대해 이야기해 보았다. 송신기가 그토록 중요하고, 또 그처럼 엄청난 교통량을 통제하고 있다면, 왜 그것을 설치하러 가는 데까지 제대로 된 도로를 닦아 놓지 않았는지 도무지 이해할 수 없었다. 운전자는 이렇게 말했다.

"우리는 새로운 도로를 공사할 만한 재정적 여유가 없어요. 우리는 같이 송신기를 쓰는 다른 나라들에 도움을 요청했지만, 그들이 거절했습니다."

그 남자는 얼굴을 찌푸리며 내가 과연 자신들의 처지에 공감하는지 확인하려고 곁눈질로 슬쩍 나를 쳐다보았다. 나는 정말 불공평한 처사 같다고, 애매하게 대꾸했다.

"우리가 작은 개발 도상국이라는 이유로, 그들은 모든 면에서 우리를 하찮게 대하죠."

운전자는 분노를 억누를 수 없는 듯했다.

"만약 우리가 부지를 기증하지 않았다면 송신기는 여기에 절대 설치할 수 없었을 겁니다. 그들은 우리가 이 모든 걸 가능하게 했다는 점을 기억해야 해요. 우리는 공익을 위해 영토의 일부를 희생했지만 그 대가로 아무것도 얻지 못했습니다. 심지어 송신기를 안전하게 보호해 주는 지상 군대조차 보내 주지 않을 거예요. 그들의 비호 의적 태도 때문에 계속 감정이 상합니다."

그 남자는 씁쓸하게 읊조렸다. 나는 그가 여러 강대 국에 품고 있는 원한을 느낄 수 있었다.

"당신은 외국인이죠……. 애초에 낯선 사람인 당신 에게 이런 말까지 하면 안 됐는데."

운전자는 걱정스러운 얼굴로 나를 쳐다보았다. 나는 정보원이 아니라고, 그 남자를 안심시켰다.

운전자는 이왕 입을 열었으니 계속 이야기하고 싶어 했다. 나는 그의 사연이 듣고 싶다고, 그를 부추겼다. 나 에게 필요한 정보가 있다면 무엇이든 끄집어내려는 생각 에서였다. 공사가 처음 시작되었을 때, 운전자는 이 길을 따라 일꾼들을 실어다 날랐다고 했다. 그들은 목적지로 향하면서 한목소리로 노래를 부르곤 했다.

"오래된 표어 기억하시죠. '선의를 지닌 모든 사람이 하나로 단결해서 세상을 회복하고 우리를 파괴하려는 세 력에 대항한다네.' 이 표어로 일종의 합창곡을 만들어서, 여자들과 남자들이 함께 불렀습니다. 그 노랫소리를 들으면 감동이 밀려왔어요. 그 시절에 우리 모두는 의욕과 열정이 넘쳤죠. 이제 모든 게 달라졌고요."

나는 무엇이 잘못되었는지 물었다.

"작업을 하면서 너무 많은 차질, 지연, 실망이 뒤따랐던 거죠. 재료만 제대로 갖춰졌어도 우리는 이 작업을 한참 전에 끝냈을 거예요. 하지만 모든 걸 외국에서 조달해 와야 했고, 그 나라들은 우리와 다른 도량형을 쓰고 있었죠. 가끔 부품 일부가 서로 들어맞지 않았어요. 그러면 화물 전체를 되돌려 보내야 했고요. 하루빨리 이 일이 끝나기를 갈망하던 열정적인 젊은이들에게 그런 사건들이 어떤 영향을 미쳤을지 짐작해 보세요."

서로 다른 사상의 차이, 그리고 소원한 소통으로 인해 여러 실수와 혼란이 빚어지고 말았다는 흔한 이야기였다. 나는 이 문제들에 대해 솔직하게 말해 줘서 고맙다고 그에게 말했다. 깔끔하게 던진 공이 진부한 말로 되돌아왔다.

"개인들 사이의 긴밀한 접촉이야말로 인간관계의 더 나은 이해를 위한 첫걸음이지요."

나는 운전자의 신뢰를 얻은 것 같았다. 그 남자의 태

도는 꽤 친근해졌고, 자기 여자에 대해서도 이야기해 주었다. 그는 여자가 개와 함께 노는 사진을 여러 장 보여줬다. 나도 지갑 속에 호수를 배경으로 서 있는 여자의 사진을 한 장 간직하고 있었다. 하지만 내가 상당한 액수의 현금을 소지하고 있음을 다른 사람들에게 알리는 일은 결코 현명하지 않은 행동이었다. 나는 지폐가 가득한 지갑을 꺼내는 동안, 운전자가 길가의 다른 것을 주시하도록 일부러 주의를 끌었다. 그렇게 사진을 꺼내서 남자에게 보여 주며, 나는 사진 속 여자가 실종되었고 지금 그녀를 찾는 중이라고 말했다. 운전자는 별다른 감흥 없이 이렇게 말했다.

"아주 근사한 머리카락이네요. 당신은 아주 운이 좋군요."

나는 다소 날카롭게, 만약 당신의 여자가 지구상에서 흔적도 없이 사라진다면 스스로 운 좋은 남자라고 여길지 따져 물었다. 운전자는 살짝 당황한 표정을 지을 만큼의 양심은 가지고 있었다. 나는 사진을 다시 집어넣은 뒤, 그런 머리카락을 실제로 본 적이 있는지 물었다.

"아니요, 한 번도요."

그 남자는 단호하게 고개를 저었다.

"이곳 여자들은 대부분 짙은 색깔의 머리카락을 가졌으니까요."

결국 그 여자에 대해 운전자에게 이야기해 봤으나 아무 소득도 없었다.

우리는 여러 장소를 이동했다. 교대 운전을 약간 했더니 피곤해져서 눈을 조금 붙였다. 다시 눈을 떴을 때 운전자는 자기 무릎 위에 장총 한 자루를 올려 두고 있었다. 나는 그걸 어디에 쓸 생각이냐고 물었다.

"국경에 가까워지고 있어서요. 이 지역은 위험하죠. 사방에 적들이 있습니다."

"하지만 이 나라는 중립국이잖아요."

"중립이 또 뭐랍니까? 그냥 단어일 뿐인데요."

그 남자는 의뭉스럽게 덧붙였다.

"그 밖에도 적들의 종류는 다양하죠."

"예를 들면요?"

"방해 공작원, 첩자, 폭력배요. 혼란한 시기에 번성하는 온갖 악당들 말입니다."

나는 이 트럭도 공격받으리라 여기는지 물었다.

"예전에 그런 일이 일어난 적 있죠. 우리가 실어 나르는 물건들은 모두 긴급하게 필요한 것들이니까요. 만약 그들이 소식을 들었다면 우리를 막으려 할 겁니다."

나는 내 자동 권총을 꺼냈고, 그 남자가 흥미 있는 눈길로 그것을 힐끔 쳐다보았다. 외국 무기에 감명받았음이 분명했다. 숲으로 막 진입하자 운전자는 긴장한 듯 보였다.

"여기서부터 바로 위험 지대입니다."

키가 큰 나무들이 가지에서부터 자라난 회색 이끼를 수염처럼 길게 늘이고 있어서, 여기저기에 불투명한 장막이 드리워 있었다. 몸을 숨기기에는 최적의 장소처럼 보였다. 빛은 점점 희미해지기 시작했고, 그나마 남은 빛마저 길 위에만 고정되어 있어서 덤불마다 보이지 않는 눈들이 우리를 지켜보고 있는 듯 느껴졌다. 나는 혹시 총을 든 사람이 있는지 바깥을 계속 살펴보았지만, 마음속으로 다른 생각도 품고 있었다.

나는 운전자에게 교도소장 얘기를 했다. 그러나 남자는 신문에서 읽은 내용밖에 몰랐다. 송신기 설치장에서 소장이 있는 본부까지의 거리는 약 삼십 킬로미터 정도였다.

"혹시 누구라도 그곳에 가 볼 수 있을까요?"

"거기에 간다고요?"

운전자는 멍한 표정으로 나를 쳐다보았다.

"당연히 못 가죠. 거기는 적국인데요. 그리고 적들이 이미 도로를 다 부수고 통로를 막아 놓았습니다. 어차피 마을 자체도 거의 다 파괴되어서 별로 남아 있지 않을 거예요. 밤마다 마을 쪽으로 발사하는 총소리가 들리거든요."

그 남자는 해가 지기 전까지 우리 목적지에 도착하는 데 더 관심이 있었다.

"어두워지기 전에 이 숲에서 빠져나가야 해요. 운이 좋아야 가까스로 당도할 수 있을 겁니다."

그는 매우 험하게 차를 몰았다. 트럭은 크게 덜컹대며 차바퀴에 밀려 흩어지는 돌멩이들 위를 미끄러지듯 질주했다.

나는 너무 우울해져서 더는 이야기를 이어 갈 수 없었다. 절망적인 상황이었다. 나는 그 여자가 필요했고, 그녀 없이는 살 수 없었지만, 절대로 그 여자를 찾을 수 없을 것 같았다. 마을까지 가는 길마저 사라졌으니 거기에 갈 방법이란 도무지 없었다. 모든 게 불가능했다. 어쨌든 그 장소 역시 계속 폭격에 시달렸다고 하니 완전히 파괴 되었음이 틀림없었다. 그러니 애를 써서 거기에 가 본들 무슨 소용이겠는가. 사실 그 여자는 오래전에 마을을 떠났거나 벌써 살해당하고 말았을 것이다. 나는 깊은 절망감을 느꼈다. 괜히 이 멀리까지 아무 소득도 없이 온 것 같았다.

송신기 설치장은 신중하게 선택된 곳이었다. 지대가 높은 데다, 숲에 둘러싸여 있었으며, 뒤쪽으로는 산을 등져서 지상 공격으로부터 방어하기 쉬운 장소였다. 그들은 송신 장비가 설치될 주변 땅을 즉시 깨끗하게 벌목하여 정리했지만, 다른 나무들은 여전히 도처에 가득했다. 우리는 비가 새는 조립식 건물에서 머물렀다. 손을 대는 족족 모든 게 축축했다. 바닥은 콘크리트로 되어 있었지만, 언제나 진흙으로 뒤덮여 있었다. 우리가 걸어가는 곳마다 어디든 진흙탕이었다. 모두가 이토록 불편하기 짝이 없는 생활과 형편없는 음식을 두고 불평을 늘어놓았다.

날씨가 뭔가 이상해졌다. 원래 이맘때 이 지역은 덥고 건조하며, 햇볕이 쨍쨍한 날씨여야 했다. 그러나 비가 계속 내렸고 공기 중에는 축축한 한기가 서려 있었다. 숲의 우듬지마다 두껍고 흰 안개가 칭칭 감겨 있었고, 하늘 역시 끊임없이 새하얀 김을 내뿜었으므로 흐린 구름을 가득 품은 가마솥 같았다. 숲속의 생물들마저 급격한 기후 변화에 당황했는지 평소의 습관에서 벗어난 이상 행동을 보였다. 퓨마처럼 보이는 커다란 고양잇과 동물들은 인간에 대한 두려움마저 잃었는지 건물 가까이 와서 송신기 주변을 어슬렁거렸다. 몸집이 너무 커서 다루기 어려울 것 같은, 낯설고 이상한 새들도 머리 위로 날개를 펄럭이며 날아갔다. 나는 저 새들과 동물들이, 우리가 봉인을 풀어 버린 어떤 미지의 위험으로부터 자신들을 보호해 달라고 요청하는 듯 보였다. 짐승들이 보이는 이상 징후는 꽤 불길한 인상을 주었다.

더 가치 있는 일을 하고 싶다는 욕구에서, 또 시간도 때울 겸 나는 송신기 설치 작업에 집중했다. 작업 완료가 머지않았음에도 일꾼들은 벌써 낙담하고 무관심해져 있었다. 나는 그들을 한자리에 모은 뒤 미래에 대해 연설했다. 송신기를 통해 전파될 우리의 공정하고 정확한 보고에 교전국들은 귀를 기울이고 감명받게 될 것이다, 또한 우리의 건실한 주장은 그들을 효과적으로 설득할 것이다, 평화를 되찾고, 세계 전역이 서로 대립하고 갈등하는 위험을 피하게 될 것이다. 이게 그들의 노동이 가지는 마지막 보상이었다. 그동안 나는 일꾼들을 팀으로 나눠서 서로 경쟁시키고, 가장 우수하게 작업을 완수한 사람들에게 특별 포상을 주기도 했다. 곧 우리는 방송을 개시할 준비가 되었다. 나는 진실을 동등하게 존중하는 관점에서 양측의 사건들을 기록했고, 세계 평화에 대한 계획을 발표했으며, 즉각적인 휴전을 촉구했다. 장관은 나의 업적을 치하하는 편지를 써 보냈다.

나는 국경을 넘어갈지, 아니면 내가 있는 곳에 계속 머무를지 마음을 정하지 못했다. 폭격으로 파괴된 마을에서 그 여자가 살아남았으리라곤 생각할 수 없었다. 만약 그 여자가 거기서 살해당했다면, 굳이 그 마을에 가 보는 일은 무의미했다. 만약 그 여자가 어딘가 다른 곳에 안전히 살아 있다면, 그 또한 저 마을에 갈 필요가 없다는 뜻이었다. 국경을 넘어가기란 나 자신에게도 위험 부담이 큰 일이었다. 비록 전투원이 아니라 민간인 신분이라 해도, 나는 첩자로 몰려서 총살당하거나 무기수로 투옥될 가능성이 있었다.

하지만 이제 모든 것이 너무도 순조롭게 진행되고 있었으므로, 나는 이미 이곳 일에 싫증을 느끼던 참이었다. 나는 끊임없이 내리는 비를 피해 몸을 말리는 데도 지쳤고, 나를 덮쳐 올 얼음을 기다리는 데도 지쳤다. 얼음은 바다나 산에도 물러서는 법 없이, 지구의 둥근 곡면을 하루가 다르게 뒤덮어 가고 있었다. 서두르지도 멈추지도 않았다. 그것은 그저 꾸준히 가까이 다가오며 여러 도시를 평평한 빙판으로 만들어 버렸다. 심지어 팔팔 끓어오르는 용암에 파인 깊은 웅덩이들마저 빈틈없이 채워 갔다. 이 거대한 얼음 부대의 진군을 막을 방법은 아무 데도 없었다. 그것은 가차 없는 사열(査閱)을 통해 온 세계를 가로질러 행진하면서, 그 앞길에 놓인 것들을 모조리 으스러뜨리고 지워 내고 파괴했다.

나는 결국 가기로 했다. 아무에게도 말하지 않고, 억수로 쏟아지는 비를 맞으며 국경 사이의 통로를 막아 둔 최전방 지대까지 차를 몰았다. 거기서부터는 나무로 뒤덮인 산들을 걸어서 넘어가야 했다. 나를 오직 인도해 줄 수 있는 것은, 호주머니에 들어갈 정도로 작은 나침반밖에 없었다. 비에 젖은 초목을 뚫고 몇 시간 동안이나 산을 타고 고생한 끝에 국경 초소에 도착했다. 나는 그곳에서 보초를 서던 경비병에게 즉시 억류되었다.

9

나는 교도소장에게 데려가 달라고 요청했다. 그는 최근 다른 도시로 본부를 옮겼다고 했다. 장갑차가 나를 그곳까지 태워다 주었다. 기관총을 든 군인 두 사람이 '나를 보호한다'는 명분으로 동행했다. 여전히 비가 내렸다. 우리는 한낮의 마지막 햇살까지 짙게 가린 먹구름 아래의 폭우를 뚫고 거칠게 질주했다. 우리가 도시에 진입할 무렵엔 벌써 어둠이 깔리고 있었다. 전조등 불빛에 비친 풍경이 익숙했다. 커다란 혼란, 파괴의 잔해, 폐허들, 공허한 공간들. 그 모든 것이 비에 젖어 번들거렸다. 거리는 군인들로 붐볐다. 그나마 덜 파괴된 건물들은 군대 막사로 사용되고 있었다.

나는 경비가 매우 삼엄한 작은 방으로 끌려갔다. 나 말고도 호출을 기다리는 남자 둘이 더 있었다. 방에는 우리 세 사람뿐이었다. 그들은 나를 빤히 쳐다봤지만 아무 말도 건네지 않았다. 우리는 침묵을 지키며 우두커니 기다렸다. 요란하게 쏟아지는 빗소리 외에는 아무 소리도 들리지 않았다. 그들은 벤치 하나에 나란히 앉아 있었다. 나는 코트로 몸을 둘둘 감싼 채 그들과 약간 떨어져 있는 다른 벤치에 앉아 있었다. 방 안의 가구란 그게 전부였고, 제대로 관리되지 않은 모양새였다. 두꺼운 먼지가 곳곳에 쌓여 있었다.

잠시 후 그들은 서로 속삭이며 이야기를 나누었다. 나는 그들이 현재 공석인 어느 직책에 지원하려고 찾아왔음을 대충 알아들을 수 있었다. 나는 끝내 자리에서 일어났고, 앞뒤로 서성이기 시작했다. 조바심이 났지만, 잠자코 기다려야 한다는 점을 알았다. 다른 두 남자의 얘기에 딱히 귀를 기울이진 않았지만, 그중 한 사람이 갑자기 목소리를 높였기에 나 역시 그 말을 들을 수밖에 없었다.

그 남자는 자신이 그 직책에 채용되리라고 확신했다. 그러면서 이렇게 거드름을 피웠다.

"나는 특공 훈련을 받아서 맨손으로도 살인할 수 있지. 딱 세 손가락만으로도, 힘깨나 쓴다는 사람의 목숨을 빼앗을 수 있다고. 또 단지 누르기만 해도 사람을 쉽게 죽일 수 있는 몸의 경혈을 배웠지. 한쪽 손날에 기합을 넣으면 두툼한 나무토막도 곧장 박살 낼 수 있다고."

남자의 말이 나를 우울하게 했다. 그 직책에 고용되는 인물이란 바로 이런 종류의 사람이었으니까. 두 사람은 먼저 면접장에 불려 갔고, 나는 홀로 더 기다렸다. 이미 오랫동안 기다릴 각오는 되어 있었다.

얼마 지나지 않아 한 경비병이 와서 나를 장교 식당으로 안내했다. 교도소장은 높은 곳에 자리한 탁자의 상석에 앉아 있었다. 나머지 다른 긴 탁자들은 훨씬 많은 사람들로 북적거렸다. 나는 소장의 탁자에 앉았지만, 가장 먼 맨 끝자리였다. 편히 대화를 나누기에는 지나치게 멀었다. 나는 자리에 앉기 전에 그에게 경례를 올리고자 앞으로 나아갔다. 소장은 깜짝 놀란 듯 보였고 내 인사에 답하지 않았다. 그러자 주변에 둘러앉은 남자들이 서로 몸을 기댄 채 나를 힐끔거리며 낮은 목소리로 수군거리기 시작했다. 나는 그들에게 별로 좋지 않은 인상을 남긴 것 같았다. 소장이 나를 기억하리라 생각했지만, 그는 내가 누군지 모르는 듯했다. 우리의 지난 인연을 그에게 상기시켜 봤자 상황만 더 나빠질 터였다. 나는 그냥 멀리 떨어진 자리에 앉았다.

나는 교도소장이 자신 근처의 장교들에게 친근한 태도로 이야기하는 소리를 들을 수 있었다. 그들은 주로 체포와 탈출에 관해 대화를 나누었다. 나는 그 남자의 이야기에 관심 없었지만, 곧 자기의 탈출 경험을 늘어놓기 시작했다. 커다란 자동차, 눈보라, 국경의 관문을 부순 일, 빗발치던 총알들, 그리고 한 여자가 등장하는 이야기였다. 소장은 그 이야기를 하는 동안 단 한 번도 내 쪽을 바라보지도, 내가 여기에 있음을 의식하지도 않았다.

이따금 바깥에서 군대의 행진 소리가 들렸다. 그러다 돌연 폭발이 일어났다. 천장 일부가 무너지고 조명은 모두 꺼졌다. 거센 바람에도 불꽃이 꺼지지 않도록 유리 갓을 씌운 등불이 탁자 위에 여러 개 놓였다. 탁자에 차려진 요리들 위로 무너져 내린 시멘트 조각들과 건축 자재들이 그 불빛에 비쳐 보였다. 먼지와 파편에 뒤덮인 음식은 도저히 먹을 수 없는 상태였다. 음식들을 밖으로 치운 뒤, 길고 지루한 기다림이 이어졌다. 이윽고 우리 앞에는 급히 삶아 온 달걀을 가득 담아낸 그릇들이 놓였다. 폭발은 간헐적으로 계속 건물을 뒤흔들었고, 공기 중에는 희뿌연 먼지구름이 드리웠다. 손에 닿는 모든 것이 모래처럼 거칠거칠했다.

교도소장은 나를 놀리려고 일부러 못 알아본 척했음이 틀림없었다. 식사가 끝날 무렵, 그는 내게 손짓했다.

"당신 방송은 잘 들었어. 그런 방면에 재능이 있더군."

그동안 나의 동태를 그가 알고 있다는 사실에 놀랐다. 소장의 목소리는 상냥했다. 마치 자신과 동등한 존재를 대하듯 내게 허물없이 말을 붙였다. 한순간 나는 제대로 설명하기 힘든 일종의 친밀감을 통해 그 남자와 하나가 됨을 느꼈다. 그는 나더러 적절한 시기에 잘 도착했다며 말을 이어 갔다.

"우리 쪽 송신기도 곧 작동할 거야. 그러면 전파 교란으로 그쪽 송신기는 무용지물이 되겠지."

나는 항상 당국에 더 강력한 설비가 필요하다고 주장해 왔다. 월등히 뛰어난 장치가 개발돼서 기존 송수신기에 치명적 결함이 생기는 것은 오직 시간문제일 뿐이라고. 소장은 내가 이런 상황을 예측하고, 부대를 탈영해서 전향해 왔으리라고 짐작하는 듯했다. 그는 내가 선전용 방송을 맡아 주기를 원했다. 나는 그가 대가를 약속한다면 그렇게 하겠노라고 했다.

"여전히 같은 소원인가?"

"그렇습니다."

소장은 흥미롭다는 표정으로 나를 쳐다봤다. 그러나 그의 눈에는 의심의 빛이 번득였다. 그럼에도 그는 아무렇지 않다는 듯 가벼운 태도로 말했다.

"그 여자의 방은 바로 위층에 있네. 우리가 함께 방문해 봐도 나쁘지 않을 거야."

그러고는 그가 직접 나서서 길을 안내했다. 나는 이렇게 물었다.

"제가 전달해야 하는 건 개인적 메시지입니다. 혹시저 혼자서 그녀를 만나 볼 수는 없겠습니까?"

소장은 대답하지 않았다.

우리는 통로를 따라 내려갔다가 다시 계단 몇 개를 올라간 뒤 다른 통로로 향했다. 교도소장의 횃불에서 뿜어져 나오는 환한 불빛 아래로 쓰레기가 어지럽게 널린 바닥이 힐끗힐끗 보였다. 먼지 속에 찍힌 발자국들도 드러났다. 나는 그중에 더 작은 발자국이 있다면 바로 그 여자의 것이리라 생각하며 바닥의 흔적을 눈으로 열심히 좇았다. 소장이 우뚝 서서 문을 열었다. 어두컴컴한 방 안을 밝히고 있는 건 희미하고 약한 불빛뿐이었다. 그 여자가 화들짝 자리에서 일어났다. 그녀의 새하얀 얼굴은 잔뜩 놀란 표정이었고, 반짝이는 머리칼 아래 커다란 눈동자가 나를 쏘아보고 있었다.

"또 당신이군!"

그 여자는 뻣뻣한 자세로 서서, 마치 스스로를 보호하려는 듯 의자를 자기 앞에 둔 채 손가락 관절이 하얗게 드러날 정도로 등받이를 꽉 움켜잡고 있었다.

"원하는 게 뭐야?"

"그저 당신과 얘기하고 싶을 뿐이에요."

그 여자는 우리를 번갈아 바라보더니 비난했다.

"당신들 다 한통속이구나."

나는 그 말을 부정했다. 그러나 묘한 방식으로, 그 혐의에는 어떤 진실이 깃들어 있는 것 같았다…….

"당연히 같은 편이겠지. 그렇지 않다면 저 남자가 당신을 여기로 데려오지도 않았을 테니."

교도소장은 미소를 지으며 여자 쪽으로 다가갔다. 그가 그토록 자애로워 보이는 모습은 처음이었다.

"자, 그러지 말고. 옛 친구를 이렇게 불친절하게 맞이하면 되겠어? 우리 모두 그냥 서로 친밀하게 대화를 나눌 순 없을까? 당신은 내게 어떻게 이 사람과 처음 알게 되었는지 말해 준 적 없잖아."

소장은 우리 둘만 내버려 두고 자리를 비워 줄 의향이 전혀 없음이 분명했다. 나는 침묵을 지키며 그저 여자를 바라보았다. 그 남자 앞에서는 여자에게 말을 걸 수가 없었다. 극도로 지배적인 그의 성격, 그의 존재가 우리에게 미치는 영향력은 너무 강력했다. 그가 있을 때면 여자는 겁을 먹고 적대적인 태도를 내비쳤다. 마음의 장벽이 생겨나는 느낌이었다. 나 역시 지금의 현실에 정신을 집중하지 못했다. 소장이 미소를 지었던 행동도 놀랍지 않았다. 이런 상황이라면 결국 그 여자를 찾지 못한 것이나 다름없었다. 멀리서 일어난 폭발이 벽을 뒤흔들었다. 여자는 천장에서 떨어져 내리는 하얀 먼지들을 지켜보았다. 무슨 얘기라도 나눠 보고자, 나는 여자에게 폭격 때문에 곤란하지 않은지 물었다. 그러자 여자의 얼굴이 멍해졌다. 은빛 머리카락을 반짝이며 무의미하게 조용히 머리를 움직였다. 소장이 말했다.

"좀 더 안전한 곳에 가 있으라고 설득해 봤지만 이 사람은 도무지 요지부동이야."

소장은 여자에 대한 지배력을 자랑하듯 만족스러운 웃음을 띠었다. 나는 그 말을 진실로 받아들이기 어려웠다. 방을 둘러보았다. 의자 하나, 작은 거울 하나, 침대 하나, 탁자 위에는 책 몇 권이 아무렇게나 쌓여 있었고, 사방에 먼지가 가득했다. 그리고 바닥에는 천장에서 떨어진 듯한 두꺼운 시멘트 덩어리가 굴러다녔다. 찢긴 은색 종이에 싸인 네모난 초콜릿 한 조각과 머리빗 말고 개인 소지품은 달리 보이지 않았다. 나는 소장에게서 돌아선 채, 마치 그가 그 자리에 없는 양 여자에게 직접 이야기해 보려고 했다.

"여기서 지내기가 꽤 불편해 보이는데요. 전투 지역

에서 멀리 떨어진, 가령 호텔 같은 시설에 가 있으면 어때요?"

그 여자는 대답하지 않고 어깨만을 살짝 으쓱해 보였다. 침묵이 뒤따랐다.

창문 아래로 군인들의 행진 소리가 들렸다. 교도소장은 방을 가로질러서 창을 살짝 열더니 아래를 내려다봤다. 그새를 틈타 나는 다급히 중얼거렸다.

"당신을 돕고 싶을 뿐입니다."

그 여자를 향해 손을 뻗었지만, 그녀는 쌀쌀맞게 내 손을 쳐 냈다.

"당신을 믿지 않아요. 당신이 하는 말, 단 한 마디도 안 믿어."

여자의 거부감 가득한 눈동자가 커졌다. 소장이 방 안에 있는 한, 결코 그 여자에게 접근할 수 없음을 나는 알고 있었다. 더 오래 머물러 봤자 아무것도 얻지 못하리라. 나는 방을 떠났다.

문밖으로 나오자 소장의 웃음소리가 들렸다. 바닥을 울리는 그 남자의 발소리, 그리고 목소리도 들렸다.

"저놈한테 그렇게 치를 떠는 이유가 뭐야?"

그러자 그 여자의 목소리가 갑자기 변했다. 히스테리 탓에 눈물이 터진 듯, 고음으로 울먹이는 소리가 들렸다.

"저 남자는 거짓말쟁이예요. 저 사람도 당신과 함께 일하고 있음을 난 알고 있어. 당신들, 둘 다 똑같아. 이기적이고, 기만적이고, 잔인해. 내가 당신들을 절대 만나지 않았더라면 정말 좋았을 텐데. 두 사람 다 증오해! 언젠가 나는 떠날 거야…… 당신들은 두 번 다시 날 보지 못할 거야……. 평생!"

나는 통로를 따라 내려가다가 파괴된 잔해 더미에 발이 걸려 넘어질 뻔했다. 그러고는 그 덩어리를 한쪽으로 힘껏 걷어찼다. 횃불을 가져와야 했는데, 미처 생각하지 못했다.

그 만남 이후 며칠 동안, 나는 그 여자를 교도소장으로부터 구출해 내서 중립국으로 데려갈 방법을 연구했다. 이론적으로는 제법 가능한 계획이었다. 이곳 항구에는 가끔이지만 여전히 배가 드나들었기 때문이다. 칼 같은 실행, 비밀 엄수, 그리고 정확한 시기를 맞출 수 있는지가 관건이었다. 성공 여부는 오직 우리가 추적받기 전에 바다로 나갈 수 있는지에 달려 있었다. 나는 조심스럽게 하나하나 연락을 취해 보았다. 필요한 것들은 무엇이든 돈으로 매수할 수 있었다. 다만 어려운 부분이라면, 그 누구도 믿을 수 없다는 점이었다. 내가 정보를 얻고자 매수한 사람이 소장에게도 매수되어 나의 일거수일투족을 팔아넘길지 모르는 일이었다. 바로 이 점 때문에 매사가 대단히 위험했다. 나는 불안했고, 그런 위태로운 짓까지 벌일 수 없었다. 그러나 위험을 무릅쓰고 일을 진행해야만 했다.

비밀 정보를 속삭여 주는 목소리들이 있었다. 여러 이름, 주소, 목적지, 출발지에 대해서.

"○○○에 가서…… ○○○를 찾을 것……. 언제든 이동할 수 있도록 준비는 필수……. 서류…… 증거…… 충분한 자금 필요……."

그런데 계획을 한 단계 더 진행하기에 앞서, 일단 그 여자를 만나서 이야기할 필요가 있었다. 내가 그 여자의 방으로 향했을 때 총소리가 들렸다. 하지만 주의를 기울이지는 않았다. 거리에서는 항상 총격전이 벌어졌기 때문이다. 돌연 방 안에서 그 남자가 나타나더니 등 뒤로 문을 닫았다. 나는 그 여자를 만나고 싶다고 말했다.

"안 돼."

그 남자는 문을 잠근 뒤 열쇠를 주머니에 집어넣고, 탁자 위로 권총 하나를 내던졌다.

"그 여자는 죽었다."

매서운 칼날이 나를 베고 지나가는 느낌이었다. 세상의 다른 모든 죽음은 내 바깥에 있었지만, 이것만큼은 내 안에 있었다. 대검에 관통당한 느낌, 마치 나 자신의 죽음 같았다.

"누가 한 짓입니까?"

오직 나만이 그 여자를 죽일 수 있었다. "내가 죽였네."라고 그 남자가 대답한 순간, 나는 손을 뻗어서 여전히 뜨거운 총을 만졌다. 당장 그 총을 잡아서 그 남자를 쉽게 죽일 수도 있었다. 하지만 그는 저지하려는 기색조차 없이, 가만히 선 채로 나를 똑바로 바라보았다. 나 역시 그를, 거만하게 각진 골격이 두드러진 그의 얼굴을 바라보았다. 우리의 시선이 마주쳤다.

설명할 수 없지만, 우리의 모습은 서로 엉켜 있었다. 나는 스스로의 반영을 바라보고 있는 듯했다. 갑자기 우리 두 사람은 서로 누가 누구인지 구분할 수 없는 극심한 혼란에 빠졌다. 우리는 기묘한 공생 관계로 이루어진, 한 존재가 둘로 나뉜 각자의 반쪽 같았다. 나는 스스로가 아니라 그 남자임을 거듭 깨달았다. 한순간 내가 실제로 그의 옷을 입고 있는 양 보이기도 했다. 완전한 혼란을 겪으며 나는 방에서 도망쳐 나왔다. 그 뒤로 무슨 일이 일어났는지, 혹은 무슨 일이 정말 일어나기는 했던지 알 수 없었다.

또 다른 상황에서 그 남자를 만났다. 그는 방문 앞에서 나를 마주한 채 바로 이렇게 말했다.

"너무 늦었군. 새는 이미 날아가 버렸는데."

그는 노골적인 악의를 드러낸 얼굴로 씩 웃고 있었다.

"그 여자는 떠났네. 도망친 거지. 완전히 사라졌어."

내 주먹에 힘이 꽉 들어갔다.

"내가 그 여자를 보지 못하도록 멀리 보내 버렸군요. 당신이 일부러 우리를 떼어 놓았어."

나는 격분해서 그 남자에게 달려들었다. 그러자 또다시 우리 모습이 뒤엉키며 혼란이 찾아왔다. 정체성뿐 아니라 시공간에까지 미치는 혼란은 걷잡을 수 없이 번져 갔다. 냉담한 푸른 눈동자가 날카롭게 빛났고, 목을 조르듯 갈퀴처럼 구부러진 차가운 손가락에서는 파란 반지의 광채가 번득였다. 그 남자는 성난 곰들마저 맨손으로 목을 졸라 죽인 자였다. 육체적으로 나는 그의 상대가 되지 않았다……. 내가 자리를 떠날 때 남자의 조롱하는 목소리가 들려왔다.

"잘 생각한 거야."

나는 어느 빈방에 들어갔다. 마음을 가다듬을 시간이 필요했다. 속이 상했고, 그 여자가 간절히 그리웠다. 내가 그녀를 잃었다는 사실을 견딜 수 없었다. 그 여자와 함께 탈출하려던 계획을 떠올렸다. 이제 그런 일은 결코 일어날 수 없으리라. 내 얼굴은 비를 맞은 듯 흠뻑 젖었다. 입속으로 흘러 들어온 물방울에서 짠맛이 났다. 나는 손수건으로 눈을 덮은 채, 폭주하는 감정을 자제하려고 격렬히 노력했다.

다시 처음부터 그 여자를 찾아 나서야 했다. 이러한 되풀이는 마치 끔찍한 저주 같았다. 나는 전쟁터에서 멀리 떨어진, 잔잔하고 푸른 바다와 고요한 섬들을 생각했다. 그리고 인드리들을 떠올렸다. 우리보다 더 고차원적 세계에 사는, 평화로운 삶을 상징하는 행복한 생명체. 나는 이 모든 일을 다 그만두고 그들을 찾아갈 수도 있었다. 아니, 그러기란 불가능했다. 내 존재는 그 여자에게 묶여 있었다. 나는 음침하게 다가오는 죽음의 그림자, 이 세계를 가로질러 움직이는 빙하에 대해 생각했다. 내 꿈속에서는 깎아지른 얼음 협곡들이 잇따라 터져 나갔다. 형언할 수 없는 폭발음이 천둥처럼 울렸고, 빙산이 부서져 내리면서 거대한 바위들을 로켓처럼 하늘로 내던졌다. 눈부신 얼음의 별들이 지구를 관통하며 쪼개어 낸 광선들로 이 세계를 폭격했다. 그러고는 지구의 내핵을 치명적인 추위로 냉각시키며, 점점 전진해 오는 얼음의 온도를 더욱 차갑게 했다. 그리고 지표면에서는 매 순간, 무슨 수를 써도 파괴할 수 없는 커다란 얼음덩어리가 연신 앞으로 전진하며 모든 생명을 집요하게 파멸시켰다. 나는 문득 무시무시한 압박감과 다급함을 느꼈다. 시간을 전혀 낭비할 수 없는 이 상황에서도 나는 시간을 헛되이 내버리고 있었다. 이것은 나와 얼음 사이의 경주였다. 달빛보다 더 밝게 빛나는 그 여자의 은백색 머리카락이 내 꿈을 비췄다. 나는 마치 우리 세계에 종말이 닥치기라도 한 듯,

죽은 달이 빙산 위에서 어지럽게 춤추는 모습을 보았다. 그동안 그 여자는 반짝이는 머리카락을 은빛 장막처럼 늘어뜨린 채, 그 안에서 이 모든 광경을 지켜보고 있었다.

나는 자나 깨나 그 여자가 나오는 꿈을 꿨고, 여자의 외침을 들었다.

"언젠가 나는 떠날 거고…… 당신들은 날 두 번 다시 보지 못할 거야……."

정말 그녀는 이미 내게서 떠난 뒤였다. 그 여자는 도망쳤고 낯선 도시의 거리를 서둘러 걸어갔다. 여자는 조금 달라 보였다. 이전보다 덜 불안해하고, 더 자신감 있어 보였다. 자신이 어디로 가는지 정확히 알았고, 한순간도 머뭇거리지 않았다. 여자는 거대한 관공서에 들어간 뒤 어떤 방으로 곧장 향했다. 방 안에 사람이 어찌나 붐비던지 문을 열기가 어려울 정도였다. 극단적으로 가늘고 깡마른 몸 덕분에 여자는 혼잡한 인파 사이를 누비고 다닐 수 있었다. 환상적일 정도로 키가 크고 조용한 사람들은 부자연스러울 만큼 말이 없었다. 모두 그 여자에게서 얼굴을 돌린 채 시선을 피했다. 자신을 둘러싼 그들이 어두운 나무들처럼 머리 위로 우뚝 솟은 모습을 보자 여자는 다시 불안해지기 시작했다. 그들 사이에서 위축되고 길 잃은 느낌을 받았고, 금방 두려움에 질렸다. 여자의 자신감은 완전히 휘발되어 버렸다. 사실 자신감을 느꼈던 것 자체가 착오였다. 이제 그녀는 그 장소에서 탈출하기만을 바랄 뿐이었다. 여자는 한쪽에서 다른 쪽으로 시선을 바삐 움직였으나, 문은 아무 데도 보이지 않았고 출구 따위는 없었다. 그녀는 덫에 갇혀 버렸다. 얼굴 없는 검은 나무 형체들이 팔처럼 가지들을 뻗어서 그 속에 여자를 가둔 뒤 더 가까이 밀착해 왔다. 그녀는 고개를 숙이고 아래쪽을 내려다봤지만, 여전히 꼼짝없이 갇힌 상태였다. 바지통 안을 가득 채운 다리들과 나무둥치들이 사방에 서 있었다. 바닥은 나무뿌리와 줄기들로 가득 찬 검은 땅이 되어 갔다. 겁에 질린 눈동자로 얼른 위쪽 창문을 올려다보니, 여자의 눈에 레이스처럼 짜이며 온 세상을 뒤덮어 가는 하얀 눈[雪]이 들어왔다. 이전까지의 세상은 배척되고, 현실은 점점이 사라져 갔다. 그녀는 위협적인 악몽에나 나올 법한 나무 형상들, 혹은 유령들과 그곳에 남겨졌다. 그것들은 모두 눈 속에서 자라나는 전나무처럼 키가 컸다.

세계정세는 점점 나빠지고 있었다. 갈등과 파괴는 멈출 기미를 보이지 않았고, 거침없는 폭격 속에서 전반적인 사회 분위기는 도덕의 타락으로 이어졌다. 실제로 무슨 일이 일어나고 있는지 알아내기란 어느 때보다도 불가능했고, 무엇을 믿어야 하는지마저 알 수 없었다. 신뢰할 수 있는 정보는 아예 존재하지 않았다. 해외에서 들려오는 소식은 거의 없었다. 한때는 번영해 가던 국가들조차 그저 흔적도 없이 사라져 버렸으니 당연한 일이었다. 다른 어떤 요인보다도, 이토록 수많은 지역이 완전한 침묵에 빠져들고 있다는 현실이 대중의 희망을 꺾었다.

일부 국가에서는 시민들의 불안과 연이은 소요로 인해 군대가 계엄령을 선포하고 정부를 지휘하게 되었다. 최근 몇 달 동안 군국주의를 표방하는 국가가 난립했고, 그 결과는 개탄스럽고 잔혹하기 그지없었다. 민간인과 군인 사이에서는 자주 충돌이 발생했다. 경찰과 군인을 살해하고, 보복적 사형을 빈번히 집행하기도 했다.

예상대로, 정확한 뉴스가 전달되지 않으니 터무니없는 소문들만 계속 떠돌았다. 끔찍한 전염병, 무시무시한 기근이 먼 지역에서 발생했다는 이야기가 흘러나왔다. 유전적 돌연변이마저 일어나고 있다고 했다. 벌써 파괴되어야 했던 핵무기도 사실 온갖 권력 집단이 보유하고 있다는 정보 역시 정기적으로 보고되었다. 특히 자폭 기능을 갖춘 코발트 폭탄이 존재한다는 소문이 끊임없이 떠돌았다. 그 폭탄은 미리 설정해 두기만 하면 스스로 터지면서 주변의 생물체를 남김없이 파괴할 수 있다고 했다. 첩보 활동과 이중 첩자가 사방에서 활개를 쳤다. 모든 나라에서 심각한 식량 부족 사태가 증가했고, 당연하게도 식량을 요구하는 폭동이 곳곳에서 뒤따랐다. 무법자 같은 사람들이 점차 늘어났기에, 평범하고 선량한 사람들은 공포에 떨며 지내야 했다. 약탈 행위는 사형으로 처벌받았지만, 이러한 엄중한 조치에도 상황을 억제하는 데는 거의 또는 전혀 효과가 없었다.

그러던 중 나는 간접적으로 그 여자의 소식을 듣게 되었다. 그녀는 다른 나라의 어느 도시에 살아 있었다. 나는 그 지역이 직접적인 위험에 노출되어 있으리라고 거의 확신했다. 물론 그 점을 확인해 볼 수는 없었다. 얼음의 동태에 관한 언급은 모두 금지되었기 때문이다. 집요하게 추적하며 사방에 값비싼 뇌물을 뿌린 결과, 나는 그 지역으로 향하는 배 한 척에 간신히 오를 수 있었다. 선장은 빠르게 큰돈을 벌기를 바랐으므로, 내게 거액의 대가를 받고 목적지까지 태워 주기로 했다.

이윽고 도착했다. 이른 아침이었고, 날이 밝아야 함에도 믿기지 않을 만큼 춥고 어두웠다. 하늘도, 구름도 쏟아져 내리는 눈에 가려서 보이지 않았다. 여느 아침과는 확연히 달랐다. 한낮은 어둠으로, 봄은 극한의 겨울로 변해 버린 부자연스러운 결빙의 시간이었다. 선장에게 작별 인사를 하러 갔더니, 그 남자는 내게 혹시 생각이 바뀌진 않았느냐고 물었다. 내 생각은 변함이 없다고 말했다.

"그럼 제발 얼른 가시죠. 당신 때문에 우리 모두 여기에 발이 묶였다고요!"

선장은 성이 나 있었고 적대적인 태도를 보였다. 우리는 그 이상 말을 섞지 않고 헤어졌다.

나는 일등 항해사와 함께 갑판으로 나갔다. 바깥 공기가 산(酸)처럼 따갑게 피부를 쏘았다. 마치 극지방의 얼음이 내뿜는 숨결 같았고, 춥다 못해 거의 호흡할 수 없을 정도였다. 피부가 긁히고 폐는 화상을 입는 듯했지만 이런 가혹한 환경에도 몸은 금방 적응했다. 두껍게 쌓인 눈의 밀도는 위쪽 대기에서 맴도는 안개 같은 기이한 어스름을 만들어 냈다. 구름에 가린 하늘에서 끊임없이 떨어지는 작은 눈송이들의 장막 때문에 모든 시야가 흐릿해졌다. 배의 선루 일부가 얼어붙어 있었는데, 미처 알아보고 피하기도 전에 나는 그곳에 몸을 부딪치고 말았다. 그때 무시무시한 추위 때문에 손에 동상을 입었다. 침묵 속에서 갑판 아래쪽부터 울려오는 주기적인 진동을 느꼈고 나는 내 곁의 안내자에게 그 사실을 말했다.

"엔진이 멈추지 않은 것 같은데요."

어떤 이유에선지 항해사는 그 점에 놀란 것 같았다.

"당연히 멈추지 않았겠죠. 선장님은 한시라도 빨리 배를 돌리고 싶어서 안달이에요. 우리를 이곳에 처넣고 발까지 묶어 버린 당신을 며칠째 욕하고 있다고요."

그 남자도 선장과 다름없이 내게 적대적이었고, 무려 거기에 불쾌한 호기심까지 내비쳤다.

"도대체 무슨 빌어먹을 이유로 여기까지 오자고 한 겁니까?"

"그건 제가 알아서 할 일입니다."

쌀쌀맞은 침묵 속에서 우리는 난간까지 다가갔다.

난간은 두꺼운 얼음 속에 통째로 얼어붙어 있었고, 거기서부터 모터 소리가 나는 아래쪽까지 밧줄로 된 사다리가 대롱대롱 매달려 있었다. 내가 고개를 숙여 아래를 내려다볼 겨를도 없이, 그 남자는 다리를 획 내디디며 사다리에 매달렸다.

"항만은 완전히 얼었어요. 당신을 해안까지 데려다주려면 이 모터보트를 타야 합니다."

항해사가 능숙하게 사다리를 타고 내려가는 동안, 나는 훨씬 서툴게 양손으로 밧줄을 꽉 붙잡고, 앞이 안 보이는 폭설 속에서 그 뒤를 따랐다. 시동이 걸린 보트 안쪽으로 누가 나를 잡아끌었는지, 혹은 좌석으로 밀어 넣었는지 미처 보지도 못했다. 여하튼 자리에 앉자마자 보트는 곧장 앞으로 쏟아지듯 튕겨 나갔다. 전속력으로 이동하면서, 보트는 마치 거세게 흔들리는 말에 올라탄 듯 앞으로 곤두박질쳤다가 다시 솟아오르기를 반복했다. 보트 내부의 작은 선실 지붕 위로 물보라가 흩날렸다. 사람들이 뭐라 얘기하는 말소리가 들리긴 했지만, 주변 소음이 너무 시끄러워서 알아들을 수 없었다. 그럼에도 이 배에 탄 사람들이 품고 있는 거의 살인적인 적대감만큼은 똑똑히 느낄 수 있었다. 그들 모두는 안전을 향해 가던 자신들의 행로를 이탈시키고, 이 같은 위험에 빠뜨린 나를 증오하고 있었다. 그들에게 내 행동은 마구 비뚤어지고 완전히 몰상식해 보였을 터다. 가혹하게 온몸을 마비시키는 추위 속에서 나는 코트를 여민 채 웅크리고 앉았다. 그러고는 과연 지금 나의 행동에 어떤 의미가 있는지 자문해 보았다.

갑자기 길게 이어지는 외침을 듣고 나는 깜짝 놀랐다. 거의 울부짖는 소리에 가까웠다. 항해사는 벌떡 일어나서 확성기를 들고 이렇게 외치더니 다시 자리에 앉았다.

"계속 직진, 일방통행."

내가 무슨 의미인지 몰라 하고 있음을 알아채고 그 남자는 덧붙였다.

"많은 사람들이 우리와 반대쪽으로 가고 있거든요."

그는 앞쪽을 가리켰다.

바다 위에 움직임 없이 떠 있는 배 한 척을 두고 혼란스럽고 불분명한 소동이 벌어지고 있었다. 작은 구명보트 여러 대가 정신 사나운 벌 떼처럼 배를 둘러싸고 몹시 격렬히 움직이고 있었다. 치열한 경쟁 속에서, 작은 보트의 탑승자들은 저마다 승선하려고 살벌하게 싸우고 있었다. 큰 배에 모두 탈 만한 공간이 없는 모양이었다. 배에 먼저 타 있던 사람들은 마치 경주장에 온 구경꾼처럼 갑판 위로 나와서 아래에서 벌어지는 아비규환을 지켜보았다. 작은 보트에 탄 사람들은 아마 지금껏 여유롭고 수월한 삶을 살아왔고, 위험에도 익숙하지 않은 듯 보였다. 그들이 목숨을 걸고 싸우는 모습은 너무나 어설프기 짝이 없었다. 왜냐하면 공포에 질려서 쓸데없이 서로 밀치고 다투는 데에 힘을 낭비하고 있었기 때문이다. 보트 하나는 아예 거꾸로 뒤집힌 채 떠 있었다. 그 주변으로는 물속에서 빠져나오려고 안간힘을 쓰는 손과 팔이 가득했다. 그런 와중에 옆 보트에 타고 있던 사람들이 떼를 지어서 그 위로 몰려오더니 매달리는 손들을 때리고, 발로 차고, 짓밟으며 모조리 물리쳤다. 아무리 수영을 잘하는 사람이라도 그 얼어붙은 바닷물 속에서는 오래 버틸 수 없었다. 몇몇 보트는 사람을 너무 많이 태운 데다 서툰 조종 탓에 뒤집힌 채 가라앉았다. 일부는 보트끼리 잘못 충돌하면서 부서졌다. 그나마 물 위에 떠 있는 보트 안에서도 승객들은 무분별한 공포심에 사로잡힌 채 서로 밀치고 짓밟았으며, 물에 빠져 자기들 배에 매달린 사람들을 노로 다시 물속에 찔러 넣었다. 이미 죽어 가고 있음에도 물속의 사람들은 심하게 공격받고 구타당했다. 외마디 비명, 쿵쿵대며 충돌하는 굉음, 물이 첨벙대는 소리, 그 광경이 눈 속으로 사라진 이후에도 한참 동안 이어졌다. 나는 사람들이 전쟁의 위협으로부터 벗어나 더 안전한 지역으로 도피하기 위해 필사적이라고, 방송을 전하던 낭랑하고 공손한 목소리를 떠올렸다.

얼어붙은 항구는 넓게 트인 흰 공간에, 꼼짝없이 얼어붙은 폐선들이 검은 점처럼 드문드문 찍혀 있는 회백색 풍경이었다. 검은 물이 흐르던 좁은 수로의 가장자리 제방에는 괴물의 사악한 이빨처럼 시커먼 고드름이 나란히 맺혀 있었다. 나는 해안가로 뛰어내렸다. 거대한 선풍기 바람에 휘날리듯 거친 눈보라가 사정없이 내리쳤다. 모터보트는 곧 내 시야에서 사라졌다. 작별의 인사 따위는 없었다.

10

나는 이곳이 어느 나라의 어느 도시인지조차 알 수 없었다. 추측할 만한 단서는 아무것도 보이지 않았다. 모든 것들이, 단 하나의 예외도 없이 새하얀 눈 이불에 완전히 뒤덮여 있었다. 건물들은 벌써 이름 없는 흰 절벽으로 변해 있었다.

약탈이 벌어지는 거리 어딘가에서 혼란스러운 소동, 고함, 나무가 쪼개지고 유리가 깨지는 소음이 들려왔다. 한 무리의 사람들이 여러 상점을 약탈하고 있었다. 그들에게는 무리를 이끄는 지도자도, 특정한 목표도 없었다.

그저 흥분감과 전리품을 좇아서 이리저리 휩쓸려 다니는 무질서한 군중일 뿐이었다. 모두 겁에 질린 채 굶주려 있었고 과도하게 흥분해 있었으며, 따라서 난폭했다. 무기로 사용할 수 있는 것이라면 무엇이든 집어 들고 심지어 자기들끼리 계속 싸워 댔다. 서로의 약탈품을 낚아채고, 가장 쓸모없는 물건들마저 손에 닿기만 해도 자기 소유라고 주장했다. 그러다가 이내 그것들을 내던져 버리고 다른 전리품을 빼앗기 위해 휩쓸려 다녔다. 그리고 자신이 가져갈 수 없는 것은 뭐든 파괴해 버렸다. 그들은 파괴를 향한 무분별한 광기를 지니고 있었다. 무엇이든 갈기갈기 찢고 산산조각 냈으며 발로 짓밟아서 으깼다.

그때 고위 장교로 보이는 한 사람이 거리에 나타나서 호루라기로 경찰을 소환했다. 그 남자는 약탈자들을 향해 성큼성큼 앞으로 나서더니 군인다운 맹렬한 목소리로 구령을 붙이며, 귀가 떨어져 나갈 만큼 연거푸 호루라기를 불었다. 분노로 어두운 그의 얼굴은 군복 외투의 목깃에 붙은 아스트라칸 양털에 위풍당당하게 감싸여 있었다. 군중 대다수는 그 남자를 보자마자 달아났다. 하지만 다른 이들보다 더 대담한 일부는 여전히 잔해 사이를 헤

집으며 남아 있었다. 격분한 장교는 그들에게 다가가서 지팡이로 위협하고, 당장 떠나라고 소리를 지르며 욕설을 퍼부었다. 처음에 그 사람들은 장교에게 전혀 주의를 기울이지 않았다. 그러나 그가 자꾸 공격하자 그들 역시 둥글게 장교를 둘러싸더니, 서너 명씩 힘을 합쳐서 그에게 달려들었다. 장교는 권총을 꺼내서 그들 머리 위로 발사했다. 그것은 실수였다. 그들을 향해 총을 쐈어야 했다. 성난 군중은 오히려 그 주위로 몰려들더니 무기를 빼앗으려고 했다. 경찰이 당도하려면 제법 시간이 걸릴 터였다. 거친 난투극이 벌어졌다. 그 와중에 실수인지 아닌지 권총은 어느 창살 속으로 빠져 버렸다. 총의 주인은 키가 크고 활력이 넘치는 오십 대 후반의 남자였다. 하지만 나는 그가 가쁜 숨을 몰아쉬는 모습을 볼 수 있었다. 그 남자의 상대는 음울하고 공허한 표정을 가진 젊은 폭력배 일당이었다. 그들은 금속 조각과 깨진 유리, 부서진 가구 따위를 손에 잡히는 대로 무엇이든 쥐고서 교활하고 비겁한 방식으로 그 남자를 공격했다. 나이 든 장교는 벽을 등지고 지팡이를 휘두르며 그들을 막아 냈다. 그러나 폭력배의 머릿수와 끈기는 점점 장교를 지치게 했다. 그의 동작이 차츰 둔해졌다. 그때 장교를 향해 돌 하나가 날아들었다. 이윽고 빗줄기처럼 돌이 우수수 쏟아졌다. 그중 하나가 장교의 모자를 맞추었고, 그렇게 모자는 땅에 떨어졌다. 머리카락 없이 반지레한 그의 두개골이 드러나자 상스럽고 천박한 비웃음과 야유가 일어났다. 한순간 그는 당황하고 말았다. 그들은 이 약점을 놓치지 않고 몰아붙이면서 한 떼의 늑대들처럼 그를 습격했다. 피가 얼굴 위로 뚝뚝 흘러내리고 있음에도 남자는 여전히 벽을 등지고 선 채 그들을 물리치려고 했다. 그때 나는 어떤 섬광이 번득이는 광경을 보았다. 누군가 칼을 빼 든 모양이었다. 다른 사람들도 그 뒤를 따랐다. 남자는 가슴을 움켜쥐고 비틀거리며 맹목적으로 앞으로 나아갔다. 그가 벽을 떠나는 순간 승부는 벌써 결정 났다. 사방에서 그 남자를 공격했다. 넘어뜨리고, 몸 위로 뛰어오르고, 외투를 찢어 버리고, 얼어붙은 땅바닥에 머리를 찧고, 짓밟고 걷어차고, 쇠사슬로 얼굴을 후려쳤다. 마침내 장교는 움직임을 잃고 눈 위에 드러누웠다. 그에겐 아무런 가망도 남아 있지 않았다. 그야말로 살인이었다.

　나와 무관한 일이었지만, 무심코 그 상황을 외면할

수 없었다. 그들은 쓰레기들이었다. 예전 같았으면 그런 놈들은 감히 그 남자에게 접근하지조차 못했을 터다. 하물며 그에게 손을 대다니, 상상도 할 수 없는 일이었으리라. 키 작은 녀석 하나가 광대처럼 조롱을 일삼으며 그 남자의 훌륭한 군복 외투로 제 몸을 감싼 채 상스러운 춤을 추었다. 그러다가 땅에 질질 끌리는 옷자락에 걸려서 거듭 넘어졌다. 나는 그 광경이 역겨웠고, 격분에 사로잡혔다. 제어할 수 없는 분노에 붙들린 나는 땅꼬마에게 달려들어서 외투를 벗기고, 팔을 비틀고, 주먹으로 연신 때리고, 보도 위로 내던졌다. 비명을 지르는 그의 얼굴이 벽에 정면으로 충돌하자 머리통이 깨지는 소리가 아주 만족스럽게 울렸다. 뒤돌아보니 땅꼬마보다 두 배나 큰 덩치의 남자가 나를 마주하고 있었다. 나를 향한 그의 발길질이 얼핏 번쩍이며 눈앞에 별을 튕겼다. 나는 다리에 극심한 통증을 느끼며 비틀거렸다. 간신히 정신을 차리자마자 그 남자가 능숙한 동작으로 팔을 휘두르는 모습이 보였다. 나는 훈련받은 대로, 정석적인 낙법으로 반응했다. 등을 지면과 수평하게 떨어뜨리며 한쪽 발로 그의 발목을 단단히 낚아챘다. 그 순간 나를 향해 떨어지는 칼날의 섬광이 스쳤다. 나는 다른 다리를 휘둘러서 먼저 붙잡고 있던 상대의 무릎을 연속으로 강타했고, 마침내 무릎뼈를 부숴 놓았다. 곧 그들 모두가 나에게 덤벼들리라. 나는 칼로 무장한 이들과 대치했던 장교보다도 승리할 가망이 없었다. 하지만 그들이 내 목숨을 앗아 가기 전에 가능한 만큼 최대한 그들에게도 피해를 안겨 줄 작정이었다. 갑자기 총소리와 고함, 다급하게 달리는 발소리가 들렸다. 드디어 경찰이 도착한 모양이었다. 나는 경찰들이 약탈자 무리를 쫓아서 다른 거리의 모퉁이로 돌아가는 광경을 지켜보았다. 그러고는 다리를 절뚝이며 땅 위에 널브러진 남자에게로 걸어갔다.

그는 숱한 상처 탓에 피를 흘리며 바닥에 등을 대고 반듯이 누워 있었다. 인생의 한창때를 지난 지 얼마 되지 않아 보이는 그 남자는 인상적인 용모에 키가 크고 활력이 넘치며 당당한 체구를 지닌 사람이었다. 다른 사람에게 육체적으로 어필할 수 있는 매력도 여전히 간직하고 있었다. 이제 그의 코는 구타로 짜부라져서 납작해졌고 입가는 양쪽 모두 찢겨 있었다. 한쪽 안구는 눈구멍에서 반쯤 빠져나온 채 대롱거렸고, 피와 먼지에 뒤덮인 얼굴과 머리카락의 색은 혼탁했다. 신체의 본래 형태는 아예 사라지고 뒤틀려 있었다. 사방이 피범벅이었다. 그들은 남자의 오른팔을 거의 산 채로 뜯어낸 듯했다. 그는 전혀 움직이지 않았고 호흡 역시 감지되지 않았다. 나는 무릎을 꿇고 그 남자의 재킷과 셔츠를 벗겨서 그의 가슴 위에 내 손을 올려다 놓았다. 아무런 심장 박동도 느껴지지 않았다. 내 손만 끈적한 피로 얼룩졌다. 나는 손수건으로 피를 닦아 내고, 그의 외투를 찾아서 처참한 몰골을 덮어 줬다. 그에게 약간의 존엄이라도 남겨 주고 싶었다. 말 한 마디 나눠 본 적 없는 낯선 사람이었지만, 그는 나와 같은 부류의 인간이었다. 우리는 이 남자를 살해한 광기 어린 무리와 달랐다. 그들이 남자를 죽였다는 사실은 정말 받아들이기 힘들었고, 화가 났다. 그들은 이 남자의 힘과 권력에 위축되고 굽실거려야 마땅한 존재들이었다. 이 위엄 있는 남자가 더는 젊지 않은 나이가 되어서 홀로 남겨졌을 때, 그리고 심지어 곤경에 처했을 때 그 쓰레기 같은 것들이 영웅을 대하는 방식이란 바로 이런 꼴이다. 속이 역겨웠다. 나는 그들에게 더 많은 벌을 가하지 못했음을 후회했다.

나는 창살에 걸린 권총을 떠올렸다. 창살 사이로 손가락을 밀어 넣을 만한 공간이 아슬아슬하게 남아 있었다. 나는 그 총을 끄집어내서 주머니에 넣은 뒤 계속 갈 길을 갔다. 나는 여전히 심하게 다리를 절뚝였다. 발걸음을 옮길 때마다 고통스러웠다. 갑자기 누군가 소리를 질렀고, 총알이 쏜살같이 내 곁을 지나갔다. 나는 그 자리에 멈춰 서서 경찰이 나를 잡을 때까지 기다렸다.

"당신 누구야? 여기서 뭘 하고 있어? 저 시체를 왜 만진 거지? 그런 일은 금지되어 있다."

내가 대답하기도 전에, 귀에 거슬리는 쇳소리가 울리며 1층 창문이 힘겹게 열렸다. 창틀에 쌓여 있던 눈 덩어리가 우수수 쏟아졌다. 내가 서 있는 바로 옆에서 한 여자의 머리가 삐죽 튀어나왔다.

"이 남자는 용감한 사람입니다. 그는 체포되기보다되레 표창을 받아야 해요. 여기서 일어난 일을 다 지켜봤어요. 이 남자는 홀로 약탈꾼 무리와 상대해 가며 싸웠어요. 그놈들은 칼로 무장했고, 이 사람은 무려 무기조차 없었는데도요. 내가 이 창문을 통해서 모든 걸 다 봤어요."

경찰관 한 사람이 그 여자의 이름과 주소를 공책에

적었다.

그들의 강경한 태도는 한층 우호적으로 바뀌었다. 그럼에도 그들은 나더러 경찰서까지 동행해서 조서를 작성해야 한다고 주장했다. 그들 중 하나가 내 팔을 잡았다.

"경찰서는 바로 다음 거리에 있습니다. 상처에 응급 처치도 하실 겸 같이 가시죠."

그들의 말을 감히 거스를 수 없었다. 참 불행한 일이었다. 내 신상과 행보, 여행 동기에 대해 그들에게 털어놓고 싶지 않았기 때문이다. 게다가 내가 지닌 권총이 그들 눈에 띈다면 상황은 더욱 어색해질 것이다. 그들로서도 총기를 발견한 이상, 규칙대로 상황을 처리해야 할 테니 말이다. 나는 외투를 벗을 때 조심스럽게 옷깃을 매만져서 불룩한 총신이 드러나지 않도록 정리했다. 그들은 내 다리의 상처를 간단히 치료한 뒤 석고 붕대로 감아 주었다. 나는 몸을 씻고, 럼주가 들어간 진한 커피를 마셨다. 경찰서장 혼자서 나를 면담했다. 그는 내 서류를 대충 넘겨 보았지만 뭔가 다른 일로 바쁜 것 같았다. 다가오는 얼음에 대해 아는 정보가 있는지 물어볼 수조차 없었다. 우리는 담배를 교환하고 식량 문제에 대해 논의했다. 서장은 배급량이 부족하기에, 공동체 내에서 각자 이바지하는 일의 가치에 따라 분배하고 있다고 일러 주었다.

"일하지 않으면 음식도 얻지 못하는 거죠."

이런 이야기를 하는 동안 그 남자의 얼굴 위로 중압감이 비쳤다. 내 예상보다 위기가 더 가까워졌음이 틀림없었다. 신중하게 질문을 골라서 서장을 유도 신문하는 가운데, 나는 난민들에 관해 물었다. 얼음의 습격을 피해 달아난 굶주린 난민들은 아직 얼어붙지 않은 모든 국가에 문제와 부담을 안기고 있었다.

"그들이 일만 한다면 여기에 머물도록 허가합니다. 우리에겐 노동자가 필요하니까요."

서장의 말에 나는 이렇게 물었다.

"그런 정책으로 문제가 발생하지는 않습니까? 그들 모두를 어떻게 수용하는지요?"

"남자들은 단체 수용소에, 여자들은 단기 쉼터에 집어넣습니다."

바로 이 순간을 위해 대화를 이끌어 온 셈이었다. 전문적 관점에서 흥미를 보이는 척하며 내가 물었다.

"그런 장소 중 한 곳을 제가 방문해 볼 수 있을까요?"

"안 될 게 뭐 있겠습니까?"

서장의 미소는 피로에 지쳐 있었다. 나는 그가 유달리 교양 있는 사람인지, 아니면 그저 매사에 무관심한 사람인지 당최 판단하기 어려웠다. 그는 내가 떠나기 전에 주소 하나를 건네주었다. 예상했던 것에 비해 실제로 일이 훨씬 잘 풀린 셈이었다. 원하던 정보를 얻은 데다가 멀쩡한 군용 권총 한 자루도 생겼으니 말이다.

나는 그 여자를 찾으러 갔다. 다시 눈이 내렸다. 이번에는 바람이 더 차갑고 강했다. 인적 없이 버려진 거리에는 나를 안내해 줄 만한 사람이 아무도 없었다. 나는 내가 찾던 집을 발견했다고 생각했지만, 거기에는 아무런 흔적도 없었다. 어쩌면 너무 늦게 왔는지도 몰랐다. 말로 다 할 수 없이 우발적이고 무수한 실패들 탓에 기다림이 너무 길어진 것이었다……. 나는 거리에 늘어선 집들의 문 앞을 지나칠 때마다 하나씩 열어 보기로 했다. 모든 문이 단단히 잠겨 있었지만 어느 한 집만큼은 자물쇠가 채워져 있지 않았다. 나는 망설임 없이 그 안으로 들어갔다. 실내는 허름하고 누추해서 가정집이라기보다 학교나 공장 같았다. 방에도 난방이 되지 않는 모양이었다. 추운 방

하나에, 회색 코트를 입은 그 여자가 앉아 있었다. 커튼처럼 보이는 무언가로 다리를 감싸고 있었다. 그 여자는 나를 보자마자 다리께의 천을 옆으로 내던지며 벌떡 일어났다.

"당신! 아마 그 남자가 당신을 보냈겠지……. 내 메시지 못 받았어?"

"누가 날 보낸 게 아니야. 나 스스로 여기에 온 거지. 무슨 메시지?"

"더는 나를 따라오지 말라는 메시지 말이야."

나는 그런 메시지를 받은 적이 없다고 말했다. 그러나 실제 받았더라도 상황은 달라지지 않았을 것이다. 나는 똑같이 그녀를 찾아왔으리라고 말했다. 여자의 커다랗고 불신에 찬 눈동자가 나를 응시했다. 격분한 동시에 겁에 질려 있었다.

"나는 당신들, 두 남자 중 그 누구와도 엮이고 싶지 않아."

나는 그 여자의 말을 못 들은 척했다.

"여기에 혼자 있으면 안 돼."

"왜 안 되지? 나는 잘 지내고 있는데."

나는 여자에게 여기서 뭘 하고 있느냐고 물었다.

"일하고 있어."

"얼마나 받으면서?"

"먹을거리를 받는 거지."

"돈으로 받지는 못하고?"

"가끔 정말 열심히 일해서 돈을 받는 사람들도 있어."

여자는 방어적인 투로 말을 이어 갔다.

"나는 그렇게 힘든 일을 하기엔 너무 약하거든. 다들 나더러 체력이 부족하다고 그래."

나는 이야기하는 여자의 모습을 지켜보았다. 그녀는 한동안 충분히 먹지 못했는지 반쯤 기아 상태에 놓인 듯 보였다. 그 여자의 가느다란 손목은 언제나 나를 매혹했다. 이제 나는 두툼한 소매 끝에서 삐죽한 막대기처럼 튀어나온 그녀의 손목에서 한순간도 눈을 뗄 수 없었다. 그녀가 어떤 종류의 일을 하는지 캐묻는 대신, 앞으로의 계획에 대해 물었다. 그러자 그녀가 날카롭게 쏘아붙였다.

"내가 왜 당신한테 그런 얘기까지 해야 해?"

나는 여자에게 아무런 계획이 없음을 눈치챘다. 나는 여자에게 한 사람의 친구로서 받아들여 달라고 간청했다.

"왜? 그럴 이유가 없는걸. 어쨌든 친구 따윈 필요 없어. 나 혼자서도 잘해 나갈 수 있거든."

여기보다 살기 좋은 곳, 더 나은 기후의 어딘가로 그녀를 데려갈 수 있기를 바라며 이곳까지 왔다고, 나는 말했다. 그 여자의 몸이 점점 약해지고 있음을 느낄 수 있었다. 나는 매서운 서리로 뒤덮인 창문을 가리켰다. 창턱 반절까지 눈이 가득 쌓여 있었다.

"이제 추위라면 충분히 겪지 않았나?"

그 여자는 초조한 심정을 더 이상 감추지 못하고 두 손을 맞잡은 채 비비 꼬았다. 나는 덧붙였다.

"게다가 여기는 위험하다고."

"무슨 위험?"

내가 지켜보는 동안, 여자의 동공은 더욱 크게 확장되었다.

"얼음 말이야……."

나는 좀 더 설명할 작정이었지만, 그 두 단어만으로

도 충분했다. 그 여자는 온몸으로 두려움을 내비쳤고, 이윽고 몸을 떨기 시작했다.

나는 여자에게 다가가서 그녀의 손을 건드렸다. 여자는 즉시 내 손을 뿌리쳤다.

"하지 마!"

나는 여자의 외투 깃을 단단히 붙잡고, 그 성난 얼굴을 바라봤다. 배신당한 어린아이의 표정, 말하자면 겁에 질린 표정이었다. 눈두덩이 주변에 희미하게 멍이 든 얼굴은 오랫동안 울다가 그친 아이 같았다.

"날 좀 내버려 둬!"

그 여자는 내가 쥔 묵직한 외투 자락을 빼내려고 안간힘을 썼다.

"가 버리라고!"

나는 움직이지 않았다.

"됐어, 차라리 내가 떠나지!"

그 여자는 몸을 뒤틀어서 겨우 빠져나간 뒤 문으로 달려갔다. 그렇게 온몸의 체중을 실어서 자기 스스로를 내던졌다. 문짝이 심하게 부서지며 열렸고, 그녀는 균형을 잃은 채 땅바닥에 쓰러졌다. 밝게 빛나는 머리카락이 마치 난자당한 듯 지면에 펼쳐졌다. 눈부신 수은 빛깔로 흐르는, 세상의 온갖 색채를 담아서 휘저어 낸 듯하고, 한 올 한 올 생동하며 반짝거리는 은발이, 어둡고 둔감하고 더럽고 벌써 죽어 버린 땅 위로 헝클어졌다. 나는 여자를 일으켜 세웠다. 그녀는 가쁜 숨을 몰아쉬며 몸부림쳤다.

"날 놔줘! 당신을 증오해, 당신이 혐오스러워!"

그 여자에게는 아무런 힘도 없었다. 무력하게 발버둥질하는 새끼 고양이를 안고 있는 것 같았다. 나는 문을 닫고 자물쇠에 열쇠를 꽂은 뒤 돌렸다.

나는 하루 이틀 정도 기다렸다. 기다림도 쉬운 일은 아니었다. 이제 떠날 시간이 되었다. 최대급의 재난이 밀어닥치기 전까지 불과 몇 시간도 남지 않았다. 중대한 내용은 철저한 기밀이었지만, 분명 어딘가에서 정보가 새어 나갔음이 분명했다. 돌연 마을 사람들이 동요하기 시작했다. 나는 창문 너머로 한 젊은 남자가 집집이 뛰어다니며 공포의 소식을 전하는 모습을 지켜봤다. 놀라울 만큼 삽시간에, 단지 몇 분 만에 거리는 짐을 나르는 피난민들로 가득해졌다. 체계도 잡히지 않은 무질서한 상태로, 두려움 탓에 예민한 반응을 보이며 사람들은 서둘러

길을 떠났다. 일부는 이쪽으로, 일부는 반대쪽으로 향했다. 그들에게는 확실한 목적지나 계획조차 없는 듯 보였다. 그저 도시를 벗어나야 한다는 압도적인 충동이 그들을 지배했다. 나는 당국에서 아무런 조치도 취하지 않음에 놀랐다. 아마도 정부는 주민 전체의 대피 계획을 제대로 기획하거나 수립하지 못한 듯했고, 그저 손을 놓은 채 방관하려는 것 같았다. 혼란스러운 대탈출은 보기만 해도 불안해지는 광경이었다. 모든 사람들이 공황 발작을 일으키고 있는 듯 보였다. 저 사람들은 분명, 어떻게든 비행기 암표를 수소문하는 대신 멍하니 술집에 앉아 있는 나를 미쳤다고 생각하리라. 그들의 두려움에는 전염성이 있었다. 재난이 임박했다는 분위기, 바로 그것 때문에 초조하고 불안했다. 하지만 나는 마침내 기다리던 메시지를 받게 되었으므로 깊이 안도했다. 항구 밖에, 빙하 너머 어딘가에 배 한 척이 정박하려고 한다는 내용이었다. 그 배에 탑승할 승객을 마지막으로 호출하는 메시지였고, 배는 딱 한 시간 동안만 그 자리에 멈춰 있을 예정이었다.

　나는 그 여자에게 다가가서 이게 우리의 마지막 기회이며 지금 당장 떠나야 한다고 말했다. 그러나 여자는 거절했고, 자리에서 일어서려는 기색조차 없었다.

"나는 당신과 아무 데도 함께 가지 않겠어. 내가 당신을 어떻게 믿겠어? 나는 자유롭게 지낼 수 있는 이곳에 머무를 거야."

"대체 무엇을 위한 자유인데? 굶주릴 자유? 얼어 죽을 자유?"

나는 그녀를 의자에서 들어 올린 뒤 두 발로 바로 서게 했다.

"나는 안 가. 당신은 내게 강요할 수 없어."

여자는 뒤로 물러서서 눈을 크게 뜨고 벽에 등을 기댔다. 누군가 혹은 무엇인가가 자신을 구출하러 와 주기를 간절히 기다리는 듯했다. 인내심을 잃은 나는 그 여자를 질질 끌다시피 건물 밖으로 데리고 나온 뒤, 계속 그녀의 팔을 잡고 걸었다. 그렇게 억지로 그 여자를 잡아끌어야만 했다.

눈이 너무 많이 내려서 거의 한 치 앞도 내다볼 수 없었다. 황량하고 새하얀 극지방이 되기 직전의, 모든 생명체의 죽음이 임박한 풍경이었다. 북극의 찬바람이 무수한 깃털같이 밀어닥치는 엄청난 양의 눈을 우리 쪽으로 불어 댔다. 좀체 걸어가기도 쉽지 않았다. 바람은 우리 얼굴을 향해 눈덩이를 내던졌고, 사방에서 연신 강타해 댔다. 눈발이 미친 듯이 소용돌이치며 우리 주위를 휘감았다. 모든 것이 희미하고 흐릿해졌으며, 사물의 형태를 분간하기 어려운, 마치 한 장의 백지처럼 되어 버린 길가에는 인적이라곤 전혀 눈에 띄지 않았다. 그러다 갑자기 말을 탄 경찰 여섯 명이 눈보라를 뚫고 달려 나왔다. 말발굽 소리는 눈에 묻혀서 거의 들리지 않았지만, 말의 고삐가 짤랑대는 소리는 들을 수 있었다. 그들의 모습을 본 여자가 목소리를 높여 외쳤다.

"도와주세요!"

여자는 그들이 자신을 구해 주리라고 생각한 듯했다. 내게서 벗어나려고 몸부림치면서, 자유로운 한쪽 손을 그들을 향해 뻗으며 애원했다. 나는 그 여자를 내 곁에 바짝 붙인 채 걸었다. 그 남자들은 우리를 스쳐 가면서 크게 웃음을 터뜨리고는 능청맞게 휘파람을 불더니 하얀 바람 속으로 사라졌다. 희망을 잃은 여자는 눈물을 흘리며 서럽게 흐느꼈다.

종소리가 우리 쪽으로 천천히 가까워졌다. 검은 고

깔을 쓴 늙은 사제가 폭풍에 맞서느라 몸을 한껏 구부린 채, 시끄러운 군중을 이끌어 가고 있었다. 그 종은 학교 운동장에서 학생들을 부를 때 쓰는 물건이었다. 사제는 걸어가는 내내 연약한 종소리를 울렸다. 팔이 지쳐 힘이 빠질 때면 종을 잠시 멈추고, 그 대신 떨리는 목소리로 구호를 외쳤다.

"각자도생! 도망쳐라!"*

그를 따르는 자들 중 일부가 그 외침을 이어받아서 장송곡처럼 화답했다. 이 음울한 행진을 함께하면서 그중 한두 명은 길가 집들의 문을 두드릴 만큼 오래 지체하기도 했다. 그 집 중 몇 채에서는 흐릿한 형체의 사람들이 살며시 나오더니 그들 무리에 합류했다. 나는 그들이 어디로 가는지 궁금했다. 그다지 멀리까지 가지는 못하리라. 그들은 모두 늙고 쇠약했으며, 노인들이었다. 젊고 건강한 사람들은 이미 그들을 버리고 떠난 것이었다. 그들은 안 그래도 느리고 꾸물거리는 행렬 속에서 나약하고 비틀거리는 걸음을 이어 갔다. 퇴색한 얼굴들은 거센 폭

* Sauve qui peut. 직역하면 '살릴 수 있는 자를 살려라.'라는 뜻의 프랑스어다. 무질서한 패주, 또는 퇴각을 명령하는 외침 혹은 구호다.

풍을 맞아서 벌겋게 동상을 입었다.

여자는 깊은 눈 속에서 계속 발을 헛디디고 비틀거렸다. 나 역시 숨을 쉬기가 힘들었지만, 여자를 반쯤 안은 채 들고 가야 했다. 날카로운 서리는 내 숨을 빼앗아 가며 호흡을 멎게 했다. 내가 내뱉는 숨결이 내 목깃 위에 고드름으로 얼어붙었다. 차갑게 메마른 점막 때문에 콧속이 얼음으로 가득했다. 칼날 같은 극지의 공기를 한 모금씩 들이마실 때마다 나는 기침을 하고 숨을 헐떡일 수밖에 없었다. 항구에 도착하기까지 거의 몇 시간이 걸린 것 같았다. 그 여자는 작은 보트를 발견하고는 다시 연약하게 몸부림치면서 비명을 질렀다.

"안 돼, 당신이 나한테 이럴 수는 없어……."

나는 여자를 강제로 보트 안에 밀어 넣고, 그녀 뒤를 따라 뛰어들었다. 그러고는 양손에 노를 움켜쥐고 온 힘을 다해서 노를 젓기 시작했다.

우리 뒤를 쫓아서 여러 목소리가 동시에 고함을 질러 댔지만, 나는 그들을 무시했다. 내가 유일하게 염려하고 신경 쓰는 대상은 오직 이 여자뿐이었다. 수로는 상당히 좁아져 있었고, 가장자리가 얼어붙어 있었다. 곧 이곳 전체가 단단히 굳은 빙판이 되리라. 점점 두께를 더해 가는 항구의 빙하 속에서 총성처럼, 천둥처럼 엄청난 굉음을 내며 갈라지는 소리가 들려왔다. 내 얼굴은 화상을 입은 듯 거칠어졌고, 손은 새파랗게 질려서 동상으로 불타오르는 것 같았다. 그러나 나는 눈보라가 휘저어 대는 하얀 물결 사이로, 흩날리는 물방울들을 맞으면서 꽝꽝 울리는 얼음, 찢기는 비명, 충돌, 피바람을 뚫고 계속 배를 향해 노를 저었다. 우리 옆쪽에는 작은 보트 한 척이 뒤집혀 있었다. 바다는 채찍질하듯 몰아치는 광란의 파도를 통해 그 보트를 완전히 집어삼키고 있었다. 물속에서 익사를 앞둔 손가락들이 우리 보트의 뱃전에도 절박하게 매달려 댔다. 나는 그들 하나하나를 다 노로 때려 가며 물리쳤다. 얼어붙은 연인 한 쌍이 서로 감싸 안은 채 파도 속에서 정신없이 흔들리며 우리 곁을 둥둥 떠다녔다. 갑자기 보트가 한쪽으로 심하게 기울었다. 나는 몸을 돌려서 권총을 꺼냈다. 무슨 일이 일어났는지 안 봐도 뻔했다. 내 등 뒤에서 한 남자가 우리 보트의 옆면으로 몰래 기어올라온 것이다. 나는 방아쇠를 당겨서 그를 다시 물속으로 떨어뜨린 뒤, 새빨갛게 변해 가는 물보라를 지켜보았다. 마침내 도착한 배의 측면은 우리 위로 솟아오른 절벽처럼 가팔랐다. 배에서 내려 준 보조 사다리는 겨우 내 어깨 높이에 닿을 정도였다. 어떻게든 힘겨운 노력 끝에 나는 간신히 그 여자를 사다리 위로 오르게 했다. 나 역시 그녀 뒤를 따라 사다리를 올라가서 그녀를 갑판으로 밀어 넣었다. 우리는 배에 머물러도 좋다는 허가를 받았다. 우리 외에 다른 사람은 아무도 승선하러 오지 않았다. 즉시 배는 닻을 거두고 움직이기 시작했다. 그것은 혁혁한 승리였다.

우리는 배에서 다시 새로운 배로 갈아타며 여행을 거듭했다. 그 여자는 심한 추위를 견디지 못했다. 계속 몸을 떨었고 섬세한 베네치아 유리처럼 산산조각으로 부서져 내렸다. 그 여자의 몸이 천천히 붕괴하고 있음을 어렵지 않게 관찰할 수 있었다. 그녀는 점점 야위고 창백해졌으며, 게다가 더욱 투명해져서 거의 유령 같은 모습이었다. 그 과정을 지켜보고 있으니 흥미로웠다. 그 여자는 절대적으로 필요한 일이 아니면 몸을 움직이지 않았다. 그녀의 팔다리는 너무 연약하고 부서지기 쉬웠으므로 거의 사용할 수 없었다. 계절의 변화는 아예 사라지고, 그 대신 영원한 추위가 찾아왔다. 얼음 장벽은 언제나 우리의 시야 저편에서 희미하게 어른거렸다. 또 천둥같이 울부짖었으며, 매끄럽게 빛나는, 이 세상의 것이 아닌 듯한 형태로 빙하의 악몽을 드리웠다. 한낮의 태양은 신기루 같은 오로라를 내뿜는 빙산들의 섬뜩한 광휘 속에서 길을 잃고 파묻혀 버렸다. 나는 한쪽 손으로 그 여자를 따뜻하게 감싸고 부축했다. 그럼에도 다른 한쪽은 바로 사형 집행인의 손처럼 전율하고 있었다.

추위가 살짝 누그러졌다. 우리는 다른 배를 기다리기 위해 뭍으로 올라왔다. 이 나라는 전쟁 중이었고, 우리가 당도한 마을 역시 심각한 피해를 겪은 터였다. 우리가 이용할 수 있는 숙소는 전혀 없었다. 호텔 한 채가 재건축 중이었지만 오직 한 층뿐이었고, 그곳 객실은 이미 만실이었다. 나는 우리를 들여보내 달라고 설득하지도, 뇌물로 매수하지도 못했다. 여행자들은 골칫거리였고 어디서든 환영받지 못했다. 이런 상황에서는 자연스러운 일이었다. 우리는 마을 바깥의 방문자용 쉼터에 머무를 수 있다는 이야기를 들었다. 하는 수 없이 폐허가 된 교외를 거쳐 그곳까지 차를 몰고 갔다. 모든 것들이 납작하고 평평하게 변해 있었다. 나무나 정원의 흔적 따위는 하나도 남아 있지 않았다. 아무것도 찾아볼 수 없는 황무지였다. 그 너머는 전쟁의 격전지였지만, 이제는 형체 없는 쓰레기들로 뒤덮인 사막이 되었다.

우리는 원래 농장이었다는 장소에 당도했다. 주변의 모든 것들은 감히 형언할 수 없는 혼돈 그 자체였다. 산산조각 난 손수레, 트랙터, 자동차, 농기구, 여기저기 널린 낡은 타이어 조각, 본래의 형태나 용도를 짐작할 수조차 없이 망가진 도구들이 망가진 무기와 전쟁 물자의 잔해 속에 전부 뒤섞여 있었다. 우리를 그곳까지 호송해 준 사람은 매우 조심스럽게 걸으면서, 우리에게 이 지대에 묻힌 지뢰나 불발탄을 밟을 수도 있으니 조심하라고 당부했다. 건물 내부의 방에는 온갖 쓰레기 파편들이 지저분하게 버려져 있었는데, 너무 잘게 부서져 있었으므로 본래의 형체를 가늠할 수 없었다. 그들은 장판조차 없는 흙바닥에 가구도 하나 없이, 벽에는 수많은 구멍이 뚫린 방 한 칸으로 우리를 데려갔다. 지붕은 판자로 허술하게 덮여 있었다. 세 사람이 벽에 등을 기댄 채 땅바닥에 앉아 있었다. 그들은 내내 침묵을 지키며 움직이지도 않았으므로 거의 살아 있는 사람들처럼 보이지조차 않았다. 내가 그들에게 말을 걸었을 때도 전혀 알아차리지 못했다. 나중에야 그들이 극심한 바람 소리 때문에 고막이 터져서 청각 능력을 잃은 사람들이라는 사실을 알게 됐다. 전국에는 이 같은 사람들이 많았는데, 그들의 얼굴 또한 치명적인 바람 탓에 바싹 말라서 살이 터지고 입술마저 찢겨 있었다. 가망 없이 극심하게 앓은 남자 하나가 얇은 담요 한 장을 덮고 바닥에 누워 있었다. 그의 머리카락은 거의 다 빠졌고, 손과 얼굴의 살갗이 너덜거렸다. 그 남자가 고통스러운 기침을 할 때마다, 피가 흐르는 그의 시커먼 잇몸에서 거의 빠져나올 듯 헐거워진 치아 전체가 덜덜 떨렸다. 그는 한시도 쉬지 않고 기침하고 신음하며 각혈을 멈추지 않았다. 수척한 길고양이들이 들락거리면서, 섬세하고 뾰족한 분홍빛 혓바닥으로 그 남자의 피를 핥곤 했다.

우리는 다음 배가 도착할 때까지 여기서 지내야 했다. 나는 편안히 시선을 집중할 수 있는 무엇인가를 간절히 바랐다. 건물 안팎에는 그럴 만한 게 아무것도 없었다. 들판이나 집들, 심지어 도로조차 없었다. 그저 엄청난 양의 돌멩이들, 쓰레기, 죽은 동물의 뼈다귀만이 있을 뿐이었다. 갖가지 형태와 크기를 가진 돌들이 육십에서 구십 센티미터 정도의 깊이로 근방 전역에 두껍게 펼쳐져 있었다. 종종 거대한 돌덩이들은 무더기를 이루어, 평범한 풍경에서였다면 언덕이 있었을 법한 자리를 대신했다. 나는 가까스로 말 한 필을 구해서 대략 십육 킬로미터 근처의 내륙 지대를 달려 보기도 했다. 그러나 특징이라곤 아무것도 없는 그 끔찍한 공백은 전혀 바뀌지 않았다. 주변과 다름없이 아무렇게나 버려진 암석 폐기물들이 모든 방향의 지평선 끝까지 뻗어 있었고, 그 어떤 생명이나 물의 흔적 따위는 하나도 없었다. 온 나라가 돌이 된 듯 죽어 있었고, 잿빛이었으며, 돌무더기를 제외하면 진짜 언덕을 찾아볼 수 없었다. 전쟁으로 인해 자연의 지형마저 파괴된 모양이었다. 그 여자는 반복된 여행으로 잔뜩 지쳐 있었다. 더 이상 여행을 이어 가고 싶어 하지 않았다. 여자는 계속 자신은 쉬어야 한다고, 제발 자기를 떠나서 나 홀로 여행하라고 간청했다.

"더는 이렇게 나를 강제로 끌고 가지 마!"

그녀의 목소리는 다급한 데다 신경질적이었다.

"당신은 그저 날 고문하려고 이러는 거잖아."

나는 그녀를 구하기 위해 노력하고 있다고 대답했다. 그녀 눈에 분노가 내비쳤다.

"그야 당신은 그렇게 말하겠지. 처음에 당신을 믿었던 내가 가장 어리석었어."

기분을 맞춰 주려는 나의 모든 시도는 전부 허사였고, 그 여자는 연신 나를 기만적인 적으로 취급했다. 여태껏 나는 오직 그 여자를 안락하게 해 주려고, 위로하며 이해하려고 노력했는데도 말이다. 이제 지긋지긋해질 만큼 오래 끌어 온 그녀의 적대감이 내게도 영향을 미쳤다. 나는 여자의 뒤를 따라 작은 선실로 들어갔다. 그녀는 몸부림치며 내게 저항했지만, 워낙 공간이 좁아서 어쩔 도리마저 없었다. 배가 크게 흔들리며 출발하자, 여자는 선실 침상에서 떨어졌다. 바닥에 어깨가 부딪혔고, 그녀의 부드러운 살결에 상처가 났다. 그 여자는 이렇게 울부짖었다.

"당신은 난폭한 짐승이야! 더러운 야수! 당신을 혐오해!"

그녀는 발버둥질을 하며 나를 때리려고 했다. 그러

나 나는 그 여자를 아래쪽으로 내리누르며 딱딱하고 차가운 선실 바닥에 웅크려 있게끔 했다. 그녀가 처절하게 소리쳤다.

"내 손으로 당신을 죽일 수만 있다면 좋겠어!"

여자는 흐느끼기 시작했고 발작적으로 몸을 뒤틀었다. 나는 그녀의 뺨을 세게 쳤다.

그날 이후로 그 여자는 나를 두려워했지만, 그녀의 적개심만큼은 변함없었다. 여자의 새하얗고 완강하고 겁먹은, 어린아이 같은 그 얼굴이 내 신경을 긁었다. 날씨는 점점 따뜻해졌지만 그녀의 몸과 태도에는 여전히 냉기가 돌았다. 그 여자는 내 코트를 입기를 거부했다. 나는 그녀가 사시나무처럼 끊임없이 떨고 있는 모습을 계속 지켜볼 수밖에 없었다.

그 여자는 차츰 수척해졌다. 살이 마르다 못해 뼈에서 녹아내리는 듯 보였다. 그녀의 머리카락은 광채를 잃었고, 너무 길게 자라다 못해 묵직하게 여자의 머리를 짓눌렀다. 그녀는 연신 고개를 숙인 채 내 모습을 보지 않으려고 했다. 여자는 무기력하게 구석에 숨어 있거나, 나를 피해 다니느라 배 위를 비틀거리며 헤맸다. 그녀의 나약한 다리로는 자기 몸의 균형조차 잡기 어려웠다. 나는 이제 그 여자에게 어떤 욕망도 느끼지 못했다. 그녀와 대화하려는 시도 역시 포기했다. 본래 교도소장의 특성이었던 냉담한 침묵은 이제 나의 것이 되었다. 나는 단 한마디도 없이 여자의 방에 출입하는 일이 그녀를 얼마나 불길하고 불편하게 하는지 잘 알고 있었다. 결국 나는 스스로의 이런 태도에 일종의 만족감을 느끼며 즐기게 되었다.

우리는 여행의 끝자락에 다다랐다.

11

우리는 어느 밝고 화창한 도시에 도착했다. 전쟁의
포화를 겪지 않은 이곳은 다채로운 빛과 색깔로 충만했
다. 또 자유분방한 데다 위험 요소라곤 없었으며, 따뜻한
햇볕이 내리쬐었다. 이곳 사람들은 누구나 밝고 기쁜 얼
굴이었다. 마침내 절체절명의 위기에서 탈출했다는 안도
감이 더할 나위 없는 행복을 안겨 주었다. 과거는 잊혔고,
그 길고 힘들고 위험천만했던 여행과 시시각각 우리를
덮쳐 왔던 악몽도 끝내 지워졌다. 악몽이 진행되던 순간
에는 악몽 자체가 진짜인 양 느껴졌다. 그동안 잃어버린

예전 세계가 마치 상상이거나 꿈에 지나지 않는 듯 여겨
졌으니 말이다. 이제 더는 상실되지 않을 행복한 세계만
이, 단 하나의 견고한 현실로서 이곳에 나타나 있었다. 여
기에는 극장, 영화관, 식당과 호텔이 즐비했고, 모든 종류
의 상품들이 배급 교환권 없이도 자유롭게 거래되고 있
었다. 두 세계 사이의 극단적 대비는 거의 충격적이었다.
거듭 압도적인 안도감이 찾아왔다. 곧이어 굉장한 반응
이 일어났다. 일종의 섬망에 가까운, 광기 어린 환희가 끓
어올랐다. 사람들은 거리에서 노래를 부르며 춤을 추었
고, 처음 만난 낯선 사람들끼리 서로 끌어안았다. 도심 전
체가 축제처럼 들썩였다. 사방에 꽃을 장식했고, 나무마
다 중국식 연등과 꼬마전구를 둘렀다. 건물 외벽에도 저
마다 투광 조명을 비추었다. 공원과 정원마다 색등을 정
교하게 배치해 두었다. 경쾌한 음악이 끊임없이 고동쳤
고, 매일 밤 불꽃놀이가 펼쳐졌다. 밤새도록 별 혹은 로켓
모양의 불꽃이 하늘에서 타올랐고 어두운 항구 위로 여
울지며 사그라들었다. 축제는 계속 이어졌다. 카니발, 꽃
가마 행진, 무도회, 보트 경주, 음악 연주회, 시민들의 행
렬……. 다른 세상에서 어떤 일이 벌어지고 있는지 굳이

떠올리고 싶어 하는 사람은 아무도 없었다. 외부에서 들려오는 소문은 집정관의 명령 아래 모조리 검열되었다. 법과 질서를 유지해야 하는 그는 외부 소식을 차단하는 조치만이 최선이라고 판단했다. 새로운 규제에 따르자면 재난에 관해 공개적으로 이야기하는 행동은 명백한 위법이었다. 새로운 규칙은 진실을 외면하기로 선택했다.

　　나 역시 이와 비슷한 상황에 직면했을 때 부정적이고 괴로운 것들을 얼마나 완벽히 잊을 수 있기를 원했던가. 그래서 이러한 행복에 대한 대중의 맹목적 추구를 이해했지만 그저 묵인할 수는 없었다. 나는 여느 사람들이 느끼는 환희에 가담하고 싶지 않았다. 실제로 그만큼 기쁘지도 않았다. 춤을 추거나 불꽃놀이를 구경하면서 시간을 보내고 싶은 마음도 없었다. 나는 이내 밴드가 끊임없이 연주하는 흥겨운 노래나 화려한 야회복을 차려입은 사람들의 모습이 전부 지긋지긋해졌다. 그 여자는 이 모든 쾌활한 분위기에 홀딱 빠졌고, 그러한 생활을 누리면서 완전히 변화했다. 여자의 삶은 기적적으로 새로워졌다. 나약함이나 무기력함은 사라져 버렸고, 틈만 나면 상점으로 달려가서 옷가지와 화장품을 사치스럽게 사들였다. 또 미용실을 드나들며 헤어 디자이너들과 약속을 잡았다. 그 여자는 아예 다른 사람처럼 보였다. 더는 수줍어하지 않았고, 내가 모르는 사람들과 친구가 되었다. 그렇게 그들에게 인정받고 자신감을 얻으면서 독립적이고 명랑한 성격이 되었다. 나는 여자를 거의 만날 수조차 없었다. 그녀의 행방 역시 알지 못했다. 여자는 돈이 필요할 때에만 나를 찾아왔다. 나는 이 같은 상황이 별로 만족스럽지 않았다. 그녀와의 관계를 끝내고 싶었다.

나는 세상으로부터 고립된 상태로 남아 있을 수 없었다. 나도 지구의 운명에 연루되어 있었으므로, 무슨 일이 일어나든 적극적인 역할을 맡아야 했다. 이 도시의 한없는 축제와 기념행사는 지루하면서도 불길해 보였다. 마치 역병이 떠돌던 시절에 자행되어 온 난잡하고 호사스러운 행위, 천벌을 불러일으킬 법한 만찬을 떠오르게 했다. 그때와 마찬가지로 사람들은 망상에 젖어서 스스로를 속이고 있었다. 그들은 방탕한 생활과 희망적 환상으로 모든 게 다 잘되어 가고 있다는 거짓된 안정감을 이끌어 냈다. 나는 그들이 정녕 대재앙에서 탈출했다고는 단 한 순간도 믿지 않았다.

나는 날씨를 신중하게 관찰했다. 화창하고 따뜻했지만 충분히 온화하지는 않았다. 특히 해가 저문 뒤의 기온 변화에 주목했다. 분명히 냉기가 돌았다. 불길한 징조였다. 내가 그 사실을 지적하면 사람들은 이제 시원한 계절이라서 그렇다고 얘기할 뿐이었다. 아무리 그래도 태양은 지금보다 더 강렬해야 했다. 주위를 둘러보니 기후 변화의 다른 징후들도 눈에 띄었다. 정원의 수많은 열대 식물은 벌써 시들어 보였다. 나는 정원사에게 이유를 물었다. 그는 의심스러운 눈초리로 나를 살피더니, 아무 대답이나 주워섬기며 둘러댔다. 내가 연신 캐묻자 그는 수석 정원사의 부름을 받은 양 달아나 버렸다. 나는 희한한 차림으로 돌아다니는 시민 몇 사람에게 추운 저녁 날씨에 관해 이야기했다. 그들은 이렇게 가벼운 추위조차 낯설어하고 있음이 명백했다. 심지어 이런 날씨에 걸맞은 옷가지도 갖고 있지 않았다. 그들 또한 대답을 얼버무리며, 경계하는 표정으로 나를 바라보았다. 새로운 규정에 비춰 볼 때, 그들은 아마도 나를 선동가나 앞잡이라고 착각했으리라.

정부 관료로 고용된 내 오랜 지인이 비행기 연료를

충전하고자 잠시 이 도시에 들렀다. 나는 그 남자와 연락이 닿아서 잠시 만날 수 있었다. 다른 곳에서 일어나는 일들에 대해 질문해 봤지만, 그는 나와 대화하려 들지 않았고 내내 말이 없었다. 그 이유를 눈치챘기에 굳이 다그치지는 않았다. 그는 내가 어느 쪽에 소속되어 있는지 확신할 수 없었을 터다. 요즘 시기에는 한 치의 실수도 용납되지 않았으니, 치밀한 태도가 요구되었다. 부주의한 말 한마디 탓에, 스스로를 변호할 기회조차 얻지 못한 채 쥐도 새도 모르게 제거당할 수 있었다. 그는 다소 마지못해서 나를 비행기에 태워 주었다. 그러나 나를 이 군도의 다른 섬에까지만 데려다줄 수 있다고 했다. 나는 지도를 보고 인드리들이 거주하는 섬이 멀지 않은 곳에 있음을 알아냈다. 비록 예전 일을 다시 하기로 결심했지만, 나는 군사 작전을 맡기에 앞서, 사랑하는 여우원숭이들을 잠깐 둘러보기로 했다.

　　나는 여자에게 내 계획을 알리러 갔다. 그날 아침, 나는 가두 행진 탓에 길을 건너지 못한 채 기다려야 했다. 그 행렬의 선두에는 파르마 제비꽃으로 치장한 대형 오픈카가 있었고, 운전사와 함께 바로 그녀가 서 있었다. 여자는 나를 보지 못했다. 군중 속의 나를 그녀가 알아봐야 할 까닭도 없었다. 여자의 머리카락은 태양 아래서 무섭게 타오르는 창백한 불꽃처럼 눈부시게 빛났다. 여자는 군중을 향해 제비꽃을 던져 주고 있었다. 나와 함께 힘겨운 여행을 이어 온 여자라고 생각하기 어려울 만큼 그녀는 상당히 달라 보였다. 내가 여자의 방에 들어갔을 때, 그녀는 아까의 파르마 제비꽃색 드레스를 여전히 입고 있었다. 섬세한 보랏빛이 여자의 연약하고 창백한 분위기와 매우 잘 어울려서 대단히 아름다워 보였다. 드레스와 똑같은 색으로 염색까지 했는지 반짝이는 은빛 머리카락 사이로 파르마 제비꽃의 보랏빛도 언뜻 뒤섞여 있었다. 신비롭고 환상적인 분위기가 여자의 매력을 한껏 드높였다.

나중에 열어 보라고 말하며, 나는 그녀에게 작은 상자 하나를 건넸다. 그 안에는 여자가 줄곧 가지고 싶어 하던 팔찌와, 내 계좌 앞으로 이서한 수표 한 장이 들어 있었다.

"당신에게 좋은 소식도 가져왔어. 이만 작별 인사를 하러 왔거든."

여자는 당혹스러워하며 내 말이 무슨 뜻인지 물었다.

"나는 오늘 밤 떠나. 비행기를 탈 거야. 기쁘지 않나?"

그녀가 말없이 나를 빤히 쳐다보는 동안, 나는 말을 이어 갔다.

"당신은 항상 내가 없어지기만을 바랐잖아. 드디어 내가 떠나게 되었으니 당신도 틀림없이 기쁘겠지."

잠시 침묵이 이어지다가, 그 여자는 차갑고 분노한 목소리로 외쳤다.

"내가 무슨 말을 해 주길 원해?"

나는 예상 밖의 반응에 얼떨떨했다. 그녀는 계속 쌀쌀맞은 눈초리로 나를 찬찬히 뜯어보다가, 돌연 씁쓸하게 물었다.

"당신은 도대체 스스로를 어떤 부류의 남자라고 생각하는 거야?"

여자의 말투에는 통렬한 울림이 깃들어 있었다.

"이제 왜 내가 당신을 단 한 번도 믿지 않았는지 알겠지. 나는 항상 당신이 날 다시금 배신하리라는 사실을 알았어……. 얼른 가 봐. 예전에 그랬던 것처럼, 다시 내 곁에서 떠나라고."

나는 항의했다.

"이런 식으로 말하다니, 정말 불공평하군! 나더러 가
버리라고 말했으면서, 내가 진짜로 떠난다고 나를 비난
할 순 없어. 나를 외면한 건 분명히 바로 당신이야. 우리
가 여기에 온 뒤로 나는 당신의 모습을 거의 제대로 본 적
조차 없어."

"아……!"

그녀는 역겨움 가득한 비명을 내지르며, 등을 돌린
채 내게서 몇 걸음 떨어졌다.

발목까지 내려오는 보랏빛의, 제비꽃들 위로 비단결
처럼 은은하게 반짝이는 달빛의 플레어스커트가 소용돌
이쳤다. 보라색으로 찬란하고 탐스러운 머리카락이 찰랑
였다. 나는 내게서 멀어지는 그 여자를 황급히 따라가서
손가락 끝으로 그녀 머리카락을 만졌다. 탱글탱글한 머
리카락이 생동감 넘치게 물결쳤다. 그녀의 팔은 부드러
운 새틴처럼 윤기가 났고, 매끄러운 살결에서는 향기가
났다. 그리고 얇은 손목에는 제비꽃으로 엮은 팔찌가 둘
려 있었다. 그 순간 나는 그 여자를 끌어안고 그녀 목덜미

에 키스했다. 즉시 격렬한 저항으로 그녀의 전신이 경직되었고, 여자는 애써 몸을 비틀어서 달아났다.

"건드리지 마! 어딜 감히⋯⋯."

그녀의 목소리는 울먹이다 가라앉는 듯 들렸지만 다시 가늘게 높아졌다.

"자, 뭘 기다리는 건데? 어서 가 버리지, 그래? 그리고 이번에는 절대 돌아오지 마. 다시는 당신을 보고 싶지 않아. 당신 생각조차 떠올리기 싫어!"

그 여자는 내가 준 손목시계와 반지를 빼서 내 쪽으로 마구 내던졌다. 목걸이 걸쇠를 풀려고 머리 뒤쪽으로 손을 뻗은 자세, 두 팔을 위로 올린 바로 그 자세가 그 여자의 작고 깡마른 몸에 실제 존재하지 않는 육감적인 분위기를 얼핏 드리웠다. 나는 그녀를 다시 끌어안고 싶은 욕구를 억누르면서 그 여자에게 간청했다.

"화내지 마. 우리 이렇게 헤어지지는 말자. 그동안 내가 당신에게 어떤 감정을 가졌는지 당신도 잘 알잖아. 내가 당신을 찾기 위해 어떤 노력을 기울였고, 나와 함께 떠나자고 강요했던 일도 기억하지? 하지만 당신은 계속 나를 미워한다고, 나에게서 그 어떤 것도 원하지 않는다고 누누이 말해 왔어. 나는 마침내 당신의 말이 진심임을 믿게 된 거야."

절반만 솔직했음을 스스로도 알았다. 나는 망설이면서 여자의 한쪽 손을 잡았다. 뻣뻣하고 아무 반응도 없었지만, 그녀는 뿌리치지 않은 채 내가 그 손을 계속 잡고 있도록 허락해 주었다. 그러고는 내 얼굴에 시선을 고정하고 뚫어지게 쳐다보았다. 의심, 비난, 억울한 감정이 그 여자의 눈빛에 맴돌았다⋯⋯. 진지하고, 순진하고, 그늘진 눈동자였다. 뒤쪽으로 뻗은 손은 여전히 목걸이의 걸쇠를 쥐고 있었다. 반짝이는 머리카락과 어지러운 제비꽃 향기가 내 손 가까이에 있었다. 이윽고 무거운 목소리가 들렸다⋯⋯.

"만약 내가 그런 말들을 하지 않았다면, 당신은 나와 함께 머물러 줬을까?"

이번에는 반쪽의 진실이 아닌 전부를 말해야 했다. 그것만이 중요해 보였다. 하지만 진실이 과연 무엇인지 확신할 수 없었고, 결국 내가 할 수 있는 말은 단 두 마디뿐이었다.

"나도 모르겠어."

그 말을 듣자마자 여자는 격분해서 내가 잡고 있던 손을 비틀며 빠져나갔다. 다른 한 손으로는 계속 쥐고 있던 목걸이를 잡아당기더니 아예 끊어 버렸다. 목걸이 줄에 꿰어 있던 구슬들이 사방으로 흩뿌려졌다.

"어떻게 그토록 냉혹할 수 있어? 그러고도 이렇게 뻔뻔하게 나오다니! 그 누구라도 부끄러워해야 할 일인데…….. 맙소사, 당신은…… 당신은 심지어 감정을 가진 척 연기하지도 않아……. 너무 끔찍하고, 혐오스러워……. 한마디로 당신은 인간도 아니야!"

나는 기분이 좋지 않았다. 그 여자에게 상처 주고 싶지 않았다. 어느 정도는 나 역시 그녀의 분한 마음을 이해할 수 있었다. 이제 건넬 수 있는 말은 아무것도 없는 듯했다. 그러나 나의 침묵은 그 여자를 더 화나게 했다.

"아, 어서 가! 가 버리라고! 가!"

그녀는 갑자기 등을 돌리더니 내가 미처 예상하지 못한 거센 힘으로 나를 밀쳤다. 나는 비틀거리며 뒤로 밀려났고, 문에 팔꿈치를 찧고 말았다. 꽤 고통스러웠기에 나는 짜증스럽게 물었다.

"왜 이렇게 나를 방에서 내보내려고 난리야? 누구 기

다리는 사람이라도 있어? 아까 당신이 타고 있던 그 오픈
카 주인이라도 오려나?"

"오, 내가 얼마나 당신을 증오하고 경멸하는지 당신
은 감히 짐작도 못 하겠지? 당신이 그걸 알 수만 있다면
더 바랄 게 없을 텐데!"

그 여자는 다시 나를 밀었다.

"여기서 꺼져. 왜 안 가? 가! 얼른, 가!"

그녀는 깊이 숨을 들이쉬고 내게 달려들면서 주먹으
로 내 가슴을 치기 시작했다. 단 몇 차례의 주먹질만으로
도 벌써 힘에 부쳤는지 여자는 돌연 동작을 멈춘 채 고개
를 숙이고 벽에 쓰러지듯 기댔다. 나는 그녀의 그늘진 얼
굴이 상처받은 감정으로 아프게 멍이 든 듯 얼룩져 있음
을 보았다. 이내 은빛 머리카락이 앞으로 쏟아져 내리면
서 그 얼굴을 감추었다. 아주 짧은 침묵이 흘렀다. 그러나
내게는 등골이 서늘해질 만큼 길게 느껴지는 시간이었
다. 그 여자가 없는 삶이란 과연 어떨까……. 공허함과 상
실의 흐릿한 삽화가 선득하게 내 등 뒤를 기어 다니는 느
낌이었다.

이런 불쾌감을 떨쳐 내야 했다. 나는 문손잡이에 손

을 얹고 말했다.

"알겠어. 이제 갈게."

마지막 순간에 그녀가 나를 붙잡아 주기를 반쯤 기
대했다. 하지만 그 여자는 움직이지도, 말하지도, 아무런
반응도 보이지 않았다. 다만 내가 문을 열었을 때 그녀의
목 안쪽에서 기이하고 미세한 소리가 새어 나왔다. 가느
다란 흐느낌, 목이 메는 소리, 얕은 기침, 과연 무슨 소리
인지조차 가늠할 수 없었다. 나는 복도로 나가서 닫힌 문
들을 빠르게 지나쳤고, 마침내 내 방으로 되돌아왔다. 아
직 시간이 조금 남아 있었다. 객실로 스카치 한 병을 주
문한 뒤 앉아서 술을 마셨다. 내 결정에 확신이 들지 않
았고, 생각이 두 갈래로 나뉘는 느낌이었다. 내 짐 가방은
이미 말끔히 정리된 채 아래층으로 옮겨져 있었다. 몇 분
뒤면 나 역시 짐을 따라 내려가야 하리라……. 내가 계획
을 바꿔서 아예 여기에 계속 남아 있기로 하지 않는 이상
에는……. 그런데 나는 여자에게 작별 인사를 하지 못했
음을 깨달았고, 다시 그녀 방으로 돌아가야 할지 고민했
다. 정말 떠나야 할 시간이 되었을 때에도 여전히 결심하
지 못한 상태였다. 아래로 내려오는 길에 여자의 방문 앞

을 지나쳐야 했다. 문밖에서 일 초 정도 망설이다가, 서둘러 엘리베이터로 향했다. 물론 나는 떠나야 했다. 거의 기적과도 같은 이 탈출 기회를 포기해 버리기란 오직 미친 사람만이 가능한 일이었다. 그 밖의 다른 가능성은 기대할 수도 없었다.

12

비행하는 동안 전해 듣게 된 소식은 내가 가장 두려
워하던 바를 기정사실로 확인시켜 주었다. 세계정세는
최후의 파국으로 치닫고 있었다. 내 조국을 포함한 수많
은 국가들이 몰락하고 멸망하면서, 잔존한 열강들의 군
국주의 노선을 견제할 수단마저 사라져 버렸다. 강대국
들은 노골적으로 대립했고, 그들과 동맹을 맺은 군소국
들 역시 양쪽 진영으로 나뉘었다. 두 진영 모두 절멸을 야
기할 만한 양의 핵무기를 보유하고 있었으므로 공포의
전면전만큼은 그나마 피할 수 있었다. 그러나 군소 동맹

국 중에도 열핵 무기를 보유한 나라가 일부 있었는데, 다만 문제는 어느 나라가 실제로 그런 무기를 가지고 있는지 알려지지 않았다는 점이었다. 이러한 불확실성과 그에 따른 긴장 상태가 점점 위기감을 고조시켰고, 교전이 거듭될 때마다 인류는 최후의 재앙에 한 걸음씩 더 가까워지고 있었다. 머지않아 다가올 죽음에 대한 광적인 두려움과 초조함이 나날이 더해지면서, 인류는 스스로 선택해 버린 첫 번째 자살 시도를 달성하기도 전에 이미 두 번째 자살로 달음질치고 있었다. 이 같은 소식에 나는 무척 우울해졌고, 이를테면 대규모의 무시무시한 살상이 일어나기만을 바라는 위태로운 감각과 함께 남겨졌다.

나는 풍경을 바라다보았다. 자연 세계 역시 다가오는 죽음의 운명을 피하고자 헛된 노력을 기울이고 있었다. 그런 점에서 자연은 내가 느끼는 감정을 공유하고 있는 것 같았다. 바다의 물결은 수평선을 향해 무질서하게 몰아쳤다. 바닷새, 돌고래와 날치 들도 허공을 향해 미친 듯이 날개와 지느러미를 퍼덕였다. 망망대해에 흩어진 섬들은 기체가 되어 증발하고 점점 투명해지다가 우주속으로 사라지기를, 이 땅에서 아예 떨어져 나가기를 간절히 원하고 있었다. 하지만 그 무엇도 탈출할 수 없었다. 얼음의 눈사태로든 핵무기의 연쇄적 폭발로든, 이 세계의 모든 물질들이 분해되어 하나의 성운으로 변해 버리는 마지막 파멸, 바로 그 종말을 맞이하는 순간까지 무방비 상태의 지구는 이 자리에 그대로 머물 수밖에 없었다.

나는 인드리들을 찾아서 홀로 정글 속을 헤맸다. 그들의 마법적 영향력이, 내 어깨 위에 내려앉은 우울감의 진득한 무게를 가볍게 해 주리라 믿었다. 나는 실제로 그 여우원숭이들을 봤든, 혹은 그저 꿈을 꿨든 상관하지 않았다. 날씨는 후덥지근했다. 태양은 이 적도를 향해 마지막으로 남은 빛과 열을 모두 쏟아붓듯이 광폭하게 내리쬐었다. 나는 머리가 아팠고 완전히 지쳤다. 불타는 듯한 뙤약볕을 더는 버티지 못하고 나는 검은 그늘 속에 누운 뒤 눈을 감았다.

바로 그때, 여우원숭이들이 내 곁에 있음을 느꼈다. 어쩌면 그들이 가까이 다가왔기에, 나의 절망과 두려움도 일순간에 사라졌을지 몰랐다. 마치 다른 세상, 폭력과 잔혹함이 없고 절망이라는 감정조차 모르는 세계로부터 온 희망의 메시지 같았다. 나는 종종 이 장소에 관한 꿈을 꾼 적이 있었다. 이곳에서의 삶은 지구에서의 삶보다 천 배는 더 흥미진진하고 화려했다. 이제 그곳에 거주하는 사람 하나가 내 곁에 서 있는 듯 보였다. 그 남자는 나를 보고 미소 지었고, 내 손을 만졌고, 내 이름을 말했다. 그의 얼굴은 차분하고 공정했으며, 오묘한 조화를 이루는 지성과 선의로 가득 차 있었다. 거짓이나 가식 따위는 그 어떤 형태로든 그에게 존재할 수 없었다.

그 남자는 시공간이 만들어 내는 환각에 대해서, 그리고 과거와 미래의 결합에 대해서 내게 이야기해 주었다. 과거와 미래, 그 어느 쪽도 현재가 될 수 있었고, 우리는 어느 시대로든 접근할 수 있었다. 그는 원한다면 자신의 세계로 나를 데려가 주겠다고 말했다. 그와 그의 종족은 우리 행성의 종말과 인류의 소멸을 이미 보았다. 비록 인간 일부는 살아남을지 모르지만, 인류라는 종족은 이미 죽어 가고 있었다. 죽음을 향한 집단적 소망, 자멸을 향한 치명적 충동이 바로 그 지표였다. 지구에서 인간의 삶은 끝났다. 하지만 생명 자체는 다른 장소에서 계속 이어지며 확장하고 있었다. 만약 우리가 그러기로 선택하기만 한다면 우리는 더 넓은 범주의 삶으로 편입될 수 있을 것이다.

나는 이해하려고 노력했다. 그는 한 남자의 모습을 하고 있었지만, 그 이상이었다. 그는 나와 같은 인간이 아니었다. 최상의 지식과 궁극적 진리에 도달할 수 있었다. 그는 특권을 누리며 살아가는 더 나은 세계의 자유를 내게 제안했다. 그곳이야말로 내가 가장 깊은 내면에서부터 간절히 알고 싶어 하던 바로 그 세계였다. 상상조차 불허하는 경이로운 경험의 흥분감이 나를 뒤덮었다. 인류가 망가뜨린, 이제 죽음의 운명밖에 남지 않은 이 세상에서, 완전히 새로운 또 하나의 세계를 운 좋게도 발견한 것만 같았다. 그 세계는 참신하고, 영원히 생동하며, 무한한 가능성으로 충만해 있었다. 한순간 나는 나 역시 그 멋진 세계에서 지금의 나보다 더 높은 차원의 존재로 살아갈 수 있으리라고 믿었다. 그러나 그 여자, 교도소장, 거침없이 번져 가는 얼음, 전쟁과 살육을 떠올리자 그 세계가 나의 존재보다 얼마나 초월적인 영역에 있는지 깨달았다. 나는 모든 것의 일부였고, 따라서 이 행성의 사건들 그리고 사람들과 절대적으로 뒤얽혀 있었다. 내 자아의 일부가 무엇보다 원하는 것을 거절하기란 대단히 고통스러운 일이었다. 하지만 나는 내 자리가 여기임을 알았다. 최후의 사형 선고를 받은 우리 세상 속에서, 나는 이 모든 것의 종말을 끝까지 지켜봐야 했다.

꿈이었을까, 환각이었을까. 잘 모르겠다. 그 경험이 무엇이었든 나에게 강력한 영향을 미쳤다. 그 기억을 잊을 수 없었고, 꿈같은 남자의 얼굴에 담겨 있던 최상의 지성과 온전한 진실성 역시 결코 잊을 수 없었다. 나는 깊은 공허와 상실감을 느꼈다. 가까스로 내 손아귀에까지 막 들어온 소중한 무언가를 함부로 내버린 것만 같았다.

이제 내가 무엇을 하는지는 별로 중요하지 않았다. 나는 인간의 폭력을 용인하기로 했고, 스스로의 신조를 지켜야 했다. 나는 유격전이 벌어지는 본토 내부에 간신히 도착했다. 모든 것에 무관심한 상태로, 서쪽 진영의 용병 중대에 합류했다. 우리는 늪지대에서 싸웠다. 무수한 강어귀가 만나는 감조 하천의 삼각주 지대였으므로, 하루 중 대부분의 시간을 허벅지까지 차오르는 진흙탕 속에서 보내야 했다. 마침내 우리가 거기서 철수했을 때, 적의 공격으로 사망한 병사보다 늪에 잡아먹힌 실종자가 더 많았다. 내가 보기에 우리는 사실상 인간이 아니라 얼음과 싸우고 있었다. 전투가 벌어지는 동안에도 얼음은 꾸준히 접근해 왔고, 죽음 같은 침묵과 끔찍하게 평화로운 백색으로 날마다 이 세상을 조금씩 집어삼켰다. 우리는 전쟁을 통해 스스로 살아 있음을 외치고 확인하면서, 얼음이 몰고 오는 전 지구적 차가운 죽음에 저항하고 있었던 셈이다.

　나는 여전히 뭔가 두려운 일이 일어나기를 기다리고 있는 듯한, 묘한 기분에 사로잡혔다. 그런데 문제의 그 일은 이상한 고착 상태에 빠져 있었다. 정상적인 감각이 차단된 것 같았다. 나 이외의 다른 사람들에게서도 같은 징후가 나타나고 있음을 인지했다. 식량 부족으로 발생한 폭동을 진압하는 과정에서 우리는 무차별적으로, 악질적인 폭도와 불운한 시민을 가리지 않고 기관총을 난사했다. 그러나 나는 그런 참혹한 행각에 대해 별다른 감정을 느끼지 못했고, 다른 이들 역시 무감각해 보였다. 사람들도 마치 공연을 보듯 이런 광경을 구경하기만 했고, 총상을 입은 피해자들을 돌봐 주려는 시도조차 하지 않았다. 한동안 나는 남자 다섯과 취침 텐트 하나를 나눠 써야 했다. 그들의 용맹함은 하늘을 찌를 정도였지만, 위험이나 삶과 죽음에 대해서는 아무런 개념이 없었다. 그저 고기와 감자가 들어간 뜨거운 음식으로 매일 끼니를 때울 수만 있다면 충분히 만족하는 작자들이었다. 나는 그들과 어떤 인간적인 교류도 나눌 수 없었다. 같은 텐트를 쓰는 내내 나는 외투를 가림막으로 삼아, 그 뒤에서 잠을 설치며 드러누워 있었다.

최근 나는 교도소장에 대한 소문이 사람들 사이에서 다시 돌고 있음을 알아챘다. 그 남자는 서부 사령부에 소속되어 중요한 직책을 맡고 있었다. 나는 강대국들과 협력하기를 꾀하던 그의 야망을 기억했고, 그가 바라던 바를 그대로 이루어 낸 방식에 감탄했다. 소장에 관해 생각할 때마다 나는 안절부절못하고, 흥분에 휩싸이곤 했다. 내 일생의 마지막 나날을 고작 돈 몇 푼에 복종하는 용병 부대에서 보내기란 어리석은 일 같았다. 내가 더 많은 역량을 발휘할 수 있는 일을 찾아 달라고, 소장에게 부탁해 보기로 했다. 정작 그에게 어떻게 연락해야 할지 알 수 없었다. 가끔이나마 상급 지휘부와 직접 접촉할 수 있는 사람은 오직 부대장뿐이었다. 그는 스스로의 안위와 진급에만 관심 있는 남자였기 때문에, 교도소장에게 연락할 수 있도록 도와 달라는 나의 요청을 단칼에 거절했다. 우리는 며칠째 중요한 기밀 서류가 보관되어 있는, 어느 강력한 보안 시설을 공격하고 있었다. 부대장은 단독으로 그 장소를 점령해서 공을 쌓고자 했으므로, 지원군을 요청하지 않은 채 버티고 있었다. 나는 간단한 속임수를 써서 부대장이 성공적으로 건물을 점거하고, 비밀문서 역시 확보할 수 있도록 도와주었다. 그 덕분에 부대장은 상부로부터 아주 높이 치하받았다.

나의 독창적 작전에 감명받은 부대장은 술자리를 청했고, 나를 특진시켜 주겠다고 했다. 나는 다음 날 부대장의 대면 보고 일정을 알았으므로, 내가 원하는 유일한 보상이란 사령부에 동행하는 것뿐이라고 말했다. 하지만 그 남자는 나와 같은 인재를 사령부에 뺏길 수는 없다고 대답했다. 그러고는 내가 계속 자기 곁에 남아서 유용한 조언을 더 많이 해 줘야 한다고 우겼다. 그는 반쯤 취해 있었다. 나는 일부러 연신 술을 권해서 결국 그 남자가 만취한 상태로 기절하게끔 유도했다. 다음 날 아침, 사령부로 향하는 부대장의 차에 뛰어들어서, 그가 나를 대동하기로 굳게 약속했던 양 거짓말을 했다. 전날 밤 부대장이 너무 취해서 정확히 무슨 얘기를 나누었는지 절대 기억하지 못하리라는 기대를 걸고 펼쳐 보인 혼신의 연기였다. 아주 어색하고 찝찝한 순간이었다. 부대장은 분명히 뭔가 이상하다고 의심했다. 그러나 끝내 나를 차 밖으로 내쫓지는 않았다. 나는 그와 함께 사령부까지 차를 달렸다. 그곳에 가는 내내 우리 두 사람은 한마디도 나누지 않았다.

13

그들은 전쟁터에서 멀리 떨어진 지역에 사령부를 지었다. 거대하고 깨끗한 신축 건물 위로 늠름한 대형 깃발이 휘날렸다. 낡고 야트막한, 금방이라도 부서질 것 같은 판잣집들 사이에서 훌륭한 석재와 콘크리트로 마감한 사령부 건물은 견고하고 웅장하고 값비싸고, 절대 파괴되지 않을 듯한 인상마저 풍겼다. 단연 돋보이는 모습이었다. 정문의 보초병들을 제외하면, 전쟁과 전혀 관련 없는, 일반 사무용 건물처럼 보이기도 했다. 다른 경비병들은 보이지 않았다. 내부에 들어가 보아도 특별히 삼엄하지는 않았다. 나는 술에 취한 부대장이 늘어놓던 이야기를 떠올렸다. 사령부 사람들은 너무 유약해서 실제 전투에는 젬병이라고 했다. 그 말은 어쩌면 진실인지도 몰랐다. 자기 국가의 거대한 규모와 부, 기술적 우위에 의존하는 이들은 실제 전투에 뛰어들어서 직접 손을 더럽힐 필요가 없다고 믿었다. 그러므로 거친 전투는 돈을 지불하고 고용한 하급 용병들에게 전부 맡겼다.

나는 교도소장의 사무실로 안내받았다. 그 장소는 에어컨으로 냉방 중이었다. 엘리베이터는 부드럽고 소리 없이, 재빠르게 올라갔다. 넓은 복도의 한쪽 벽에서 다른 쪽 벽까지 두꺼운 카펫이 빈틈없이 깔려 있었다. 내가 생활하던 집단 텐트의 불결하고 불편한 환경을 생각하면 이곳은 마치 사치스러운 최고급 호텔 같았다. 바깥에서 햇살이 밝게 비치는데도 실내 조명이 사방을 밝히고 있었다. 창문은 애초부터 아예 열리지 않도록 밀폐형으로 설계되었다. 그래서 건물 내부에는 다소 비현실적 분위기가 감돌았다.

제복을 차려입은 여자 비서관이 내게 와서 소장은 아무 면담도 받지 않는다고 말했다. 그는 장기간의 시찰 감사를 위해 지금 당장 떠나야 하며, 며칠 동안 자리를 비울 예정이라는 것이었다. 나는 이렇게 말했다.

"그분이 떠나시기 전에 만나 뵈어야만 합니다. 매우 급한 일입니다. 여기까지 먼 길을 어렵사리 왔습니다. 단일 분만이라도 괜찮습니다."

비서관은 입술을 오므리며 고개를 저었다.

"절대로 안 됩니다. 소장님은 지금 중요한 문서들을 결재하고 계시며, 아무도 들여보내지 말라고 특별히 명령을 내리셨어요."

완벽하게 화장한 그녀의 얼굴은 요지부동이었고, 내 상황에 대한 동정심이나 이해심이라고는 전혀 찾아볼 수 없었다. 그 점이 나를 짜증 나게 했다.

"그건 내 알 바가 아닙니다! 그분을 꼭 봐야 한다니까요! 비공개 기밀 정보와 관련된 일입니다. 이해가 안 되세요?"

나는 그 여자의 얼굴에 과연 일말의 인간적 표정이 떠오를지 확인해 보고자, 그녀를 잡고 거칠게 흔들고 싶었다. 나는 그러는 대신 목소리를 차분하게 가다듬었다.

"최소한 제가 여기에 와 있으니 혹시 저를 만나 보시

겠느냐고 그분께 여쭈어 주십시오."

　나는 주머니 속을 더듬어서 신분증이 될 만한 물건
을 찾아낸 뒤, 메모지에 내 이름을 적었다. 내가 그러는
동안 대령 한 사람이 들어왔다. 비서관은 그에게 다가가
서 뭔가를 속삭였다. 그들의 대화가 끝나자, 대령은 직접
메시지를 전해 주겠다고 말하며, 내 이름이 적힌 종이를
가져갔다. 그러고는 방금 들어온 문으로 다시 나가 버렸
다. 나는 그가 소장에게 나에 대해 말할 생각이 전혀 없음
을 알았다. 내 쪽에서 단호하게 나서야만 소장과 만날 수
있을 것 같았다. 우물쭈물하다가는 절호의 기회를 놓치
고 말 터였다.

　"저건 어디로 통하는 문입니까?"

　나는 방의 반대쪽 끝에 있는 문 하나를 가리키며 비
서에게 물었다.

　"아, 그건 관계자 전용 통로입니다. 물론 당신은 이
용할 수 없어요. 관계자 외의 출입은 철저히 금지되어 있
습니다."

　그 여자는 여태껏 오만하게 유지해 온 탁월한 차분
함을 잃고, 처음으로 당황한 기색을 내보였다. 이처럼 직

설적인 접근에 대응하는 방법을 모르고 있음이 분명했다. 나는 이렇게 말하며 문으로 향했다.

"글쎄요, 저는 들어갑니다."

"안 돼요!"

비서가 서둘러 몸을 날리듯이 내 길을 가로막더니 문 앞에 섰다.

그녀의 나라는 세계적인 강대국으로 확고하게 인정받고 있었다. 따라서 시민 그 누구도 국가의 규범에, 아무리 사소한 문제일지라도 진심으로 반대하기란 불가능했다. 나는 미소 지으며 비서를 옆으로 밀쳤다. 그녀는 내 옷을 붙잡고 매달리며 나를 필사적으로 막았다. 잠깐 실랑이가 벌어졌다. 닫힌 문 너머로 내 귀에 익숙한 목소리가 들려왔다.

"거기 무슨 일이야?"

나는 안으로 들어갔다.

"아, 자네로군. 그렇지?"

소장은 이상하게도 나의 등장에 별로 놀라지 않은 눈치였다. 비서는 문간에 서서 빠른 말투로 사죄의 말을 늘어놓았다. 소장은 손짓으로 그 여자를 내보냈다. 문이

닫혔다. 나는 이렇게 말했다.

"당신에게 꼭 해야 할 말이 있습니다."

우리가 단둘이 남은 방은 꽤 호화로웠다. 모자이크로 화려하게 세공한 목재 바닥, 고색창연하고 값진 골동품 가구들, 벽에는 유명 화가가 그린 소장의 전신 초상화도 걸려 있었다. 낡고 초라하고, 다림질이라곤 해 본 적없는 듯 제멋대로 구겨진 내 군복은, 그 남자의 우아하고 위엄 있는 제복과 대조를 이루었다. 소장의 소맷단과 어깨에는 황금빛 휘장이 달려 있었고, 가슴에는 다양한 훈장이 무수히 장식되어 있었다. 그가 자리에서 일어섰다. 나는 그가 그렇게 키 큰 사람이었는지 미처 기억하지 못했다. 소장의 몸에 늘 배어 있던 압도적이면서도 웅장한 태도는 내가 마지막으로 그를 봤을 때보다 더욱 두드러져 있었다. 나는 위축되었고 불편해졌다. 평소에 그랬듯이 그 남자의 존재감은 내게 특정한 영향을 미쳤다. 그와 내가 이처럼 명백히 차이 나는 상황에서, 아무리 막연한 발상이었을지언정 이 남자와 직접 만나야겠다고 생각했던 것 자체가 부적절하고, 심지어 부끄럽게 느껴졌다.

"자네가 여기까지 억지로 들어와 봤자 소용없어. 나

는 막 떠나려던 참이거든."

소장이 냉담한 투로 이렇게 말했을 때, 나는 혼란에 빠진 채 오직 이 말만을 반복할 수밖에 없었다.

"저는 그 누구보다 먼저 당신에게 이야기해야 합니다."

"그건 불가능해. 나는 이미 늦었네."

그 남자는 손목시계를 힐끗 쳐다보고 문 쪽으로 걸어갔다.

"잠시, 아주 잠시라면 괜찮으실 텐데요!"

나는 불안한 마음에, 서둘러 그의 앞을 가로막았다. 그러지 말았어야 했다. 소장의 눈이 섬광처럼 빛났다. 그 남자는 화가 나 있었다. 나는 단 한 번의 기회를 날려 버린 셈이었다. 나는 스스로의 어리석음을 저주했다. 그런데 뜻밖에도 나의 낙심한 표정이 그를 즐겁게 한 모양이었다. 도대체 어찌 된 영문인지 소장은 차가운 태도를 거두고, 갑자기 돌변한 것 같았다. 그는 반쯤 미소를 지었다.

"자네와 대화하느라 이 전쟁 전체를 기다리게 할 수는 없지 않나. 자네가 꼭 해야만 하는 말이 있다면, 나와 함께 가 줘야겠네."

나는 뛸 듯이 기뻤다. 내가 예상했던 그 어떤 것보다 더 좋은 상황이었다.

"그래도 될까요? 정말 멋진 일이군요!" 내가 열렬히 감사를 표하자 그는 크게 웃음을 터뜨렸다.

우리가 차를 몰고 비행장으로 가는 동안, 도롯가에는 소장의 모습을 잠깐이라도 보고 싶어 하는 사람들이 미리 줄지어 있었다. 그들은 길가에 여섯 줄로 늘어서서 주변 정원, 창문, 발코니, 지붕, 나무, 울타리, 전신주 등을 바라보았다. 그들 중 몇몇은 정말 오랫동안, 참을성 있게 기다렸을 터였다. 나는 소장이 군중에게 미치는 강렬하고 즉각적인 영향력에 깊은 감명을 받았다.

비행기에서 소장의 옆자리에 앉은 나는 다른 탑승자들의 호기심 어린 눈초리를 받았다. 상공에서 내려다보는 지구의 모습은 이상했다. 땅은 평평하지도, 완만하게 굴곡지지도 않았다. 바다의 연한 파란색과 대지의 황록색은 한데 뒤섞여 있었고, 마치 둥근 공의 한쪽 면처럼 보였다. 하늘 높이 더욱 올라가자 검푸른 밤이 펼쳐졌다. 음료수가 나왔고, 나는 맑은 소리를 내며 울리는 얇고 투명한 유리잔을 건네받았다.

"얼음이라니! 얼마나 사치스러운가!"

소장은 나의 낡아 빠진 군복을 힐끗 쳐다보더니 얼굴을 찡그렸다.

"영웅이 되기를 고집한다면 사치를 기대할 수 없지."

그 남자의 말 자체는 거의 조롱이었지만, 그의 미소만큼은 매력적이었다. 어쩌면 소장은 내게 호감을 가지게 되었는지도 몰랐다.

"자네가 왜 갑자기 우리의 영웅 중 하나가 되었는지 물어봐도 될까?"

나는 그동안 투신해 온 직업으로서의 용병 생활을 이야기해야 했다. 그러나 그 대신, 나는 무슨 이유에선가 스스로의 우울감을 치료하기 위해 과감한 일을 시도해야만 했다고 말했다.

"재미있는 치료 방식이군. 그러다 목숨을 잃을 수도 있을 텐데."

"어쩌면 그게 제가 원하는 바인지도 모릅니다."

"아니, 자네는 자살하는 유형의 인물이 아니야. 어쨌든 굳이 애쓸 필요 있나. 어차피 다음 주면 우리 모두 죽고 말 텐데?"

"그렇게나 빨리요?"

"음, 말 그대로 다음 주는 아닐지 몰라. 하지만 확실히 임박했지."

나는 소장이 눈을 깜박이며, 마치 눈부신 푸른빛을 반사하듯 자신의 눈동자를 반짝이는 까닭을 알아챘다. 그것은 그에게 의도적으로 빠뜨린 얘기가 있다는 징표였다. 물론, 소장은 비밀 정보를 가지고 있었다. 그 남자는 항상 모든 것을 누구보다 먼저 알았으니까.

저녁 식사가 풍성히 차려졌다. 굉장히 사치스럽고 푸짐해서 음식의 절반도 다 먹을 수 없었다. 나는 이토록 과한 식사를 하는 습관에서 벗어난 지 오래였다. 그제야 처음 소장에게 하려던 말을 다시 꺼내 보려고 했지만, 내 머릿속은 좀체 정리되지 않았다. 나는 내가 그 남자에 대해 골똘히 생각하고 있음을 깨달았다. 그리고 내가 도착했을 때 그 역시 별로 놀라지 않았다는 점에도 주목했다.

"나는 자네가 나타나리라고 거의 예상했거든."

소장의 표정은 좀 기묘했다.

"자네는 주로 일이 일어나기 바로 직전에 등장하는 사람이지 않은가."

그 남자는 꽤 진지하게 말하는 듯 보였다.

"정말 몇 주나 며칠 안에 대재앙이 닥치리라고 생각하세요?"

"그렇게 보이는군."

창문에 블라인드가 내려졌고, 하늘 풍경은 더 이상 보이지 않았다. 영화를 상영한다는 것이었다. 소장이 내 귓가에 속삭였다.

"저들의 관심이 화면에 쏠릴 때까지 기다려 봐. 그러고 나면 내가 더 흥미로운 걸 보여 주도록 하지. 비밀로 남아야 하는 정보야."

나는 호기심에 가득 차서 기다렸다. 우리는 조용히 좌석을 떠난 뒤 문을 하나 통과해서, 아직 블라인드가 내려지지 않은 창문 한 곳을 마주했다. 나는 현재 시간대를 짐작할 수 없었다. 우리가 비행 중인 상공은 줄곧 밤이었지만, 아래쪽을 내려다보니 지면은 아직 대낮이었다. 구름 한 점 없었다. 나는 바다 위에 흩어진 섬들을 보았다. 비행기에서 바라볼 수 있는 흔한 풍경이었다. 이윽고 이 세상의 것으로 보이지 않는, 지극히 특별한 장관이 펼쳐졌다. 바다에서 우뚝 솟아오른 무지갯빛의 얼음벽이 대양을 곧장 가로지르고 있었다. 끊임없이 움직이는 빙하가 물마루를 밀어내는 모습은, 바다의 평평하고 창백한 수면을 거대한 카펫처럼 걷어 올리는 듯 보였다. 그것은 인간의 눈으로 보아서는 안 될, 불길하면서도 매혹적인 광경이었다. 나는 그 풍경을 내려다보면서 다른 것들도 함께 살폈다. 산처럼 쌓인 얼음벽이 그 여자를 둘러싸고 있었다. 달빛 아래서 그녀의 피부는 하얗게 빛났고, 머리카락은 수만 개의 다이아몬드 프리즘처럼 반짝거렸다. 달의 잠든 눈이 우리 세계의 죽음을 지켜보고 있었다.

비행기에서 내리니 어느덧 우리는 먼 나라에 와 있었다. 내가 모르는 도시였다. 소장은 이곳에서 열리는 정상 회의에 참석하러 온 것이었다. 모두 저마다 각기 다른 긴급 사안을 가지고 벌써 그를 기다리고 있었다. 그런데도 소장은 서둘러 떠나지 않았다. 오히려 차분한 태도로 곁에 머무르며 나를 여유롭게 대해 주었고, 나는 우쭐한 기분마저 느꼈다. 그는 이렇게 말했다.

"이 먼 동네까지 왔으니 한번 돌아보면서 구경해 봐, 아주 흥미로운 곳이야."

이 도시는 최근에 정부가 바뀌었다고 한다. 나는 그

과정에서 군인들이 사람들에게 큰 피해를 주지 않았는지 물었다. 돌아온 대답은 이러했다.

"우리 중 일부는 문명인이라는 사실을 잊지 마."

화려한 제복 차림의 소장은 내 곁에서 함께 걸으며 아름답게 가꾸어진 정원을 산책했다. 검은색과 금색으로 장식된 제복을 차려입은 무장 경비원들이 우리를 호위했다. 나는 그 남자와 함께 있음이 자랑스러웠다. 그는 자신의 모든 역량을 최대한 발휘할 수 있도록 적극적으로 유지하고 관리하는 잘생긴 남자였다. 신체의 근육은 운동선수처럼 잘 단련되었고, 지성과 감각은 물론 분별력까지 예리하게 다듬어져 있었다. 강렬하고 날렵한 육체적 활력 외에도 삶에 대한 열정으로 가득했다. 게다가 주변 사람들에게 엄청난 지배력을 발산하는 사람이었다. 그가 가진 힘과 지위, 성공에서 뿜어져 나오는 독특한 기운은 주위를 압도했고, 심지어 나에게까지 퍼져 오는 듯했다. 인공적으로 꾸민 폭포를 거쳐, 우리는 물살이 더 넓게 일렁이는 수련 연못에 도착했다. 거대한 버드나무들이 물속까지 초록빛 긴 머리카락을 늘어뜨리고 있었다. 그 시원한 녹색 그늘은 매혹적인 동굴을 이루고 있었다. 우리는 돌로 만든 벤치에 앉아, 보석처럼 반짝이는 포물선을 그리며 유영하는 물고기들을 쫓는 물총새 한 마리의 모습을 지켜보았다. 얕은 물가 여기저기에는 왜가리들이 회색 그림자처럼 꼼짝도 않고 서 있었다. 이것은 일부 사람들에게만 허락된 평화롭고 목가적인 광경이었다. 폭력이란 전혀 다른 세계에서 일어나는 환상 같았다. 나는 사람들이 이 모든 고요한 아름다움을 즐길 수 없음에 안타까워했다. 그러나 굳이 입 밖으로 말하진 않았다. 그런 내 마음을 읽기라도 한 듯 소장이 내게 말했다.

"예전에는 정해진 날이면 일반 사람들도 여기 들어올 수 있었어. 하지만 기물 파손이 자주 일어나서 중단해야만 했지. 난동을 부린 자들은 군인조차 망설일 법한 폭력을 일삼는 데 거침이 없었어. 아무리 가르쳐도 아름다움을 받아들이고 감상하기가 불가능한 사람들도 있는 거야. 그들은 인간 이하의 존재지."

강 건너편에서는 가젤처럼 보이는 작은 동물들이 우아한 뿔을 과시하며 물을 마시고 있었다. 경비병들은 모두 적당한 거리를 두고 각자 보초를 서고 있었다. 나의 동행자와 단둘뿐인 그곳에서, 나는 그 어느 때보다 그 남자와 친밀해진 기분이었다. 우리가 마치 일란성 쌍둥이로 태어난 친형제처럼 느껴졌다. 전에 없이 강하게 그에게 이끌리고 있었으므로, 나는 당장 이 감정을 표현해야만 했다. 그의 친절함에 얼마나 감사하는지, 그의 친구가 되어서 얼마나 영광스러운지 말이다. 그런데 무엇인가 잘못되었다. 그는 내 말에 미소 짓지도, 내 칭찬을 받아들이지도 않은 채 돌연 벌떡 일어섰다. 나도 따라서 일어났고, 강 건너편의 동물들은 우리의 갑작스러운 움직임에 놀라서 도망쳐 버렸다. 주변 분위기가 변하고 있었다. 얼음 위로 잠시 따뜻한 공기가 머물다 지나가 버린 듯 갑자기 차가운 냉기가 감돌았다. 나는 불가해한 공포심이 훅 끼치고 있음을 느꼈다. 마치 악몽을 꿀 때 아찔한 높이에서 추락하기 직전의 감각 같았다.

그 순간 소장은 내 쪽으로 돌아섰다. 그의 눈은 위험한 푸른색으로 번득였고, 얼굴마저 음울한 가면을 뒤집어쓴 것 같았다.

"그 여자는 어디 있지?"

이제 소장의 목소리는 험악하고 퉁명스럽고 얼음처럼 쌀쌀맞았다. 불쑥 총 한 자루를 꺼내서 내게 겨누고 있는 듯했다. 나는 잔뜩 겁에 질리고 충격을 받았다. 하나의 감정이 완전히 다른 감정으로 돌변하다니! 나는 혼란한 나머지 그저 서투르게 더듬거리며 말할 수밖에 없었다.

"내가 그 여자를 남겨 둔 곳에 있겠지요……."

그는 얼음 같은 표정으로 나를 쳐다봤다.

"그 말은 곧 당신도 모른다는 뜻이야?"

소장의 힐난은 더 거칠어졌다. 나는 간담이 서늘해서 제대로 대답할 수조차 없었다.

경비병들이 우리 주위를 원형으로 감싸며 가까이 다가왔다. 눈부심과 신상 노출을 방지하기 위해, 혹은 단지 공포심을 조장하기 위해, 경비병들은 각자 검은색 플라스틱 바이저를 착용하고 있었다. 마치 모두가 가면을 쓴 듯 보였다. 나는 그들의 악명을 어렴풋이 기억했다. 그들은 법적으로 유죄를 선고받은 조직 폭력배와 살인자들이었고, 상관에게 절대적 충성을 약속하는 조건으로 실형을 면제받은 사나운 범죄자들이었다.

"그럼 그 여자를 버린 거네."

그 남자는 눈보라를 뚫고 쏟아지는 시퍼런 얼음 화살촉처럼 가는 눈동자로 나를 맹렬히 쏘아보았다.

"그럴 줄은 몰랐군, 아무리 당신 같은 인간이라 해도 말이야."

그의 목소리에 담긴 끔찍한 경멸이 나를 움츠러들게 했다. 나는 정신없이 중얼거리며 변명을 늘어놓았다.

"그 여자의 적대적인 태도를 잘 아시잖습니까. 그녀가 저를 떠나보낸 거예요."

"당신은 그 여자를 다룰 줄 몰라."

소장이 차갑게 말했다.

"나라면 그 여자를 충분히 매만져서 제대로 구실하게 했을 거야. 오직 훈련만 잘 시키면 되는 일인데. 삶에서든 침대에서든, 그 여자는 좀 더 강인해져야 해."

나는 대꾸할 수도, 정신을 가다듬을 수도 없었다. 나는 충격에 빠진 상태였다.

"그 여자를 어떻게 할 생각인가?"

소장이 이렇게 물었을 때, 나는 아무것도 말할 수 없었다. 남자는 냉혹한 멸시가 담긴 눈빛으로 계속 나를 지켜보았다. 정말로 너무나 고통스럽고 굴욕적이었다. 그 눈동자에서 타오르는 푸른 불꽃이 내 생각을 멎게 했다.

"그러면 내가 그 여자를 다시 데려와야겠군."

소장은 단 몇 마디의 건조한 말로 여자의 미래를 결정해 버렸다. 정작 그 여자는 자신의 문제에 대해 아무런 발언권도 없었다.

솔직히 그 순간에 나는 그 여자보다 소장을 더 신경 쓰고 있었다. 마치 우리가 같은 피를 나눈 사이인 양 나는 그와 밀접하게 연결되어 있었다. 그래서 그에게 무시당하고, 그와 멀어지는 일을 견딜 수 없었다.

"왜 그렇게 화가 나셨어요?"

나는 한 걸음 더 다가가서 소장의 소매를 붙잡으려고 했지만, 그는 벌써 내 손이 닿지 않는 곳까지 물러서 있었다.

"단지 그 여자 때문입니까?"

현재 상황이 믿기지 않았다. 그와 나 사이의 유대가 그토록 강했건만! 바로 그때 내 관점에서 소장과 그 여자의 중요성을 비교해 보자면 후자는 아무것도 아니었다. 심지어 실재하는 사람처럼 느껴지지도 않았다. 우리 둘이서 그 여자를 나눌 수도 있지 않겠는가. 나는 그런 말을 했었던 것 같다. 소장의 얼굴은 석상처럼 단단하게 굳었고, 차가운 목소리는 강철을 벨 수 있을 만큼 단호했다.

그는 이미 내게서 수천 킬로미터나 떨어져 있었다.

"나는 즉시, 그리고 직접 그 여자를 데려올 거다. 그녀를 내 곁에 둘 거고, 이제 당신은 그 여자를 두 번 다시 볼 수 없을 거야."

그 남자와 나 사이의 강렬한 유대 따위는 없었다. 전부 다 나 혼자만의 상상이었으며, 그런 유대감은 애초에 존재하지도 않았다. 그는 내 친구가 아니었고, 나와 친밀한 적도 없었다. 둘의 동일시는 오직 나의 망상일 뿐이었다. 소장은 나를 경멸하다 못해 아예 외면했다. 미약하게나마 스스로를 변호하고자, 나는 그 여자를 구하기 위해 노력했다고 말했다. 급기야 남자의 눈동자는 지독하리만치 매서운 푸른색으로 물들었고, 나는 차마 그를 마주 볼 수 없었다. 조각상처럼 냉랭한 소장의 얼굴은 한 치도 변하지 않았다. 나는 억지로라도 그 남자의 얼굴을 계속 쳐다보려고 했다. 마침내 그는 차갑게 굳은 얼굴로 입술만 움직이며 이렇게 말했다.

"그 여자는 구출될 거다, 만약 그게 가능하다면 말이지. 하지만 그 일을 할 사람은 당신이 아니야."

그러고 나서 소장은 몸을 돌리더니, 황금 견장이 달

린 위엄 있는 제복을 휘날리며 내게서 멀어져 갔다. 몇 걸음 떨어진 곳에서 잠시 멈춰 선 그는 담배에 불을 붙였다. 여전히 내게 등을 돌린 채, 그는 눈길 한번 주지 않고 다시 걸어갔다. 나는 그가 한 손을 들어서 경비병들에게 명령하는 모습을 보았다.

검은 가면을 쓴 비인간적 모습의 그들이 점점 내 쪽으로 포위망을 좁혀 왔다. 고무 곤봉이 나를 향해 쏟아져 내렸고, 사타구니를 걷어차였다. 쓰러지면서 돌 벤치에 머리를 부딪혔는지 나는 기절하고 말았다. 차라리 운이 좋았다. 의식 잃은 사람을 때리는 짓은 그들에게 별다른 재미를 주지 못함이 분명했다. 내가 정신을 차렸을 때, 그들은 보이지 않았다. 머리가 지끈거리며 윙윙 울렸다. 눈을 찔끔 뜨는 일조차 두려움 탓에 엄청난 노력을 기울여야 했다. 몸의 구석구석 아프지 않은 곳이 없었지만, 다행히 골절되지는 않은 듯했다. 고통은 나를 혼란스럽게 했다. 내게 무슨 일이 일어났는지, 그동안 얼마나 시간이 흘렀는지 알 수 없었고, 연속된 사건들의 순서를 제대로 배열할 수 없었다. 혼돈 속에서도 나는 이처럼 가볍게 풀려났다는 사실을 도무지 이해할 수 없었다. 그러다 자리를 비운 경비병들이 곧 남은 일을 끝마치기 위해 되돌아오리라는 생각이 들었다. 그들이 여기서 나를 발견한다면 정말 끝장이었다. 몸을 거의 가눌 수조차 없었으나 어떻게든 남은 힘을 끌어모아서 가까스로 강가까지 내려갔다. 모든 것이 나를 둘러싸고 빙빙 도는 가운데, 나는 강변 수풀들 사이에 쓰러져서 얼굴을 진흙 속에 처박은 채 잠시 누워 있었다.

멀찍이서 들려오는 소리에 깨어나니 벌써 어둑어둑해져 있었다. 조금 떨어진 곳에서 어두운 반원 하나가 무엇인가를 탐색하듯 천천히 다가오고 있었다. 섬뜩한 기분이 들었고, 그것이 나를 찾고 있다는 생각에 나는 꼼짝도 않은 채 조용히 있었다. 하지만 다시 올려다봤을 때 그것은 사라지고 없었다. 아마도 풀을 뜯는 동물들이었음이 분명했다. 이때의 공포 덕분에 나는 어서 이 자리를 피해야 한다는 사실을 깨달았다. 나는 물가로 기어가서, 흐르는 강물에 머리의 상처를 씻었다. 광대뼈 부분에 깊이 찢긴 상처도 씻고, 굳은 피와 진흙도 닦아 냈다.

찬물로 씻고 나니 다시 소생하는 기분마저 들었다. 나는 어떻게든 공원 정문까지 오는 데 성공했다. 그리고는 거리를 따라 걷다가 얼마 못 가서 쓰러지고 말았다. 파티를 마치고 돌아오던 시끄러운 젊은이들이 도로 위에 뻗어 있는 나를 보고 무슨 일인가 해서 차를 멈춰 세웠다. 그들은 내가 술에 취해서 쓰러진 자기들 일행 중 하나라고 생각했다. 나는 그들에게 병원에 데려다 달라고 부탁했고, 병원에 도착하니 의사 한 사람이 내 진료를 맡았다. 나는 내 부상에 대해 몇 가지 이야기를 지어냈고, 응급실 침대 하나를 차지하게 되었다. 두세 시간 정도 잠을 자다가, 구급차의 쨍그랑대는 소리에 깨어났다. 들것을 든 사람들이 터벅터벅 응급실 안으로 걸어 들어오고 있었다. 그 상황에서 몸을 움직이기란 끔찍한 일이었다. 솔직히 나는 그 자리에 계속 누워서 잠을 잘 수 있기를 바랄 뿐이었다. 하지만 그러기에는 너무 위험했다. 그곳에서 좀 더 휴식하고자 다가오는 위험을 감수할 수는 없었다.

새로운 환자를 살피느라 당직 의료진들이 바빠진 틈을 타서, 나는 옆문을 통해 어두운 복도로 살그머니 빠져나온 뒤 병원 건물을 떠났다.

14

머리가 아팠다. 모든 게 혼란스럽기만 했다. 내가 아는 것이라곤 날이 밝기 전에 어서 그 도시를 떠나야 한다는 사실뿐이었다. 다른 생각을 할 수 없었다. 매 순간 떠오르는 환각은 그다음에 이어지는 현실과 들어맞지 않았다. 좁은 골목길에서 자동차 한 대가 나를 치고 지나갈 기세로 무섭게 다가왔다. 알프스산맥의 봉우리들처럼 뾰족하게 높이 솟은 집들 사이의 공간은 그 차 한 대만으로 가득 찰 만큼 폭이 좁았다. 손가락 관절이 까져서 피가 흐르는 주먹을 부르쥔 채, 나는 비틀거리는 걸음으로 집집이 잠긴 문을 두들기며 도움을 청했다. 마지막 순간에야 어느 집 문 앞에 몸을 으스러뜨리듯 바짝 붙여서 차에 치이는 일을 겨우 피할 수 있었다. 엄청나게 화려한 제복을 차려입은 교도소장이 커다란 검은색 차를 몰고 내 앞을 지나갔다. 그 여자도 소장과 함께 있었다. 그녀의 머리카락은 눈에 묻힌 나무들의 그림자처럼 은색 보랏빛으로 반짝였다. 그들은 함께 차를 타고 눈보라 속을 달렸다. 그들은 하얀 모피 러그를 두르고 있었는데, 그것은 방 한 칸만큼 어마어마하게 폭이 넓고, 잔뜩 쌓인 눈 더미처럼 두꺼웠다. 그리고 가장자리마다 볼록하고 둥글게 세공한 루비들이 줄줄이 매달려 있었다.

차갑고 눈부시게 타오르는 북극광의 불꽃을 등불 삼아 그들은 반짝이는 빙산 사이를 걸어갔다. 북극의 새하얀 눈보라가 불어닥쳤다. 북극성 아래 백골처럼 하얗게 드러난 소장의 이마와 고드름처럼 차갑고 날카로운 그의 눈동자, 그리고 은빛으로 얼어붙은 그 여자의 머리카락에 서리꽃이 찬연하게 피어났다. 얼음이 쩍쩍 갈라지는 소리가 천둥처럼 울려 퍼졌다. 소장은 북극곰 한 마리와 맞붙어 싸웠고, 맨손으로 그 짐승의 목을 졸라 죽였다. 그 여자를 거칠고 강하게 단련시키고자, 소장은 자신의 사악한 단도로 북극곰을 도리며 직접 가죽 벗기는 법을 여자에게 가르쳤다. 그 일이 끝나자 여자는 몸을 녹이려고 살그머니 소장의 곁으로 다가섰다. 커다란 곰 가죽은 그들 두 사람을 넉넉히 덮어 주기에 충분했다. 길고 새하얀 모피 끝에는 핏방울이 맺혀 있었다. 눈 더미처럼 두꺼운 가죽 아래로 두 사람의 몸은 완전히 사라졌다. 빽빽하고 촘촘한 털끝에서 피가 뚝뚝 떨어지며 주변의 눈을 핏빛으로 물들였다.

나는 그 여자가 꿈꾸는 듯한 눈빛으로 횃불 아래 서 있는 모습을 보았다. 나는 그 여자를 지켜봤고, 간절히 원했다. 나는 그 여자를 데려가고 싶었다. 하지만 다른 사람이 벌써 그녀의 소유권을 행사하고 있었다. 질식할 듯 타오르는 횃불 연기 사이로, 여자의 하얗고 앳된 몸이 소장의 무릎 위로 쓰러졌다. 나는 그 여자를 찾으러 나섰다. 마을은 약탈자들이 온통 헤집어 놓은 탓에 엉망진창이었다. 사방을 다 뒤져 보았지만 어디서도 그녀를 찾을 수 없었다. 그런데 무심코 잔해 속을 걷다가 그 여자의 몸에 발이 걸려서 넘어질 뻔했다. 엉망이 된 그녀의 머리가 묘하게 꺾여 있었다. 허공을 가득 메운 연기와 먼지 속에서 나는 흙투성이 파편들 사이에 하얗게 도드라진 그 여자의 피부를 보았다. 한때 붉었던 피가 짙은 검은색으로 변해서 그녀의 하얀 피부 위로 흘러내렸다. 또 믿기지 않을 만큼 아름다운 머리카락에 그녀의 머리가 뒤엉킨 채 옆으로 뒤틀려 있었다. 그 여자의 가느다란 목은 부러진 상태였다. 어린 시절부터 겪어 온 학대와 멸시는 결국 그녀로 하여금 피해자로서의 운명을 받아들이도록 했다. 내가 어떤 일을 했든 혹은 하지 않았든 이 운명은 궁극적으로 자발적 성취를 이루었으리라. 그 여자를 내버려 둔 채 떠날 수도 있었다. 그러나 그 남자의 손에 맡긴 채 떠나는 것은 전혀 다른 일이었다. 그것은 내가 절대로 할 수 없는 일이었다.

나는 소장보다 앞서 그 여자에게 가야 했다. 하지만 그러려면 압도적 고난을 견뎌야 했다. 교통수단이 전무한 상황에서는 오직 뇌물에 의존하거나 모든 종류의 기만, 심지어 그보다 더 악질적인 속임수를 써야 했다. 나는 마음의 눈으로 이 세계를 뒤덮은 얼음이 대양을 가로질러 여러 섬을 향해, 내가 지도에서 미처 찾아내지 못한 바로 그 섬을 향해 나아가고 있음을 계속 바라볼 수 있었다. 나는 이 무자비한 포위망의 중심에 있는 그 여자를 생각했다. 우리가 각자 다른 측면에서 여자를 향해 다가가는 동안, 그녀는 스스로 포위되어 있다는 사실조차 모르고 있으리라. 나는 이 지점에서, 그리고 그 남자는 다른 지점에서 그 여자를 향해 출발할 테고, 그리고 우리 모두를 뒤쫓는 얼음이 있다……. 내가 소장보다 먼저 그녀에게 다다를 가능성은 희박했다. 고작 일 킬로미터를 전진할 때마다 나의 속도는 더 느려지고, 어려움 역시 더 커질 것이다. 그 남자는 마음만 먹으면 언제든지 비행기를 타고 한두 시간 만에 그녀에게 다가갈 수 있었다. 나는 그저 현재 소장이 참석하고 있는 중요한 회의와 다른 군사적 문제들이 최대한 오래 그를 붙잡아 두기를 희망할 수밖에 없었다. 물론 낙관할 수 없었다.

내 머리의 부상과 얼굴의 상처는 제대로 아물기 시작했지만, 감각은 여전히 비정상적이었다. 항상 머리가 아팠고 끔찍한 환영에 시달렸다. 폭력적 죽음과 함께 폭발하는 재난들, 범우주적 파멸에 대한 환각이 내 머릿속을 떠나지 않았다. 결국 내가 사형 선고를 받으리라는 예감은 되풀이되었다. 나의 죽음이 그토록 중요한 문제였다는 말은 아니다. 어쨌든 나는 살아왔고, 여러 가지 일을 했고, 이 세상을 보았다. 나이 들어 늙고, 모든 면에서 퇴화하고, 지적 능력과 신체적 기능을 잃을 때까지 기다리고 싶지 않았다. 하지만 그 여자를 딱 한 번이라도 더 보고 싶다는 강박적 욕구가 나를 놓아주지 않았다. 그녀에게 가장 먼저 가닿는 사람은 바로 나여야만 했다.

나는 엄청난 거리를 여행했다. 공공연히 월경(越境)하는 위험을 감수할 수 없었기 때문에, 나는 이틀 동안 쉴 만한 거처도, 먹을 것도, 마실 것도 없이 내내 걸어서 황야를 지나왔다. 한참 뒤에야 어떤 헬리콥터를 타고 얼마간 이동하는 행운을 얻을 수 있었다. 헬리콥터 옆면에는 등신대의 여자 나체가 조잡한 색깔로 그려져 있었다. 전쟁의 팝 아트인 셈이었다. 헬리콥터 비행사의 목숨은 아무래도 길지 않았던 모양이다. 나는 편히 이동할 수 있는 기회를 잃고 싶지 않았지만, 그 행운은 오래가지 못했다. 나는 파괴된 헬리콥터의 잔해 속에서 총에 맞아 쓰러진 비행사를 정신없이 찾아 헤맸다. 그 파편들 사이에서 조잡하고 선정적이게 그려진 여자의 얼굴만이 나를 향해 바보같이 웃고 있을 따름이었다. 뺨에는 분홍색 동그라미가 물들어 있었고, 검정 페인트로 색칠한 눈동자는 인형의 눈처럼 공허하고 고요했다.

　한참 전쟁을 치르는 어느 나라를 지날 때, 나는 전투에 휘말리지 않으려고 무진 애를 썼다. 이따금 군인이나 일꾼 들을 가득 실어 나르는 트럭들의 시끄러운 통행을 제외하면 예상보다 조용한 한 마을에 도착했다. 날씨는 찌뿌둥하니 흐렸고, 마을의 분위기도 지루한 잿빛이었다. 병든 기색이 완연한 여자들이 강가로 빨래를 하러 나와서, 평평한 바위 위에 더러운 빨랫감을 힘없이 찰싹찰싹 쳐 댔다. 나는 고된 여행으로 완전히 지친 데다 낙심한 상태였다. 특별한 교통수단의 도움 없이는 결코 여행을 마칠 수 없을 것 같았다. 여기서는 아무런 희망도 찾을 수 없었다. 내가 행인들을 바라보면 그들은 내게서 황급히 시선을 돌렸다. 그들은 낯선 사람들을 의심했다. 깊은 상처가 나 있는 얼굴이나 낡아 빠진 진흙투성이 용병 군복 차림의 모습은 그들을 불안하게 할 뿐이었다. 나는 누구든 호의적인 상대를 찾아보았지만, 그런 사람은 아무도 없었다. 나는 어느 차고 주인에게 말을 붙였고 그에게 돈을 꺼내 보이면서, 망원 조준경이 달린 최신 외제 소총까지 함께 줄 테니 내 부탁을 들어주겠느냐고 제안해 보았다. 그러나 그는 경찰을 부르겠다고 협박했고 내게 아무 도움도 주지 않았다.

땅거미가 질 무렵 내리기 시작한 빗줄기는 밤이 깊어질수록 더욱 거세졌다. 아무래도 통행금지가 시행되는 모양이었다. 불빛이 새어 나오는 집은 단 한 군데도 없었고, 거리는 텅 비어 있었다. 바깥에 계속 머물러 있으면 누군가에게 들키거나 붙잡힐 위험을 감수해야 할 터였다. 하지만 당시 나는 아예 낙담한 상태라 별로 신경 쓰지 않았다. 윙윙대는 경보음이 울렸다. 먼 곳에서 들려오던 거친 충돌 소리가 점점 가까워졌다. 간헐적으로 이어지던 소음은 이제 야단스러운 총성과 번갈아 가며 들려왔다. 비가 폭포수처럼 쏟아진 터라 거리는 거대한 강이 되었다. 나는 어느 아치형 다리 아래로 피신했다. 젖은 몸이 덜덜 떨려 왔고, 무엇을 해야 할지 제대로 판단할 수 없었다. 나의 뇌는 극심한 스트레스와 통증으로 완전히 마비된 것 같았다. 나는 절망 속에서 체념할 수밖에 없었다.

커다란 군용 자동차가 휙 지나가다가 도로 반대편

에서 멈춰 섰다. 군용 철모, 두툼한 외투, 종아리까지 올라오는 군화로 단단히 무장한 운전사가 차에서 나오더니 어느 집 안으로 들어갔다. 두서없는 폭격은 계속 이어졌다. 주위가 워낙 소란스러웠으므로, 들키지 않기 위해 굳이 조용히 침묵을 지킬 필요는 없었다. 절박한 마음에 나는 옆에 굴러다니던 화강암 자갈을 하나 집어 들고 1층 창문을 향해 힘껏 내던졌다. 구멍이 뚫린 유리 안으로 손을 집어넣고 유리 파편을 살짝 밀어 올리니 창틀을 넘어서 집 안으로 들어갈 수 있었다. 내 발이 바닥에 닿기도 전에 방문이 열렸고, 나는 방금 전 차에서 내렸던 남자와 마주쳤다. 갑자기 훨씬 큰 규모의 폭발이 일어났고 모든 것을 뒤흔들었다. 타오르는 불꽃이 어두운 방 안을 가득 채웠고, 그 밝은 불꽃은 우리의 광대뼈와 안구에도 반사되어 비쳤다. 상처에서 쏟아져 나온 피가 어두운 강물처럼 흘러내렸다. 나는 그 남자의 군복을 탈취한 뒤 내 낡은 옷을 그에게 억지로 입혔다. 그러고는 내 상태를 살폈다. 운 좋게도 우리의 체구는 거의 비슷했다. 나는 서둘러 돌아다니며 방을 부수고, 가구를 마구잡이로 던지고, 거울을 깨뜨리고, 서랍들을 몽땅 열어젖히고 내가 가진 단도로 벽에 걸린 그림들을 모두 찢었다. 마치 강도가 침입해서 소동을 피우다가 집주인 총에 맞아 죽은 듯 꾸미기 위해서였다. 그런데 나는 머리에 얹힌 금속 철모의 무게를 버텨 낼 수 없었으므로 어쩔 수 없이 벗어 들고 밖으로 나왔다. 그 남자의 옷을 입고, 그의 장갑차에 올라탔다. 비록 군복에 묻은 그 남자의 피를 다 닦아 내지는 못했지만, 털로 장식한 외투를 꽉 조이자 핏자국은 겉으로 드러나지 않았다.

나는 변두리의 한 검문소에서 멈춰 섰다. 참 고맙게도 때마침 근처에 폭탄이 하나 떨어졌다. 혼란스러운 상황 속에서 보초병들은 나를 심문할 여유가 없었다. 나는 아무렇게나 허풍을 치고 둘러대면서 차를 계속 몰아 나갔다. 내 대답이 그들에게 석연찮은 인상을 주고, 결국 의심 끝에 눈치채리라는 점을 나도 알았다. 하지만 그들은 너무 정신없고 바빴으므로 나에 대해 크게 신경 쓰지 않으리라 생각했다. 그런데 잘못된 추측이었다. 고작 삼 킬로미터 정도 나아갔을 때 눈부신 탐조등이 내 차를 비추었고, 뒤쪽에서 가속 추진 엔진을 탑재한 오토바이의 성난 굉음이 들렸다. 그중 한 사람이 나에게 차를 멈추라고 명령하며 쏜살같이 내 곁을 스쳐 지나갔다. 바로 내 차 앞에서 그는 세게 브레이크를 밟더니, 죽음마저 불사한 듯 도로 한가운데 서서 안장 위에 다리를 벌리고 앉은 채 나를 향해 총을 겨누었다. 곧이어 총구에서는 총알들이 우박처럼 사방으로 튀어나왔다. 나는 그 순간 속도를 더 밟아서 그 남자와 오토바이를 정면으로 쳤다. 뒤를 힐끗 돌아보니 내 운전대 위로 검은 형체 하나가 날아가는 모습이 보였다. 그리고 또 다른 한 대가 더 충돌했다. 그다음에 온 오토바이 두 대도 이미 도로 위에 쌓인 잔해 속으로 미끄러져 들어갔다. 그 뒤로 총격이 잠시 이어졌지만 아무도 나를 쫓아오지 않았다. 혹시 생존자가 있다면 난장판이 된 현장을 정리해 주기를, 그래서 내가 바로 달아날 수 있는 시간을 더 벌어 주기를 바랐다. 비가 그치고 전쟁 같은 소음도 잦아들자 차츰 긴장이 풀렸다. 그런데 돌연 내 차의 전조등 불빛 안으로 도로 위에서 서둘러 물러나는 제복 차림의 형상들이 들어왔다. 바로 맞은편에 주차된 순찰차 여러 대가 도로를 막고 있었다. 누군가 미리 연락했음이 틀림없었다. 나는 도대체 왜 그들이 이토록 많은 사람들을 출동시킬 만큼 나를 중요한 인물로 여기는지 의문이 들었다. 아니다, 그들은 이 차의 원래 주인을 발견했고, 바로 그가 그들에게 중요한 인물이었으리라고 추리했다. 그들이 총을 쏘기 시작했다. 나는 가속 페달을 밟으면서, 국경 검문소의 장벽을 뚫고 지나갔다던 교도소장의 이야기를 어렴풋이 떠올렸다. 자동차는 마치 얇은 휴지 조각을 찢어 버리듯 단단히 마련해 둔 장애물을 부수며 진격했다. 더 많은 총성이 이어졌지만 내게는 달리 해를 끼치지 못했다. 곧 사방이 조용해졌고 나는 홀로 도로 위를 달렸다. 추적의 낌새는 더 이상 없었다. 삼십 분 뒤 국경을 넘어가면서, 나는 마침내 위험에서 벗어났음을 확신했다.

아슬아슬한 추격은 나의 기분을 북돋아 주었다. 조직적으로 나를 노리던 다수의 적들을 혼자만의 힘으로 물리친 것이다. 재빠르고 흥미진진한 경기에서 마지막 승리를 거둔 듯 흥분되었다. 마침내 나는 예전의 자아를 되찾았고, 안정을 느꼈다. 이제 더는 절망에 빠진 채 남의 도움을 구걸해야 하는 떠돌이가 아니었다. 강하고 독립적이며 힘이 넘치는 나 자신으로 되돌아온 듯했다. 내가 조종하는 기계의 구동력이 곧 나의 힘이 되었다. 나는 차의 상태를 점검해 보기 위해 멈췄다. 한두 군데 움푹 들어가고 긁힌 걸 제외하면 전혀 나쁘지 않았다. 연료 탱크는 여전히 4분의 3 정도 채워져 있었고, 짐칸은 여분의 휘발유 깡통으로 가득 차 있었다. 목적지까지 가는 데 필요한 양보다 훨씬 많았다. 게다가 나는 식량이 담긴 커다란 상자도 발견했다. 비스킷, 치즈, 달걀, 초콜릿, 사과, 럼주 한 병도 들어 있었다. 이 정도라면 연료나 식량을 구하려고 중간에 멈추는 수고를 피할 수 있었다.

갑자기 나는 여행의 막바지에 도달해 있었다. 도저히 극복할 수 없을 것 같았던 그 많은 어려움에도, 이제 목표가 거의 눈앞에 자리해 있었다. 나는 나의 성취와 스스로에게 만족감을 느꼈다. 그런 와중에 일어난 살인에 대해서는 생각하지 않았다. 만약 내가 약간이라도 다르게 행동했더라면 여기까지 올 수 없었을 테니까. 어쨌든 인류의 종말이 닥쳐올 때까지 시간은 아주 조금밖에 남지 않은 듯했고, 모든 생명체는 곧 소멸할 것이었다. 온 세계가 죽음을 향해 다가가고 있었다. 얼음은 이미 수백만 명의 목숨을 앗아 갔다. 살아남은 사람들은 자기들끼리 싸우고 우왕좌왕하는 데 정신이 팔려 있었지만, 결코 깨뜨릴 수 없는 적이 엄습해 오고 있다는 사실 역시 언제나 자각하고 있었다. 그들이 어디로 가든 얼음은 그들을 따라갈 것이고, 결국 얼음이 최후의 정복자가 되리라는 점을 모두 알고 있었다. 그러니 사람들이 유일하게 할 수 있는 일이란, 매 순간 얻어 낼 수 있는 만족감을 최대한 누리는 것이었다. 나는 고성능 엔진으로 구동하는 자동차를 타고 밤새 달리는 것을 즐겼다. 하늘을 날듯이 잽싸게 달리는 차의 속도와 스스로의 능숙한 운전 실력에 기분이 한껏 들떴다. 흥분과 위험이 뒤섞인 감각은 짜릿했다. 슬슬 피곤해지자 나는 길가에 차를 세우고 한 시간 정도 잤다.

새벽녘의 추위가 나를 깨웠다. 밤새도록 얼어붙은 별들이 얼음 광선을 지구에 쏘아 댔고, 쏟아지는 얼음은 지표면을 뚫고 안쪽에까지 파고들었다. 이제 지구는 차갑게 얼어 가는 내핵 위에 올려진 얇은 지각 한 층에 불과했다. 무더운 아열대 지역에서조차 땅바닥이 서리로 하얗게 굳고, 발밑의 대지는 온통 꽁꽁 얼어붙었다. 우리가 익히 알던 일상의 삶에서 벗어나는 현상이었고, 기존의 물리 법칙들이 작용하지 않는 낯선 세계로 뛰어든 느낌이었다. 나는 아침을 간소하게 먹고 엔진에 시동을 걸었다. 수평선을 향해, 바다를 향해 질주했다. 도로 상태가 좋을 때면 시속 150킬로미터까지 속력을 높인 채 차를 몰았다. 황량하게 버려진 땅 위를 날아가듯 달리며, 드문드문 과거에 집이나 마을이었을 잔해들을 스쳐 지나갔다. 비록 나는 아무도 보지 못했지만, 폐허 사이에서 나를 지켜보는 시선을 느낄 수 있었다. 군용차가 지날 때 사람들은 아무 소리도 내지 않았고, 모습 역시 드러내지 않았다. 그들은 계속 숨어 있는 편이 더 안전하다는 사실을 깨달은 것이다.

날이 점점 추워졌고 하늘은 어둑해졌다. 내 뒤쪽의 산들 너머로 불길한 먹구름 덩어리가 피어오르며 바다 위로 모여들고 있었다. 나는 그 구름을 지켜보면서 그 현상이 무엇을 의미하는지 이해했다. 더욱 커져 가는 두려움과 함께 점점 거세지는 추위를 느꼈다. 그것들의 의미는 자명했다. 빙하의 압박이 가까워지고 있다는 것, 오직 그뿐이었다. 내가 살던 세상 대신에 이제 곧 얼음, 눈, 고요, 죽음만이 존재하게 될 것이었다. 폭력도 전쟁도 피해자도 더는 없으며 얼어붙은 침묵, 생명의 부재 외에는 아무것도 남지 않았다. 인류의 궁극적 성취는 자기 파괴뿐만 아니라, 나아가 모든 생명의 파멸이리라. 생동하던 세계가 죽음의 행성으로 변화하는 것 말이다. 구름 한 점 없이 새파랗게 빛나야 할 하늘에는 어둠침침하고 거대한 먹구름이 가득 찼다. 그 광경은 말로 표현할 수 없이 불길하고 위협적이었다. 마치 붕괴 직전의 폐허가 당장이라도 막 우리를 덮쳐 올 듯 아슬아슬하게 머리 위쪽에 매달린 것 같았다. 자동차 앞 유리에 서리 결정이 꽃처럼 피어나기 시작했다. 나는 범우주적 기이한 감각에 짓눌리는 느낌이었다. 가차 없이 다가오는 대재앙의 두려운 한기, 내 머리 바로 위에 대롱대롱 매달려 있다가 곧 무너져 내릴 거대한 폐허의 위협이 나를 압박해 왔다. 또한 지금까지 인류가 저질러 온 엄청난 죄악, 집단적 죄책감의 무게 또한 만만하지 않았다. 자연, 우주, 생명을 거스르는 무서운 악덕이 행해져 왔다. 인간은 생명을 거부하고 살상함으로써 아득한 옛날부터 내려오던 질서를 파괴했고, 기어코 이 세상을 파괴했다. 이제 모든 것이 폐허가 되어 무너져 내릴 순간이었다.

갈매기 한 마리가 가까이 날아와서 우짖었다. 바다

에 도착한 것이다. 나는 허공에 맴도는 소금 냄새를 맡으며 어두운 파도 너머의 수평선을 바라보았다. 얼음의 벽은 아직 보이지 않았다. 하지만 공기 중에 이미 얼음의 치명적 냉기가 자욱했으니, 그다지 멀리 있지 않음은 분명했다. 나는 풀 한 포기 없이 헐벗은 땅을 팔십 킬로미터쯤 내달렸고, 마침내 예전 그 도시에 당도했다. 도시 위를 뒤덮은 구름은 더 낮고 어둡고 불길하게 내려앉으며 내가 도착하기를 기다리고 있었다. 추위에 몸이 떨렸다. 아마 그 남자 역시 여기에 왔으리라. 도시 어귀에서 속도를 늦추고 사람들이 밤새 춤을 추던 거리에 진입했을 때, 나는 이곳이 그토록 명랑하고 활기찬 장소였다는 사실을 거의 믿을 수 없었다. 거리는 온통 적막하고 고요했다. 행인들도, 차들도, 꽃들도, 음악도, 불빛도 없었다. 항구를 지나면서 난파당한 배들을 여러 척 보았다. 건물들은 파괴되었고, 상점과 호텔 들도 폐쇄되었다. 우리가 알던 세계의 다른 부분, 아마도 또 다른 기후에 속해 있었을 차가운 회색 광선이 부옇게 주변을 비추었다. 새로운 빙하기의 위기가 사방을 에워싸고 있었다.

　나는 눈앞의 풍경을 바라보는 동시에 그 여자의 모

습도 보고 있었다. 그녀의 사진은 언제나 나와 함께 있었다, 내 지갑 속과 머릿속에도. 이제 내가 어디를 보든 그 여자의 이미지가 겹쳐 보였다. 그녀의 하얗고 황망한 얼굴과 커다란 눈동자가 어디서든 떠올랐다. 음울하게 퍼지는 먹구름 아래서도 그 여자 특유의 여린 분홍빛 창백함이 횃불처럼 타오르며 자석같이 내 시선을 잡아끌었다. 그녀는 폐허 속에서 유독 빛을 발하는 존재였다. 그 여자의 찬란한 머리카락이 어두운 대낮을 반짝거리게 했다. 건물의 깨진 유리창마다 나 있는 검고 깊은 구멍들은, 마치 잘못을 저지르고 겁에 잔뜩 질린 어린아이의 커다란 눈동자 같은 그녀의 눈이 되어 나를 힐난하듯 쳐다보았다. 비뚤어진 욕구를 지닌 아이처럼 그 여자는 내 곁을 스쳐 달려가며 커다란 눈으로 내게 간청하고, 자기 고통을 지켜보는 쾌감을 느껴 보라는 듯 나를 유혹하고, 내 욕망의 가장 깊은 곳에 묻어 둔 최악의 환상들을 남김없이 풀어냈다. 그녀 얼굴에서 빛나는 유령 같은 인광이 나를 그림자들 사이로 끌어들였다. 여자의 머리카락은 광휘로 가득한 구름 같았다. 그러나 내가 가까이 다가가면 그녀는 곧장 몸을 돌려 달아났다. 그 여자의 어깨 위로 은빛 머리카락이 갑작스레 물결치며, 달빛에 젖은 폭포수처럼 쏟아져 내렸다.

우리가 머무르던 호텔 입구에는 방어벽을 쌓았던 잔해가 남아 있었다. 나는 차에서 내린 뒤 진입로까지 걸어 올라가야 했다. 얼음에서 곧장 불어오는 날카롭고 차가운 폭풍 때문에 숨을 들이마시기조차 어려웠다. 얼음이 일부라도 벌써 당도하지 않았는지 확인하고자 나는 무연탄 빛깔의 진회색 바다를 계속 쳐다보았다. 지상층의 호텔 외관은 예전 그대로였지만, 층수가 높아질수록 건물 벽면에 커다란 구멍이 뻥뻥 뚫려 있었고 지붕은 아예 주저앉아 있었다. 나는 건물 안으로 들어갔다. 실내는 춥고 어두웠다. 난방도 되지 않고, 불빛도 없었다. 금방이라도 허물어질 것 같은 의자와 탁자 들이 카페에서처럼 아무렇게나 놓여 있었다. 처참한 파괴 속에서도 금빛 장식은 일부 남아 있었지만, 나는 원래의 모습을 잃고 완전히 망가진 방을 제대로 알아보지 못했다.

절뚝거리는 발소리와 지팡이를 딱딱 짚는 소리가 들렸다. 누군가 내 이름을 아는 사람이 나를 부르며 다가오고 있었다. 그 젊은이의 외모는 어렴풋이 낯이 익었지만,

처음 희미한 불빛 아래서는 그가 누구였는지 정확히 생각나지 않았다. 그러다 악수를 할 때에야 돌연 기억이 떠올랐다.

"역시 맞아. 호텔 주인 아드님이었지."

예전에 그는 다리를 저는 사람이 아니었다. 나는 어쩐지 불편한 기분이 들었다. 그 젊은이가 고개를 끄덕이며 말했다.

"부모님은 돌아가셨어요, 폭격에 살해당하셨죠. 공식적으로는 저도 죽은 사람이고요."

나는 무슨 일이 일어났는지 물었다. 그 남자는 얼굴을 찡그렸고 자기 다리를 만졌다.

"퇴각하던 중에 벌어진 일입니다. 부상자들은 모두 뒤에 남겨졌어요. 제가 전사했다는 소식을 전해 들었을 때 저는 굳이 그 기록을 바로잡으려고 하지 않았어요……."

그는 문득 말을 끊고 긴장한 눈초리로 나를 힐끗 쳐다봤다.

"그런데 도대체 무슨 일로 돌아오신 건가요? 아시다시피 여기에 머물러 계실 순 없습니다. 우리는 지금 매우 위험한 지역에 있는 거예요. 전부 퇴거하라는 명령을 받았어요. 이제는 여기에 계속 살던 한두 명만이 남아 있을 뿐입니다."

나는 그 젊은이를 쳐다보았다. 왜 그가 나를 대하면서 불안해하는지 이해할 수 없었다. 그는 내가 여기서 알고 지냈던 사람들은 모두 오래전에 떠났다고 말했다.

"전쟁이 일어나기 직전에 거의 모두 탈출했어요."

나는 그 여자를 찾길 바라는 마음으로 돌아왔다고 말했다.

"그 사람도 진작 떠났으리라는 점을 미리 알았어야 했는데."

나는 교도소장이 여기에 와서 그 여자를 데려갔다는 이야기나, 하다못해 그 남자에 관한 무슨 소식이라도 젊은이의 입에서 나오기를 기다렸다. 하지만 그는 어색한 태도를 취하며 말을 꺼내기에 앞서 머뭇거렸다.

"사실, 그분은 여길 떠나지 않고 남아 있는 극소수의 사람 중 하나랍니다."

마지막 몇 초 동안 내 감정은 크게 동요했다. 스스로 현재 느끼는 안도감이 정당하다는 사실을 확인하는 것만큼이나 혼란한 내 감정을 감추기 위해, 나는 그 여자에 대해 수소문하러 왔던 사람이 있는지 물었다.

"아니요."

젊은이는 아무 생각 없이 멍해 보였고, 진실을 말하는 듯했다.

"혹시 그 여자가 아직도 이 호텔에 사나?"

다시 들려온 대답은 이러했다.

"아니요."

그가 말을 이었다.

"저희가 이 부분을 식당으로 쓰곤 있지만, 건물 전체가 안전하지 않아서요. 수리를 맡을 만한 사람도 남아 있지 않고요. 어쨌든 지금에 와서 뭘 고쳐 봤자 무슨 소용이 있겠어요?"

나는 엄습해 오는 얼음이 호텔을 수리하고 재건하려는 의지를 무용하게 만들었다는 데에 동의했다. 그럼에도 내가 관심 있는 대상은 그 여자뿐이었다.

"그 사람은 지금 어디에 살고 있어?"

젊은이는 더 오래 머뭇거렸다. 이 질문에 무척이나 당황했음이 분명했다. 마침내 그의 대답을 들으니 눈에 띄게 머뭇거린 이유를 바로 알 수 있었다.

"바로 이 근처예요. 해변의 별장이요."

나는 그 젊은이를 빤히 쳐다봤다.

"그렇군."

모든 게 명백해졌다. 나는 그 별장을 또렷이 기억하고 있었다. 그곳은 그가 부모와 함께 살던 집이었다. 젊은이는 어색하게 말을 이어 갔다.

"그 사람이 오가기에 편리해서요. 그분은 여기서 일을 하거든요."

"정말? 어떤 종류의 일인데?"

나는 궁금해졌다.

"아, 그냥 식당 일을 좀 돕는 거죠."

남자는 모호하게 얼버무렸다.

"종업원 일을 한다고?"

"아니, 가끔 춤도 추시고……."

그는 불편한 화제를 피하려는 듯 곧장 이어서 말했다.

"아직 탈출이 가능했을 때, 그분이 다른 사람들처럼 안전한 장소로 피신하지 못한 건 정말 안타까운 일이에요. 그때만 해도 그분을 데려갈 만한 친구들이 있었는데 말입니다."

나는 이렇게 대답했다.

"분명히 이곳 친구들과 함께 있기를 더 원했던 거지."

그러고 나서 나는 그 젊은이를 자세히 살펴봤다. 하지만 그의 얼굴은 그림자에 가려진 데다 희미한 빛마저 등지고 있었으므로 그 순간 그의 표정이 어땠는지 알 수 없었다.

갑자기 조급한 기분이 차올랐다. 이 젊은이에게 너무 많은 시간을 낭비한 듯했다. 내가 대화해야 할 상대는 이런 놈이 아니라 바로 그 여자였다. 나는 문으로 향하며 그에게 물었다.

"내가 어디서 그 여자를 찾을 수 있을지, 혹시 생각나는 데라도 있을까?"

"그분 방에 있겠지요. 나중에야 여기 오실 겁니다."

그는 내 뒤를 따라서 지팡이를 짚고 절뚝거리며 걸어 나왔다.

"정원을 가로질러 가는 지름길을 알려 드릴게요."

나는 젊은이가 일부러 방해하려 한다는 인상을 받았다.

"정말 고맙지만 길은 내가 알아서 찾을 수 있어."

나는 문을 열고 밖으로 나갔다. 그리고 그 남자가 뭐라고 더 말할 겨를도 없이, 나는 우리 사이의 문을 쾅 닫았다.

15

바깥으로 나서자 얼음의 차가운 기류가 나를 덮쳤
다. 해는 저물어 가고 있었다. 꽁꽁 언 눈송이들이 바스러
진 채 바람에 실려 왔다. 나는 그 남자가 안내해 주려던
지름길을 무시하고, 이미 아는 길을 택했다. 해변으로 향
하는 길이었다. 그 길가에서 자라던 이국적인 식물들은
때아닌 서리 탓에 죽어 가고 있었다. 거의 빈사 상태로 쪼
글쪼글해진 야자수 잎사귀는 새카맣게 어두워진 채, 마
치 접이식 우산처럼 돌돌 말려 있었다. 이제 나는 기후 변
화가 가져온 재앙에 무덤덤해질 만도 했으나 막상 기이

한 풍경을 마주하니, 다시금 예전의 일상적인 삶에서 완전히 낯선 영역으로 옮겨진 것 같았다. 내 눈앞의 이 모든 것은 사실이며 실제로 일어난 일이지만, 그 변화의 특성은 매우 비현실적이었다. 기존과 전혀 다른 방식으로 일어나는 현실이었다.

눈이 꾸준히 내리기 시작했다. 북극에서 불어오는 눈발 섞인 찬바람이 내 얼굴을 자꾸 후려쳤다. 추위가 피부를 따갑게 긁어 댔고, 숨결을 얼어붙게 했다. 눈[眼] 속으로 날아드는 눈송이를 막기 위해 나는 묵직한 철모를 눌러썼다. 해변이 눈에 띌 무렵엔 철모의 챙에 얼음이 두껍게 쌓여서 더욱 무겁게 느껴졌다. 하얗게 휘날리는 눈의 장막 너머로 별장의 모습이 희미하게 나타났다. 그러나 그게 정말 집인지, 파도인지 혹은 황야 위에 펼쳐진 거대하고 울퉁불퉁한 빙산 덩어리인지조차 알아보기 힘들었다. 바람이 부는 방향을 거슬러 걸어가기란 꽤 어려웠다. 더욱 굵어진 눈발은 지칠 줄 모르고 쏟아져 내렸다. 하늘은 체를 치듯 끊임없이 고운 가루를 내려보냈고, 눈은 죽어 가는 세상의 얼굴 위로 깨끗이 표백된 하얀 덮개를 펼쳤다. 잔인한 폭력과 그 희생자들을 하나의 거대한 공동묘지 속에 묻어 버리며, 인류와 그들의 마지막 흔적 까지 완전히 지워 나갔다.

갑자기 하얗게 몰아치는 눈보라를 뚫고 그 여자가 내게서 달아나는 모습이 보였다. 그녀는 얼음을 향해 뛰고 있었다. 나는 소리치려고 입을 열었다.

"거기 서! 다시 돌아와!"

하지만 극지방의 냉기가 목을 녹슬게 했고, 내 목소리는 바람에 휘말려 날아가 버렸다. 눈가루가 안개처럼 내 주변을 빙빙 돌았다. 나는 그 여자의 뒤를 쫓아 달려 갔다. 거센 눈 속에서 그녀의 모습은 거의 보이지 않았고, 내 눈에는 이제 아무것도 비치지 않았다. 추적을 이어 가기 전에 잠시 멈춰 서서, 일단 안구 점막 위에 피어나는 얼음 결정들을 고통스럽게 닦아 내야 했다. 살인적인 기세의 바람이 자꾸 나를 뒤쪽으로 내던졌고, 눈은 화산처럼 차가운 공기와 얼음을 내뿜으며 높이 쌓여 갔다. 그 순백의 연기가 다시 내 눈을 멀게 했다. 끔찍한 죽음 같은 추위 속에서 나는 휘청거리고, 비틀거리며 발을 헛디디고, 미끄러지고 쓰러졌다. 그러나 다시 온 힘을 다해서 몸을 일으켰고 마침내 어떻게든 그 여자에게 가닿았다. 아무런 감각이 느껴지지 않는 마비된 손으로 나는 그녀를 단단히 붙잡았다.

너무 늦었다. 우리에게 아무 가망도 없음을 즉시 알아차릴 수 있었다. 마치 사막의 신기루 같은 웅장한 북극광이 기이하고 섬뜩한 얼음 구조물 주변을 나선형으로 온통 휘감은 채 수직으로 솟아났다. 거대한 얼음 요새의 흉벽, 무지갯빛 포탑과 첨탑 들이 그 내부에서부터 타오르는 차가운 화염으로 하늘을 가득 비췄다. 우리는 바로 그렇게 거듭 포위해 들어오는 벽들 사이에 갇혔다. 유령 같은 사형 집행인의 반지처럼 둥근 장벽이 우리를 파괴하기 위해 천천히, 그리고 냉혹하게 다가오고 있었다. 나는 움직일 수도, 생각할 수도 없었다. 사형 집행인의 숨결이 나의 뇌를 마비시켰다. 내게 직접 와닿는 얼음의 치명적인 냉기를 느꼈고, 얼음이 깨지면서 울리는 천둥 같은 소리를 들었다. 그러고는 얼음이 눈부신 에메랄드빛 균열을 일으키며 갈라지는 광경을 보았다. 우리의 머리 위로 저 멀리 반짝이는 어마어마한 빙산들이 우르릉 흔들리고 울부짖으며 거대한 눈사태처럼 아래로 쏟아지려고 했다. 그 여자의 어깨에 맺힌 서리가 희미하게 빛났고, 그녀의 얼굴은 얼음처럼 새하앴다. 여자가 천천히 눈을 깜박일 때마다 긴 속눈썹이 눈두덩을 쓸었다. 나는 그 여자가 붕괴하는 빙산 덩어리를 보지 못하도록, 그녀를 내 품 안에 꼭 끌어안았다.

그녀는 회색 로덴 코트 차림으로 해변의 별장 베란다에서 누군가를 기다리고 있었다. 처음에는 그녀가 내 모습을 봤다고 생각했지만, 이내 여자의 시선은 다른 쪽 길에 고정되어 있음을 깨달았다. 나는 잠시 그 자리에 멈춰 서서 지켜보았다. 호텔에서 만난 젊은이가 지금 나타날 리 없었지만, 여자가 누구를 기다리는지 확실히 알고 싶었다. 그 여자는 타인의 시선을 알아챈 듯했다. 주위를 둘러보기 시작하더니 마침내 나를 발견했다. 나는 그녀의 하얀 얼굴 위에 자리한 눈동자, 더욱 크고 까맣게 팽창하는 동공을 알아볼 만큼 그 여자와 가까이 있지는 않았다. 하지만 그녀가 날카롭게 내지르는 비명을 들었고, 여자가 휙 몸을 돌리자 함께 물결치는 머리카락의 광채를 보았다. 여자는 코트에 달린 모자를 머리 위로 푹 내려 쓰고 해변을 향해 걸어갔다. 나는 베란다를 떠난 그 여자의 모습을 거의 알아볼 수 없었다. 그녀는 눈보라 속에 몸을 숨기려고 했다. 급작스러운 공포가 그 여자를 사로잡았다. 자석처럼 사람을 끌어당기는 힘을 지닌 얼음 같은 푸른 눈을 가진 남자에 관한 생각이 그녀 마음속에 떠올랐다. 그 남자는 마법 같은 눈의 힘으로 여자의 의지를 박탈하고, 그녀를 환각과 공포에 빠뜨릴 수 있었다. 그 남자의 존재는 이 세상의 평범한 외관 뒤에 감춰진, 언제나 그 여자와 가까운 곳에 머물며 평생 함께 살아야만 했던 두려움의 총체였다. 그리고 그 남자와 연결된 또 다른 남자가 있었으니, 그들은 적어도 같은 패거리거나 어쩌면 같은 사람인지도 몰랐다.

두 남자 모두 그 여자를 핍박했고, 여자는 그 이유를 알지 못했다. 하지만 여자는 자신에게 일어난 모든 일들을 받아들이는 과정에서, 인간의 악의로든 미지의 힘으로든 영원히 학대당하거나 희생양이 되거나 궁극적으로 파괴되리라고 가늠할 수 있었다. 마침내 그 사실을 있는 그대로 받아들였다. 태초부터 이 비참한 운명이 내내 그녀를 기다리고 있었던 것 같았다. 그 여자를 구할 수 있는 것은 오직 사랑뿐이었을지도 모른다. 그러나 그녀는 결코 사랑을 추구하지 않았다. 그 여자의 역할은 고통받고 수난당하는 것이었다. 스스로 이미 잘 알고, 겸허히 수용한 사실이었다. 이러한 숙명론적 관점은 체념을 불러들였다. 자기 운명에 저항해 봤자 소용없다고. 그 여자는 삶을 시작해 보기도 전에 이미 패배했음을 알았다.

그녀가 집에서 고작 몇 발자국도 떼지 못했을 때, 나는 그 여자를 벌써 따라잡았다. 나는 그녀를 다시 베란다의 초소 안으로 데리고 들어왔다. 얼굴에서 눈을 털어 내며 그녀가 탄성을 질렀다.

"아, 당신이었군."

그러고는 깜짝 놀란 눈으로 나를 바라보았다.

"그러면 누구일 거라 생각했어?"

그제야 나는 입고 있는 군복을 떠올렸다.

"있잖아, 이 옷은 내 것이 아니야. 그냥 빌려 입었을 뿐이지."

내 해명에 여자의 불안감은 사라졌고, 한숨 돌리며 안도했다. 여자는 곧 태도를 바꾸더니 갑자기 태연자약하게 굴었다. 나는 그 여자가 주변 사람이나 상황 덕분에 충분히 안심했을 때 줄곧 취하던 당당한 자신감과 독립심 넘치는 태도에 익숙했다. 그동안 호텔의 젊은이가 이런 역할을 해 주었음이 틀림없었다.

"빨리 안으로 들어가. 우리가 왜 여기 서서 이러고 있지?"

여자는 가벼운 일상적 대화를 나누듯 아무렇지도 않게 말했다. 내가 돌아오리라고 분명히 예상했다는 듯이 말이다. 그녀는 이 상황이 전혀 특별하지 않은 양 굴었다. 내가 그토록 모진 고생을 이겨 내고 여기까지 왔음을 떠올리면, 그런 태도는 나를 짜증 나게 했다. 나는 여자의 가식적 위장에 나를 위축시키려는 의도가 숨어 있음을 알았다.

그녀는 자기 방으로 나를 안내하면서, 사교적이고 세련된 몸짓을 보여 주었다. 작은 방은 황량하고 추웠다. 방 중앙에 놓인 구식 석유난로는 방 안의 냉기를 녹이기엔 역부족이었다. 하지만 모든 것이 깔끔하게 잘 정돈되어 있었다. 누군가 애정을 가지고 집을 잘 보살펴 왔음을 짐작할 수 있었다. 해변의 유목과 조개껍데기로 꾸민 장식품도 여러 개 있었다.

"그다지 안락한 공간은 아니라서 부끄럽네. 당신 기준에는 한참 부족하겠지."

그 여자는 나를 놀리려고 했다. 나는 아무 말도 하지 않았다. 그녀는 코트를 벗고 모자를 뒤로 젖힌 뒤 머리카락을 자유롭게 풀어 헤쳤다. 여자의 머리카락은 예전보다 더 자랐고 반짝였으며 생기로 빛나고 있었다. 그녀는 코트 아래에 값비싼 회색 정장을 입고 있었다. 내가 이제껏 본 적 없는 그 옷은 한눈에 봐도 재단사의 손을 거친 맞춤옷이었다. 여자에게 돈이 궁한 적은 없었던 듯했다. 멋진 옷을 잘 차려입고 여전히 매력 넘치는 그녀의 모습은 왠지 모르게 나를 더 짜증스럽게 했다.

노련한 안주인이 자연스레 대화의 물꼬를 트듯이 여자는 천연덕스럽게 말했다.

"힘겹고 기나긴 여행을 겪고 나니, 이처럼 자기만의 장소를 갖는 것도 멋진 일이더라."

나는 그녀를 뚫어지게 쳐다봤다. 오직 그 여자를 찾기 위해 나는 수많은 죽음과 위험을 불사하며 이렇게 멀리까지 왔다. 그리고 마침내 그녀에게 도착했다. 그런데 그 여자는 마치 낯선 사람을 대하듯 잔뜩 점잔을 빼며 얘기하고 있었다. 당최 견디기 힘들었다. 상처받는 느낌이었고 원망이 끓어올랐다. 나의 도착, 우리의 재회가 가지는 중요한 의미를 모두 없애 버리려 하는 그 여자의 확고한 다짐과 무심한 태도에 몹시 화가 났다. 나는 격분하며 말했다.

"대체 왜 이런 연기를 하는 거지? 난 그저 우연히 들른 손님 취급이나 받으려고 여기까지 온 게 아니야."

"그러면 뭐, 당신에게 레드 카펫이라도 깔아 주리라 기대했어?"

경박한 말대꾸가 다소 불쾌하게 들렸다. 나는 점점 분노가 치밀었고, 이대로라면 더는 감정을 다스릴 수 없을 것 같았다. 여자가 여전히 반농담조로 비꼬면서 내게 그동안 무엇을 하며 지냈느냐고 과장된 어조로 물었을 때, 나는 차갑게 대답했다.

"당신이 아는 누군가와 함께 있었어."

이렇게 말하는 동시에, 나는 그녀를 오래도록 지그시 바라보면서 의미심장한 표정을 지어 보였다. 여자는 즉시 그 의미를 알아차렸다. 그러자 익살스럽게 으스대던 태도가 사라지고 불안한 기색마저 드러났다.

"내가 당신을 처음 보았을 때…… 나는 당신이…… 그 남자가…… 나는 그 남자가 여기 도착한 줄 알고 겁이

나서.”

“그 남자는 당장이라도 여길 찾아낼 거야. 나는 그 사실을 말해 주려고 당신에게 온 거야. 당신에게 경고하려고, 혹시 당신에게 다른 계획이 있을까 봐. 그는 다시 당신을 데려갈 테니까…….”

그 여자가 내 말을 끊었다.

“안 돼, 안 돼……. 절대로 싫어!”

그녀가 어찌나 세차게 머리를 흔들던지 광택이 흐르는 머리카락 한 움큼이 은빛 물보라처럼 훅 빠져나갔다. 나는 이렇게 말했다.

“그러면 지금 당장 떠나야 해. 그 남자가 오기 전에.”

“여기를 떠난다고?”

그건 잔인한 일이었다. 여자는 스스로 일구고 돌보아 온 집을 망연자실하게 돌아보았다. 그녀에게 위로가 되어 주었던 조개껍데기들, 그 작은 방은 그 여자에게 정말 안락하고 너무도 안전한 곳이었다. 이 지구상에서 그녀가 ‘자신의 공간’이라고 부를 수 있는 유일한 장소였다.

“하지만 어째서? 그 남자는 절대 나를 찾지 못할 거

야……."

간절한 아쉬움을 가득 담아서 애원하는 그 여자의 목소리는 내게 아무런 감흥도 주지 못했다. 그녀에게 대꾸하는 내 목소리는 여전히 단호하고 차가웠다.

"왜 못 찾겠어? 나도 당신을 찾았는걸."

"그래, 하지만 당신은 여기가 어디인지 알고 있었잖아……."

그 여자는 문득 나를 의심하는 눈초리로 바라보았다. 나는 그녀가 신뢰할 만한 상대가 아니었다.

"그 남자에게 말하진 않았지, 설마?"

"물론 말 안 했어. 나는 당신이 나와 함께 가기를 바라니까."

돌연 그 여자는 자신감을 되찾았다. 방금 전처럼 나를 경멸하고 깎아내리는 태도로 되돌아가더니, 내게 조소 어린 시선을 던졌다.

"당신과 함께? 세상에! 그 모든 끔찍한 고통의 시간을 우리가 다시 겪을 필요는 절대 없지!"

그 여자는 나를 빈정거리려고 큰 눈을 굴리며 천장으로 시선을 돌렸다. 아주 고의적인 모욕이었다. 나는 격

노했다. 나를 철저히 무시하는 그녀의 말투는 여태껏 내가 기울인 필사적인 노력들을 멸시하고, 내가 견뎌 온 모든 일들을 조롱했다. 갑자기 차오르는 맹렬한 분노에 사로잡혀서, 나는 그 여자를 거칠게 붙든 채 가냘픈 몸을 난폭하게 흔들어 댔다.

"그만해, 알겠어? 나도 더는 못 참아! 그렇게 빌어먹게 모욕하지 말라고! 난 당신을 위해 지옥을 뚫고 왔어. 끔찍한 상황에서 수백 킬로미터를 달려왔고, 기상천외한 위험을 감수하고, 목숨을 잃을 뻔한 적도 여러 번이야. 그런데 당신은 약간의 감사조차 표하지 않는군……. 죽을 고생을 한 끝에 고맙다는 말 한마디마저 듣지 못하고……. 당신은 이토록 힘겹게 찾아온 나를 그저 보통의 예의도 갖추지 않은 채 대하고 있어……. 내가 여기 와서 얻은 건 경박한 조소뿐이야……. 감사 인사 한번 정말 멋들어지게 하네! 아주 매력 넘치는 태도야!"

그 여자는 말없이 나를 바라보았다. 공포로 커다래진 눈동자는 온통 검은 동공으로 채워져 있었다. 나의 분노는 전혀 잦아들지 않았다.

"심지어 지금도 당신은 내게 사과하려는 성의조차

보이지 않잖아!"

여전히 분통을 터뜨리며 나는 연신 그 여자를 함부로 대했다. 도저히 견딜 수 없는, 버릇없고 건방진, 저속한 사람이라고 그녀를 비난했다.

"앞으로는 최소한 당신을 위해 기꺼이 힘든 일을 감행한 사람들에게 감사를 표할 줄 알게 되겠지. 배은망덕하게도 그들을 비웃으며, 멍청하고 교만하기 짝이 없는 당신의 무례함을 만천하에 드러내는 대신에!"

그 여자는 공황에 빠진 듯 아무 말도 하지 못했다. 그녀는 완전히 기가 꺾여서 고개를 푹 수그리고 침묵한 채 내 앞에 서 있었다. 조금 전의 자신감 넘치던 태도는 흔적조차 찾아볼 수 없었다. 그 마지막 순간에 여자는 다시금 성인의 난폭하고 일탈적 폭력 탓에 망가져 버린, 내성적이고 겁에 질린 불행한 어린아이가 되어 있었다.

그녀의 목 아랫부분에서 거세게 뛰는 맥박이 내 눈에 들어왔다. 마치 피부 아래에서 탈출하고 싶어 하는 듯 여자의 맥박은 대단히 거칠었다. 그녀가 이처럼 겁에 질렸을 때마다 내가 눈여겨보아 온 특징이었다. 언제나 그랬듯이 그 박동은 여전히 내게 어떤 충동을 자극했다. 나는 큰 소리로 말했다.

"지금껏 내내 당신을 걱정한 내가 바보였지. 내가 떠나자마자 당신은 바로 다른 애인과 동거하기 시작한 것 같던데."

여자는 날카로운 불안을 내비치며 나를 재빨리 올려다보았다. 그녀는 말을 더듬거렸다.

"그게 무슨 말이야?"

"아, 제발 못 알아듣는 척하지 마……. 그게 더 역겨우니까!"

내 목소리는 한결 공격적으로 들렸고, 언성이 차차 높아졌다.

"당연히 이 집의 주인, 당신이랑 함께 사는 그 젊은 친구 말이야. 내가 여기 도착했을 때, 당신이 베란다에서 기다리던 바로 그 남자."

내 고함이 내게도 들렸다. 사나운 목소리가 여자를 공포에 질리게 했다. 그녀는 입술을, 아니 온몸을 덜덜 떨었다.

"나는 그 남자를 기다리던 게 아니고……."

그녀는 내가 무슨 짓을 하는지 눈치채고, 말을 멈

쳤다.

"문 잠그지 마……!"

나는 이미 문을 잠근 상태였다. 모든 것이 강철로, 얼음으로, 단단하고 차갑게 타오르는 성난 갈망으로 변했다. 나는 그 여자의 어깨를 움켜잡고 내 쪽으로 끌어당겼다. 그녀는 저항하며 울부짖었다.

"나한테서 떨어져!"

그 여자는 나를 발로 차고 몸부림치다가 한쪽 손을 뻗어서, 섬세하고 아름다운 날개 모양의 조개껍데기가 가득 담겨 있던 그릇 하나를 쳤다. 그릇은 바닥 위로 떨어지며 그 안에 들어 있던 모든 것과 함께 산산조각으로 깨져 나갔다. 우리는 발을 마구잡이로 내디디며 그것들이 고운 무지갯빛 가루로 흩어질 때까지 짓밟아 버렸다. 나는 그 여자를 강제로 눕히고 피로 얼룩진 나의 제복 아래, 그녀를 꼼짝달싹 못 하게 내리눌렀다. 군복 벨트의 날카로운 버클이 그 여자의 팔을 긁었다. 부드러운 하얀 살결 위로 작고 반짝이는 빨간 핏방울이 점점이 맺혔다……. 내 입속에서도 피의 비린 맛이 느껴졌다…….

그녀는 벽 쪽으로 고개를 돌리고 나를 피한 채 아무

런 움직임 없이 고요하게 누워 있었다. 그 여자의 얼굴을 볼 수 없어서인지, 마치 전혀 모르는 사람 같기도 했다. 이제 나는 그녀에게 아무런 감정도 느끼지 못했다. 모든 감정이 나를 떠나 버렸다. 나는 이런 상황을 더는 견딜 수 없다고 말했고, 그건 사실이었다. 나는 계속할 수 없었다. 너무도 큰 굴욕감을 느꼈으므로 고통스러웠다. 나는 과거에도 그 여자와의 관계를 끝내고 싶어 했지만, 그때는 그럴 수 없었다. 이제 그 순간이 왔다. 얼른 일어나서 이곳을 떠나야 한다. 비참하게 꼬여 버린 모든 일에 종지부를 찍을 때였다. 너무 오랫동안 상황이 제멋대로 굴러가도록 방치했고, 결국 보람도 없이 뼈아픈 고통만을 남겼다. 내가 일어섰을 때에도 그 여자는 움직이지 않았다. 우리 둘 다 아무런 말도 하지 않았다. 우리는 우연히 같은 방에 있게 된 낯선 두 사람 같았다. 내 머릿속은 텅 비어 있었다. 나는 오직 차에 올라타서 한없이 달리기만을 바랄 뿐이었다, 이 모든 걸 잊을 수 있는 아주 먼 곳에 도착할 때까지. 나는 그 여자를 바라보지도, 그녀에게 말을 걸지도 않은 채 방을 나와서 흉포한 북극의 추위가 휘몰아치는 바깥으로 나섰다.

밖은 꽤 어두워져 있었다. 나는 깜깜한 어둠에 적응하려고 잠시 베란다에 멈춰 서 있었다. 희미한 푸른 인광이 비치듯이, 차츰 흰 눈이 내리는 광경이 눈에 들어왔다. 바람의 공허한 굉음이 불규칙하게 터져 나왔고, 사방으로 미친 듯이 휘날리는 눈송이는 유령 같은 분광(分光)의 혼돈으로 밤을 가득 메웠다. 그동안 무의미하게 방랑했음을 생각하니, 저 눈보라와 똑같은 광기의 열병이 내 안에서도 타올랐다. 광란의 춤을 추는 눈의 결정체는 우리의 삶 그 자체였다. 그 여자의 이미지 또한 그 속으로 스쳐 지나갔다. 수은처럼 흘러내리는 은빛 머리카락도 순식간에 그 광란에 휩쓸려 갔다. 그 환상적인 춤의 섬망 속에서는 폭력을 행사하는 자와 폭력의 희생자를 구별할 수 없었다. 모든 무용수가 공허의 가장자리를 따라 빙빙 도는 죽음의 무도에서 두 존재의 구별은 실상 무의미했다.

나는 진작에 사형 선고를 받았으며, 날이 흐를수록 직접 형장으로 향하는 데에 익숙해져 있었다. 평소에 자주 그런 생각을 하다 보니 관념 자체에는 익숙했지만, 어쨌든 지금까지 나의 현실과는 동떨어져 있었다. 그러다 이제 그것이 갑자기 나를 향해 달려들었고, 내 팔꿈치 바로 앞까지 와 있었다. 더는 그저 관념이나 망상이 아니라, 곧 일어날 현실이었다. 그 생생한 현실의 존재는 내게 충격을 안겨 주었고, 배 속이 뒤틀리는 육체적 감각도 함께 따라왔다. 지금까지의 과거는 완전히 사라져서 무(無)로 되돌아갔다. 앞으로 다가올 미래는 감히 상상하기조차 힘든 절멸과 공허였다. 이제 남아 있는 것이란 단지 '지금'이라 불리는, 매 순간 끊임없이 줄어드는 시간의 파편뿐이었다.

나는 비행기에서 보았던, 거대한 무지갯빛 빙벽이 대양을 가로지르며 지구를 도는 동안 그 얼음 위의 하늘은 정오든 자정이든 변함없이 검푸르기만 했음을 기억했다. 창백한 빛을 발산하는 얼음 절벽들이 거리를 좁혀 오고, 치명적인 추위를 내뿜으며 유령 같은 복수의 집행인이 되어서 인류를 끝장내려 하고 있었다. 나는 우리 주변으로 얼음이 차츰 다가오고 있음을 알았다. 이미 불길하게 이동하는 그 장벽들을 내 눈으로 직접 보았으니까. 그것이 매 순간 더 엄습해 오고, 모든 생명체를 절멸시킬 때까지 무자비하게 계속 전진하리라는 사실을 알았다. 나는 내 뒤에 남겨 두고 온 그 여자를 다시 생각했다. 어린

아이 같고 미숙한, 투명하고 섬세한 유리 같은 여자. 그녀
는 얼음의 진격을 본 적이 없으므로 이해하지도 못했다.
자기 운명이 파국으로 치닫고 있음은 알았지만, 그 운명
의 본질이 무엇인지, 혹은 그 운명에 어떻게 직면해야 하
는지 몰랐다. 아무도 그녀에게 자립을 가르쳐 준 적이 없
었다. 호텔 주인의 아들은 특별히 믿음직하지도, 그 여자
를 제대로 보호해 줄 것 같지도 않았다. 오히려 유약하고
마뜩잖은 인상인 데다, 신체적 장애마저 있었다. 위기가
닥쳤을 때 그가 그 여자를 돌봐 주리라고는 기대할 수 없
었다. 나는 무너지는 얼음 산들 사이에서 무방비 상태로
겁에 질린 그 여자의 모습을 보았다. 거센 충돌과 굉음 너
머로, 그녀의 가냘프고 애처로운 비명을 들었다. 이미 알
아챈 이상, 나는 그 여자를 거기에 홀로, 무력하게 내버려
둘 수 없었다. 그녀가 너무 많은 고통을 겪게 될 테니까.

　　나는 다시 방으로 들어갔다. 그 여자는 내가 나간 뒤
에도 전혀 움직이지 않은 듯 보였다. 내가 방 안에 들어서
자 그녀는 고개를 돌려서 주위를 한번 돌아보았다. 하지
만 곧 몸을 틀어서 내 시선을 피했다. 여자는 울고 있었고
내가 자신의 얼굴을 보는 걸 원하지 않았다. 나는 침대 가

까이 다가가서 그녀 몸에 손을 대지 않은 채 가만히 서 있었다. 여자는 가여운 모습으로 추위에 몸을 떨었다. 산산이 깨져 버린 진주색 조개껍데기들처럼, 그녀의 살결 위에도 희미한 연보랏빛 흔적이 퍼져 있었다. 연약하기 짝이 없는 그 여자를 다치게 하기란 너무도 쉬운 일이었다. 나는 조용히 말했다.

"당신에게 꼭 물어볼 게 있어. 당신이 나 말고 다른 남자와 얼마나 어울렸는지는 신경 쓰지 않아⋯⋯. 그건 문제가 아니야. 하지만 방금 전까지 왜 내게 그토록 모욕을 주었는지 알아야겠어. 왜 내가 도착한 뒤로 당신은 계속 나를 경멸한 거지?"

그 여자는 내 쪽을 돌아보지 않았고, 나는 그녀가 결코 대답하지 않으리라 생각했다. 그런데 바로 그때, 여자가 단어와 단어 사이에 긴 간격을 두고 힘겹게 내뱉었다.

"나는⋯⋯ 복수를⋯⋯ 하고⋯⋯ 싶었어⋯⋯."

나는 반박했다.

"도대체 무슨 복수? 난 이제 도착했을 뿐인데. 당신에게 아무 짓도 하지 않았잖아."

"그럴 줄 알았어⋯⋯."

나를 비난하는 그 여자의 눈물 섞인 목소리를 제대로 알아듣기 위해 나는 그녀 쪽으로 몸을 굽힐 수밖에 없었다.

"당신을 볼 때마다, 나는 언제나 당신이 날 괴롭히리라는 걸 알아……. 나를 이리저리 함부로 몰아가고…… 무슨 노예처럼 취급하고……. 당장은 아닐지라도 한두 시간 내로, 혹은 다음 날이면 바로 그렇게 대하니까……. 당신은 분명히…… 당신은 항상 그래……."

나는 깜짝 놀라서 거의 충격을 받았다. 그 여자는, 내가 스스로 직면하지 않으려 했던 나 자신의 한 측면을 고발하고 있었다. 나는 서둘러 다음 질문을 던졌다.

"그럼 베란다에서 누구를 기다렸던 거야? 호텔의 젊은 친구가 아니었다면?"

또 한 번 전혀 예상하지 못했던 대답이 불쑥 나왔으므로 나는 당황하고 말았다.

"당신이지……. 차 소리를 듣고…… 내 생각에는…… 혹시나 해서……."

나는 경악했고, 믿을 수가 없었다.

"사실일 리 없잖아. 방금 당신이 한 말에 비추어 봐

도 그렇고. 게다가 당신은 내가 오는 줄도 몰랐잖아. 도무지 못 믿겠어."

그 여자는 거칠게 몸을 뒤틀며 일어나 앉았다. 그녀가 창백한 빛깔로 반짝이는 풍성한 머리카락을 신경질적으로 젖히자, 피해자의 황량한 얼굴이 드러났다. 이목구비는 눈물에 흠뻑 젖어서 녹은 듯했고, 눈가는 멍이 든 것처럼 검고 어두웠다.

"사실이라는 점만 말할게. 당신이 믿든 안 믿든 상관없지만 전부 사실이야! 왜인지는 나도 몰라……. 당신은 항상 나를 끔찍하게 대했는데……. 내가 아는 것이라곤 항상 당신을 기다렸다는 사실뿐이야……. 과연 당신이 돌아올까, 궁금했지. 당신은 아무런 소식도 전해 오지 않았지만……. 그래도 나는 항상 당신을 기다렸어……. 다른 사람들이 여길 떠날 때도, 당신이 날 찾아올 수 있도록 난 여기에 계속 머물러 있었어……."

눈물범벅이 된 그 여자는 한 마디씩 진실을 고백하며 훌쩍이는, 비참하고 가엾은 아이처럼 보였다. 하지만 그녀의 이야기를 좀체 믿을 수 없어서 나는 거듭 말했다.

"불가능해. 사실일 리 없어."

그 여자는 분노로 경련을 일으키며, 눈물에 잠긴 목소리로 가쁜 숨을 몰아쉬었다.

"이쯤이면 충분하지 않아? 아직도 부족해? 당신은 날 괴롭히는 걸 영원히 멈출 수 없는 거야?"

나는 갑작스레 밀려드는 수치심을 느꼈고, 작게 중얼거렸다.

"미안해⋯⋯."

과거에 내가 했던 말과 행동을 어떻게든 지워 버리고 싶었다. 여자는 다시 몸을 내던지더니 얼굴을 아래로 한 채 엎드렸다. 나는 무슨 말을 해야 할지 몰라서, 그저 그녀를 바라보며 서 있었다. 대화로 해결할 수 있는 범주를 넘어선 상황이었다. 결국 내가 건넬 수 있는 최선의 말이란 이것뿐이었다.

"그 질문만 하려고 다시 돌아온 게 아니야."

아무런 반응도 없었다. 그 여자가 과연 내 말을 들었는지 확신할 수 없었다. 그녀의 흐느낌이 천천히 잦아들 때까지, 나는 가만히 서서 기다렸다. 나는 여자의 목 아래쪽에서 여전히 빠르게 뛰는 맥박을 잠자코 지켜보았다. 손을 뻗어서 손가락 끝으로 그 지점을 부드럽게 만졌다가, 살며시 손을 떼었다. 그녀의 하얀 새틴 같은 살갗, 달빛을 품은 머리카락…….

여자는 가만히, 아무 말 없이 내게 고개를 돌렸다. 찬란하게 쏟아져 내리는 머리카락 사이로 입술이 먼저 모습을 드러냈고, 이어서 눈물에 촉촉하게 젖은 그녀의 밝은 눈이 긴 속눈썹 틈새로 반짝였다. 이제 그 여자는 울음을 그쳤다. 하지만 때때로 몸서리, 소리 없는 딸꾹질이 그녀 몸속에서 흘러나오는 흐느낌처럼 그 여자의 호흡 사이에 끼어들었다. 그녀는 아무 말도 하지 않았다. 나는 기다렸다. 얼마간 시간이 흘러갔다. 더는 기다릴 수 없다고 느꼈을 때, 나는 부드럽고 정중하게 물었다.

"나와 함께 가겠어? 더는 당신을 괴롭히지 않겠다고 맹세할게."

그 여자는 대답하지 않았다. 이윽고 나는 이렇게 덧붙였다.

"그냥 내가 떠났으면 좋겠어?"

갑자기 그녀가 자세를 똑바로 고쳐 앉았다. 그러고는 심란해하면서도 여전히 말은 하지 않았다. 나는 다시 기다렸다. 머뭇거리며, 그 여자를 향해 손을 뻗은 채로.

또 한 차례의 긴 침묵과 끝없이 이어지는 긴장감 속에서 마음을 졸이며 유예의 시간을 견뎌 냈다. 마침내 그녀는 내게 자신의 손을 내주었다. 나는 내 손안에 모아 쥔 그 여자의 두 손에 키스하고, 그녀의 머리카락에 키스하고, 그녀를 끌어안은 채 침대에서 들어 올렸다.

여자가 떠날 채비를 하는 동안, 나는 창가에 서서 내리 떨어지는 눈을 바라보았다. 바다를 건너는 불길한 빙벽을 봤다고, 결국 그것이 우리와 이 세상 전부를 파괴하고 말리라고 여자에게 솔직히 털어놔야 할지 고민했다. 무척 혼란스러운 문제였으므로, 나는 결국 어떠한 결정도 내리지 못했다.

그 여자는 준비가 다 되었다고 말하면서 문으로 향했다. 그녀는 거기에 멈춰 선 채 그동안 자신이 머물던 방을 한번 돌아보았다. 나는 심리적으로 상처 입은 여자의 얼굴에서 극도의 취약함과, 차마 형언할 수 없는 두려움을 읽어 낼 수 있었다. 그녀에게 이 작은 방은 세상에서 유일하게 친밀하고 익숙한 장소였다. 이 방을 나서자마자 맞닥뜨리게 될 바깥세상은 끔찍할 정도로 기괴할 터였다. 광대한 하늘을 북극광으로 물들이는 외계의 밤, 눈,

파괴적인 추위, 불투명한 미래의 난폭한 위협. 나를 향한 그녀의 눈이 내 얼굴을 찬찬히 뜯어보는 듯했다. 심각하고, 의심스러워하고, 비난과 추궁을 동시에 던지는 표정이었다. 그 여자에게 나는 또 하나의 매우 불안한 위험이리라. 나를 전적으로 신뢰할 이유 따윈 전혀 없었기 때문이다. 나는 여자에게 미소를 지어 보였고, 그녀의 손을 살짝 만졌다. 그러자 그 여자의 입술이 아주 살며시 움직였다. 어쩌면 미소라고 부를 수도 있었을 어떤 흔적에 그치고 말았지만.

우리는 함께 살인적인 눈보라 속으로 나아갔다. 광포하게 나부끼는 유령들에게서 몸을 피하듯 소용돌이치는 백색 돌풍 사이로 달아났다. 쌓인 눈 위로 희미하게 반사되는 형광 말고는 아무런 불빛도 없었으므로 길을 제대로 따라가기가 힘들었다. 바람을 등지고 떠밀려 가는 방향이었는데도, 눈길을 걸어가기란 고된 노동이었다. 자동차까지의 거리가 생각보다 훨씬 멀게 느껴졌다. 나는 연약한 여자를 도와주고자 그녀의 팔을 붙들었다. 여자가 비틀거리며 눈에 파묻힐 때마다, 나는 그녀를 껴안아서 다시 일으켜 세워야 했다. 두꺼운 로덴 코트 아래,

그 여자의 몸은 얼음처럼 차가웠다. 내 묵직한 장갑을 꼈음에도 손이 꽁꽁 얼어붙어 있음을 느낄 수 있었다. 내가 장갑을 문지르며 온기를 빚어내는 동안 여자는 내게 몸을 기댔다. 어둠 속에서 그녀의 얼굴은 월장석(月長石)처럼 빛났고, 속눈썹마다 맺힌 눈꽃이 새하얬다. 피로하고 지친 와중에도 애써 다시 걷기 시작하려는 그녀의 노력을 나는 눈치챘다. 나는 여자를 계속 격려하고 칭찬하면서, 마지막에는 거의 그녀를 안아 들다시피 해서 남은 길을 마저 걸어갔다.

차에 타자마자, 나는 먼저 히터부터 켰다. 일 분이 흐르기도 전에 벌써 훈훈한 온기가 감돌았지만, 그 여자는 여전히 마음을 놓지 못했다. 내 곁에 긴장한 상태로 조용히 앉아 있었다. 그녀가 의심스러운 눈초리로 나를 힐끔힐끔 쳐다보고 있음을 알아챘으나, 그녀로서는 어쩔 수 없는 일이었다. 내가 지금껏 그 여자를 대해 온 방식을 생각하면 온전한 신뢰를 얻기란 쉽지 않을 터였다. 전부 내가 자초한 일이었다. 그녀는 내가 이제 막 다정한 태도와 애틋한 감정을 간직하는 데서 새로운 즐거움을 발견했다는 사실을 알지 못했다. 나는 여자에게 혹시 배가 고픈지 물었다. 그녀는 고개를 저었다. 나는 초콜릿을 꺼내서 여자에게 건넸다. 민간인들은 매우 오랫동안 초콜릿을 구경조차 못 했으리라. 나는 예전에 여자가 이 브랜드의 초콜릿을 좋아했다는 사실을 기억했다. 그녀가 한참이나 의심스럽게 초콜릿을 쳐다보기에 아마 거절하려나 보다 싶었다. 그런데 갑자기 긴장을 풀더니 덥석 받아들였다. 그러고는 다소 소심하면서도 마음을 따스하게 해 주는 미소를 지으며 고맙다고 말했다. 나는 왜 일찍이 그녀를 친절하게 대하지 않았는지 모르겠다고 생각했다. 이미 너무 늦어 버린 지금에야 말이다. 나는 우리의 최후의 운명에 대해, 혹은 점점 가까이 다가오는 빙벽에 대해 그 여자에게 아무 말도 하지 않았다. 그 대신, 얼음은 적도에 도달하기 전에 이동을 멈추리라고, 우리는 거기서 안전하게 피신할 수 있는 장소를 찾으리라고 말했다. 사실 불가능한 일이었다. 내 말을 그녀가 그대로 믿었는지는 알 수 없었다. 종말이 임박했고 우리는 함께여야 했다. 나는 적어도 그 여자를 위해 고통 없이 빠르고, 쉬운 길을 택할 수 있었다.

커다란 차를 몰고 빙하의 밤을 달려가면서 나는 거

의 행복감에 도취했다. 나는 한때 갈망했던 다른 세계를 놓쳤음을 후회하지 않았다. 나의 세계는 이제 눈과 얼음 속에서 최후를 고했고, 남은 것이란 아무것도 없었다. 인류의 삶은 끝났고, 지하로 추락한 우주 비행사들은 수천 톤의 얼음 속에 묻혔고, 과학자들은 그들 자신이 불러온 재앙으로 전멸해 버렸다. 그러나 우리 두 사람은 여전히 살아서 이 눈보라를 헤치며 질주하고 있었다. 그러므로 나는 잔뜩 들뜨고 통쾌한 기분이었다.

바깥을 내다보기가 차츰 어려워졌다. 전면 유리창에 맺힌 서리꽃들은 와이퍼에 닦여 나갈수록 한층 더 불투명한 문양을 이루며 새로이 자리를 잡았다. 이제 하늘에서 내리는 눈 외에는 아무것도 보이지 않았다. 유령 같은 새 떼처럼 보이는 무한한 눈송이들이, 그 어디도 아닌 곳에서 그 어디도 아닌 곳으로 끊임없이 몰아치고 있었다.

이 세상은 이미 종말을 맞이하고 있었다. 상관없었다. 아직 이 차가 우리의 세계이니까. 조그마하고 밝게 빛나는, 온기가 감도는 따뜻한 방. 냉담하게 얼어붙어 가는 이 광활한 우주에서 우리가 가진 작은 집. 체온을 유지하기 위해 우리는 서로에게 바싹 붙어 앉았다. 여자는 더 이상 긴장이나 의심 없이 내 어깨에 몸을 기댔다.

얼음과 죽음으로 이루어진 잔혹하도록 추운 세계가, 우리가 늘 알던 삶의 세계를 대체해 버렸다. 바깥에는 죽음에 이르는 추위뿐이었고, 다시 도래한 빙하기의 꽁꽁 언 아가리로 빨려 들어간 생명체는 순식간에 단단한 광물 조각들로 변해 버렸다. 그러나 여기, 불을 밝힌 우리 집 안에서 우리 두 사람은 안전하고 따뜻했다. 나는 여자의 얼굴을 쳐다보았다. 소리 없이 웃고 있는 그녀의 표정에서 걱정이라곤 전혀 찾아볼 수 없었다. 이제는 두려움도, 슬픔도 없는 얼굴이었다. 그녀는 미소 지으며 내게 몸을 바짝 기울였다. 우리 집 안에서 나와 함께 있음에 만족했다.

나는 엄청난 속도로 내달렸다. 우리가 성공적으로 도망치고 있는 듯, 마치 그럴 수 있다는 듯. 나는 얼음으로부터 도피할 수 없음을 알았다. 우리가 갈 곳 없이 사로잡힌, 영원히 줄어드는 시간의 잔재에서 절대로 달아날 수 없음도 잘 알았다. 그래도 나는 이 순간을 최대한 활용하기로 했다. 우리가 거침없이 달리는 시간과 공간

은 매 순간 쏜살같이 과거로 곤두박질쳤다. 주머니 속
에 든 권총의 묵직한 무게 덕분에 약간이나마 안심이 되
었다.

옮긴이의 말

　애나 캐번의 『아이스』는 분명히 인상적인 소설이다. 캐번이 심장 부전으로 사망하기 한 해 전인 1967년에 나온 이 소설은 저자 생전에 출간된 마지막 작품이며, 그의 대표작으로 널리 알려져 있다. 작가 존 미쇼(Jon Michaud)는 2017년 11월 《뉴요커》에 기고한 리뷰 칼럼 「시대를 수십 년 앞서 나온, 성적 학대와 기후 재앙에 관한 무시무시한 이야기(A Haunting Story of Sexual Assault and Climate Catastrophe, Decades Ahead of Its Time)」에서 "종말론적인 기후 재앙 속에서 벌어지는, 남성 주인공의 침탈 행위를 그려 낸 악몽 환상곡"이라고 이 작품을 평가했다.

불행한 결혼, 헤로인 중독, 심각한 우울증으로 점철된 작가의 개인적 삶은 작품의 해석과 불가분의 관계에 있지만, 캐번이 창조해 낸 세계는 직접적이고 사실주의적 관점에서의 현실 폭로와는 거리가 멀다. J. G. 밸러드가 '내면의 공간'이라고 표현했던 '마음 안쪽의 세계와 현실 바깥의 세계가 서로 교차하는 지점'을 배경으로 삼아, 이름 없는 남성 화자와 다른 등장인물들은 꿈결처럼 연신 장소를 바꿔 가면서 대상을 추적하고, 또는 그 대상으로부터 끊임없이 달아난다. 그러는 순간마다 화자가 느끼는 불안감, 가학적 욕망, 두려움 그리고 점점 포위망을 좁혀 오며 온 세상을 죽음에 이르게 할 '얼음'의 생생한 파멸적 위협은 독자에게 강렬한 인상을 남긴다. 현실 논리로 맞물리며 짜여 나가는 방식의 서사는 아예 이 작품의 관심 밖에 있으며, 그 어떤 구체성마저 의도적으로 지워지고 박탈된 상태에서, 독자들은 마치 눈보라가 휘몰아치는 황야를 헤매듯, 또 꿈을 꿀 때 실제로 온몸이 서서히 얼어붙어 가는 감각을 체험하듯 이 소설의 섬뜩한 내면세계로 전진해야 한다.

『아이스』의 기본적인 줄거리는 '구원을 기다리는 곤경에 처한 여성(damsel in distress)'이라는 전통 로맨스 모티프의 변주라고 설명할 수 있다. 소설의 주요 등장인물은 크게 세 사람으로 추릴 수 있다. 과거 군대에서 복무했고 현재도 정보 요원 비슷한 일을 하는 듯 보이는 화자, '유리 같은 여자(the glass girl)'라고 표현되며 달처럼 창백한 외양으로 집요하게 묘사되는 여자, 그리고 그 여자를 납치해서 학대하고 화자의 모험을 사사건건 방해하는 '교도소장(Warden)'은 각각 전형적인 기사, 공주, 마왕에 걸맞은 역할을 배당받은 듯 보인다. 그러나 일반적인 로맨스 문법으로 읽어 내기에 이 소설이 비추는 거울 세계의 영상들은 지나치게 기형적으로 뒤틀려 있고, 바로 거기서 독자는 불편함을 느낀다. 화자가 모든 수단을 동원해서 여자의 위치를 추적하고 그녀를 구원해 내려는 시도가 이 소설 전체의 줄거리라 할 수 있다. 그러나 독자는 첫 장에서부터 이 화자를 완전히 신뢰할 수 없다는 인상을 받는다. 화자는 불면증과 두통 때문에 정기적으로 약을 복용하며, 이 때문에 현실과 환상을 구분할 수 없는 끔찍한 악몽을 꾼다고 말한다. 또 포르노그래피를 연상케

하는 교도소장의 강압적 폭력이 여자에게 가해질 때마다 이것이 실제 일어난 일인지 아니면 화자의 상상인지 독자는 정확히 판단할 수 없다. 심지어 여자가 살해당한 시체처럼 묘사되는 경우도 몇 번이나 있다. 하지만 다음 장에서는 아무렇지도 않게 다시 화자의 추적 대상이 되며, 태연히 다른 장소에서 발견되곤 한다. 그 어떤 정보도 확실히 신뢰할 수 없지만, 소설은 게임 주인공이 그다음 스테이지로 계속 나아가듯 속도감 있게 진행된다. 그 모든 전환이 꿈처럼 공허하고 가벼운 속성을 지녔음에도, 독자는 카프카적 색채가 돋보이는 작품 속의 환상적 흐름과 화자의 광적인 모험담에 점점 몰입하게 된다.

등장인물의 이름도, 장소도, 시간적 배경도 구체적으로 묘사되지 않은 채 (화자의 성별이 남성이라는 것 또한 한참 뒤에야 밝혀진다.) 추위, 빙하, 눈, 모든 것이 동결되어 죽음에 이르는 디스토피아적 세계에서, 화자는 여자의 '은백색으로 빛나는 머리카락'과 종잇장처럼 마른 몸을 그려 내는 데 집착적으로 매달린다. 그리고 그러한 육체에 가해지는 상당히 폭력적인 장면들을 아름답고 정교하지만 지독히 무시무시한 그림처럼 묘사하는 데 여넘이 없다. 화자는 날카로운 푸른 눈매와 엄청난 재력, 권력을 지닌 교도소장의 폭압에서 매번 여자를 구해 내려고 시도하지만, 자신 역시 사실상 소장과 다를 바 없이 행동하거나, 혹은 스스로를 소장과 쌍둥이 같은 존재라고 느끼기도 한다. 나중에는 아예 여자보다 소장과의 기묘한 유대감에 더 집착할 정도로, 이 작품에서 여자는 오로지 화자에게 대상화되기 위해 존재할 뿐이다. 여자는 감정과 생각을 지닌 인물로 전혀 조형되지 않으며, 처음부터 끝까지 학대당하거나 구출받거나 혹은 나머지 두 남자를 서로 결탁시키기 위해서만 존재하는, 마치 투명한 유령처럼 이 소설 내부에 자리한다. 시시각각 얼음의 공포가 닥쳐오고, 그 어떤 시도도 산산이 부서지고 마는 이 종말론적 세계는, 결국 심각한 감정적 학대에서 비롯한 트라우마와 공포가 투영된 내적 의식의 풍경인 셈이다.

애나 캐번의 본명은 헬렌 우즈(Helen Woods)이고, 1901년 프랑스 칸에서 태어난 영국 작가다. 캐번의 어머니는 열여덟이라는 어린 나이에 그녀를 낳았고, 캐번은 무려 여섯 살 때 기숙 학교에 보내졌다. 캐번이 열 살 때

아버지가 자살하는데, 그 뒤로 어머니와는 안정적인 관계를 쌓지 못한 듯 보인다. 열아홉이 된 캐번은 옥스퍼드에 진학하길 원했으나 어머니는 딸에게 자신의 전 애인이었던(!) 도널드 퍼거슨과 결혼하기를 강요한다. 퍼거슨은 캐번보다 열두 살 연상인 철도 기술자였다. 결국 캐번은 퍼거슨과 혼인하고 당시의 버마, 현재의 미얀마로 이주한 뒤 아들 브라이언을 낳는다. 이 시기를 배경으로 쓴 작품 『나를 내버려 둬(Let Me Alone)』(1930)와 『여전히 낯선 사람(A Stranger Still)』(1935)은 당시 이름인 헬렌 퍼거슨(Helen Ferguson)으로 출간했는데, 낯선 땅에 고립된 캐번의 불행한 결혼 생활과 불화를 추측하게 해 준다. 이 년간의 결혼 생활에 종지부를 찍고 아들과 함께 유럽으로 돌아온 캐번은 자동차 경주를 취미로 하는 사람들과 어울리다가, 거기서 만난 화가 스튜어트 에드먼즈와 결혼한다. 이 시기부터 소설을 쓰고 헤로인을 투약하기 시작한 캐번은 몇 차례의 자살 시도 끝에 스위스의 신경 정신과 요양원을 드나들기 시작한다. 그녀는 그 시점에서 인생을 새로 시작해야 할 필요성을 느꼈다고 썼다. (이 다짐은 헤로인 중독과 잦은 요양원 생활을 끊어 내겠다는 의미가 아니라, 작가로서 새로이 출발하겠다는 결정이었다.) 그녀는 헬렌 퍼거슨으로 발표한 소설의 등장인물인 '애나 캐번'으로 법적 개명을 하고, 짙은 갈색이었던 머리카락을 밝은 금발로 염색한다. 캐번의 작품 속에 유독 밝은색 머리카락을 지니고, '뼈만 남은 마른 몸'의 여자 주인공이 등장하는 까닭은 결코 우연이 아니다. 또 대부분의 작품이 상당히 자전적이라는 점에서, 『아이스』역시 그녀의 전기적 맥락과 떼어 놓을 수 없다. 게다가 사적 기억으로 이어지는 비유가 풍부하다는 점에도 주목해야 한다.

"나는 길을 잃었다. 이미 황혼이었다. 몇 시간째 운전하고 있었다. 휘발유도 거의 다 떨어진 상태였다." 이러한 첫 문장으로 시작하는 작품의 분위기는 셰익스피어의 『햄릿』도입부를 떠오르게 한다. 한 치 앞도 보이지 않는 추위와 어둠 속에서 불길한 전쟁의 소문을 들으며 불안에 떠는 경비병들이 실체 없는 유령을 맞닥뜨리게 되듯이, 독자는 책을 읽어 나갈수록 화자가 속한 세계를 파악하기는커녕 모조리 '길을 잃은' 아리송한 상태에 빠지게 된다. 가령 주유소 직원은 "이달에 이렇게 추운 건 처음이에요."라고 대꾸하는데, 추위에 대한 언급이 이어지므로 자연스럽게 겨울 같기도 하지만 거꾸로 여름을 의심하게 하는 이상 기후 상황이라는 암시가 주어진다. 정확한 정보가 아무것도 없는 상황에서 오직 확실한 것은 화자가 지닌 기이한 집착, '이 여자를 보고야 말리라는 강박'이라는 동기뿐이다.

화자는 자신의 현실 감각을 신뢰할 수 없음을 토로한다. 갑작스러운 이상 기후로 빙하기가 닥친 듯 황폐해진 풍경을 지나면서 화자는 얼음 속에 천천히 갇혀 버리는 하얀 나신의 여자를 환각처럼 본다. 그가 집착하는 여자는 더없이 수동적인, 나약한 피해자의 모습이다. 과거에 그는 그 여자에게 접근할 수 있었으나 여자는 자신을 두고 다른 남자와 결혼했으므로, 이제 화자는 영영 그 여자에게 집착할 수밖에 없다. 이전 여름에 그는 그 부부를 방문했고, 보이지 않는 긴장감을 느꼈다. 그 여자의 겨드랑이에 맺혀 있던 땀방울을 회상하던 바로 다음 순간에, 화자는 사방에서 밀려오는 얼음 절벽들을 가르며 산꼭대기 탑으로 도망치던 여자와 자신을 회상한다. 그만큼 이 화자의 서술은 환상과 현실로 뒤죽박죽 섞여 있는데, 그 틈과 도약이 너무 커서 독자는 오히려 이 초현실적 전환에 빨려 들게 된다. 차차 읽어 나갈수록 독자는 소설의 시간적 흐름이 전혀 선형적이지 않음을 감지하게 된다. 첫 장에서 묘사한 환상 또는 과거 회상은 그 이후 장들을 포함해서 최후의 사건들과 이어지기는 한다. 그러나 우리는 무수한 사건들의 연쇄로 이루어져 있으나 '실제로는 아무것도 일어나지 않은', 이 뫼비우스적 타임라인을 꿈과 무의식의 시간으로 이해해야 한다.

『아이스』는 광범위한 범주에서 공상 과학 소설로 분류할 수 있다. 작품에 들어가기에 앞서 소개된 크리스토퍼 프리스트의 「서문」에서 자세히 설명해 주고 있듯이 고딕 요소를 지닌 슬립스트림 문학의 예시적 작품이라 할 수 있다. 캐번은 버지니아 울프, 주나 반스, 진 리스와 같은 작가들의 계보에 속하며, 캐번 본인도 『아이스』에서 카프카적 색채가 느껴진다는 평가를 긍정적으로 받아들였다. 타일러 말론(Tyler Malone)은 《로스앤젤레스 리뷰오브 북스》에 기고한 글에서 이 작품을 가장 적절하게 표현하는 이미지는 유원지에 마련된 유령의 집에 있는 '거울 미로'라고 썼다. 작가의 내적 의식에 새겨진 트라우마를 빙하기의 황폐한 풍경을 빌려 구체화한 이 소설에서,

독자들은 끊임없이 감춰진 의미를 찾아냈다가 분실하고, 유리처럼 휘황찬란하게 대상화된 형상들 역시 왜곡되는 동시에 강조된다.

그동안 저평가되어 온 여성 작가로서 캐번의 생애와 전체 작품들이 최근 재조명되고 있다. 그중 『아이스』는 기괴하면서도 섬뜩하고 초현실적 진행을 대담하게 보여 주는 캐번의 대표작으로, 한국 독자들에게 마땅히 소개할 만한 소설이다. 그러나 냉소적인 주제 전달 과정에서 '오직 화자에게 대상화되기 위해 존재'하는 여성 주인공의 수동적 인물 조형이나, 화자를 포함한 남성 인물들의 그로테스크한 이상 성욕, 폭력성, 연대 의식은 비판적인 관점에서 읽어 내야 할 것이다. 거의 유령에 가까울 정도로 투명하고 취약한 여성 인물의 외양에 대한 극단적이고 강박적인 묘사 또한, 과잉된 유미주의적 소비로 번지지 않도록 독자로서 경계심을 발휘해야 한다.

저자가 자전적 고통 또는 자기혐오를 다분히 투영했음이 분명한 이 불행한 여성 인물은 주로 'the girl'(직역하면 '그 소녀')이라고 지칭된다. 영어에서는 연령대에 관계

없이 여성에게 쓰이는 단어이나, 한국어로 번역되어 전달되는 과정에서 혹여나 미성년 여성에 대한 성적 폭력과 착취를 쾌락적으로 묘사하는 텍스트로 변질하지 않도록, 번역본에서는 '그 여자', '여자', '그녀' 등으로 대체했다. 물론 캐번은 '버림받은 어린아이와 같은', (성적인) '피해자'라는 표현을 거듭 사용하므로 이 여성 인물의 젊음과 취약성, 무방비함은 그녀에게 가해지는 남성의 폭력을 부각하기 위한 다분히 의도적인 설정이기는 하다. 그렇지만 화자 자신이 표현하듯 '자신도 모르게 익숙해지고 심지어 즐기게 되는' 가학성 그 자체만으로 작품 세계가 전락하지 않도록, 여성 인물을 조망하는 과정을 섬세하게 번역하고자 노력했다. 가령 초반의 화자와 여자, 여자와 소장은 상호 존댓말로 대화하는 관계지만 일련의 사건을 통해 이들의 감정이 변화하고 격해짐을 반영하고자 자연스럽게 상호 반말을 적용했다. 그리고 여성 인물을 반복적으로 외적 대상화하며 화자의 의식을 드러내는 장면에서도 그 순간에 몰입하기보다 그러한 뒤틀린 대상화를 느낄 수 있도록 번역에 주의했다.

　　세밀한 독서 과정 내내 끝나지 않는 악몽을 꾸는 듯

한 기분이 들었다. 그러나 말론의 '거울 미로' 비유대로, 어디를 보든 나를 위협하는 피상적 이미지에 둘러싸인 상황에서 화자의 고생스러운 여정이 계속 반복됨에도, 우리가 꿈을 꾸는 동안 그 가상에 흠뻑 도취해서 깨어나지 못하듯, 이 탐닉적인 악몽이 끝나지 않기를 내심 바라기도 했다. 선형적인 서사가 아님을 알면서도, 정말 끝을 보기 전까지 자리를 뜨기 어려운 루프(loop) 구조의 게임을 진행하듯 흥미로운 『아이스』의 세계에 한창 빠져 있다 보니, 작업이 끝날 무렵에는 팬데믹 시대 또한 새로운 국면으로 전환되어 있었다.

팬데믹 시대가 시작될 무렵, 자발적 격리 기간을 보내며 읽을 수 있는 도서로서 『아이스』를 추천하는 경우를 종종 보았다. 아마도 처음 책을 집었을 때 전혀 예상치 못했을 방식의 박진감과 몰입감, 그리고 전쟁과 황량해진 도시에 대한 종말론적 묘사, 이상 기후에 대한 공포감 등이 동시대 현대인들에게 공감을 자아내기 때문이리라. 기후 변화와 전 지구적 위기가 현실로 다가온 지금, 이것을 일종의 예언적 작품으로 읽어 보려는 시도들도 물론 재미있지만, 끝없는 악몽의 밑바닥까지 거침없이 질주해 나가는 화자의 환상적 모험담은 그 자체로 매력적이다. 사실상 기승전결의 서사가 없다시피 한 소설임에도 독특한 개성과 초현실적 스타일로 거장의 숨결을 느낄 수 있는 『아이스』는 이제 하나의 고전이다. 캐번과 함께하는 이 생생한 악몽 속으로 한국의 독자들을 초대해 본다.

2023년 새해를 맞이하며
박소현

옮긴이 박소현

성균관대학교에서 프랑스어문학과 영어영문학을 전공했고, 서울대학교 대학원
영어영문학과에서 영미 시를 공부했다. 현재 전문 통역사 및 번역가로 활동 중이다.
옮긴 책으로 스티븐 그린블랫의 『세계를 향한 의지』, 엘리자베스 길버트의 『빅매직』,
나오미 앨더만의 『불복종』, 익명인의 『산소 도둑의 일기』, 조지프 버고의 『수치심』,
하닙 압두라킵의 『재즈가 된 힙합』, 캐서린 맨스필드의 『뭔가 유치하지만 매우 자연스러운』,
다시 스타인키의 『완경 일기』, 김주혜의 『작은 땅의 야수들』 등이 있다.

1판 1쇄 찍음 2023년 1월 20일
1판 1쇄 펴냄 2023년 2월 3일

지은이   애나 캐번
옮긴이   박소현
발행인   박근섭·박상준
펴낸곳   (주)민음사

아이스

출판등록 1966. 5. 19. 제16-490호
          서울시 강남구 도산대로 1길 62(신사동)
          강남출판문화센터 5층(06027)
대표전화 02-515-2000
팩시밀리 02-515-2007
홈페이지 www.minumsa.com

한국어 판 ⓒ (주)민음사, 2023. Printed in Seoul, Korea

ISBN   978-89-374-2757-2 (03840)